想い　僕らのロード

今城けい

幻冬舎ルチル文庫

CONTENTS ✦目次✦

✦カバーデザイン＝chiaki-k
✦ブックデザイン＝まるか工房

イラスト・陵クミコ✦

両片想い　僕らのロード

一年を季節で分ければ、四月は春、出会いのときで、三月は冬、別れの節目。日本での一般認識にすぎないそれは、十八歳の天城翼《あまぎつばさ》にとって、しかし目の前にある現実だった。

「もうすぐおまえ……行っちゃうんだな」

声はかすかに震えたけれど、天城は目を伏せなかった。彼が去っていくまでは、少しも視線を逸《そ》らしたくない。

「メールするから」

天城が言えば、真摯《しんし》な眸《ひとみ》がひたとこちらを見据えてうなずく。

「うん、俺からもメールする」

「俺はおまえに……電話もかける」

言いながら泣きそうになったのが伝わったのか、相手は苦しげな表情で、なだめるような声を発する。

「うん、頼む。それにネット通信だったら、顔だって見られるし」

「じゃあ、俺に毎日顔を見せてくれる？」

彼のこの綺麗《きれい》にとおった鼻筋も、切れ長の双眸《そうぼう》も、意志の強さを表して引き結ばれた唇も。

天城とはおない年でありながら、すでに大人の骨格を思わせる広い肩幅に、厚みのある胸、長い手足も。

天城が大好きなこの男、兼行誠治《かねゆきせいじ》を毎日自分に見せてほしい。

「わかった。そうする」

兼行が言うのを聞いて、天城は唇を噛《か》み締めた。それからゆっくり首を振る。

「ごめん、いまのは取り消しな。毎日じゃなくていい」

「どうして?」

「だって、おまえにはすることがあるだろう? そのためにフランスに行くんじゃないか」

天城が目にする兼行の背後には、施設の壁に設けられた天井までのガラス窓と、その向こうに広がっている飛行機の滑走路がある。

ここは成田《なりた》空港で、まもなく兼行はパリに向けて旅立っていく。

まだ高校を卒業したばかり、翌月からは大学一年生の天城にとって、それはとほうもなく遠い場所だ。

「頑張ってな。おまえならきっとプロになれるから」

兼行は、サイクルロードレーサーのプロを目指してフランスに行く。自転車競技の本場であるヨーロッパに渡り、これまでとは格段に秀でたチームに所属して、自分の力をさらに磨く。それは、力と才能を備え、そのような機会に恵まれた選手なら誰しもがいだく望みだ。

そして兼行という男は、実力と、天分と、チャンス、それらのすべてを備えていた。

「いままで三年間、俺は……おまえみたいなすごいやつと一緒に走れて楽しかった」

兼行は國見学院《くにみがくいん》自転車競技部の元キャプテンで、レースの際には超高校級の速さを誇る。エースとして、誰も寄せつけないほどの強さを見せる兼行のアシストができるのは、当時同学年で副キャプテンの天城を置いてほかになく、試合のとき以外にも愛想のない彼のフォローに回るのがつねだった。

「兼行の実力は俺が知ってる。おまえだったら、あっちに行っても絶対に大丈夫だ」

無言で首肯する兼行は、いつものように表情が乏しいけれど、彼のほうもこの別れを惜しんでいるとわかるほどには、濃密な時間をともに過ごしてきた。天城にしても彼との別離がつらくて苦しくてたまらないが、未練がましく彼の足を引っ張る言動はしたくない。

だから無理やり口をひらいて、本音では言いたくない台詞《せりふ》を告げる。

「あのな、兼行……そろそろ行ったほうがいいぞ。おまえの母さんが、なかなか戻ってこないって気にしてるかもしれないし」

友達と別れの挨拶《あいさつ》をするからと、兼行は見送りの母親から離れた場所に来ていたのだ。

しかし眼前に立つ、ライダーズジャケットにジーンズの長身は微動だにしなかった。

「おい……?」

訝《いぶか》しく洩《も》らした直後、天城はハッと息を呑《の》む。彼がこちらの腕を摑《つか》み、いきなり引き寄せたからだった。

「ちょ、おまえ……っ⁉」

周りのひと目を思わず窺《うかが》おうとして、しかしそれを兼行は許さない。自分だけを見ていろというように、天城の両肘《りょうひじ》を強い力で握り締める。

「俺はかならずプロになる。そうしたら、おまえのことを迎えに来るから」

告げられて、天城の喉《のど》がふいに詰まった。もうなにも言葉が出ない。目に映るのは、強い光を放っている漆黒の双眸だけだ。

「何年かかるかわからないが、俺はかならずやり遂げる。それまで俺を待っててくれるか？」

「うん」と言おうと思ったのに、やっぱり声が出てこない。だから代わりに大きく首を縦に振ると、この男にしては最大限にやさしい顔で「泣くなよ」と言ってきた。

「……泣いてない。今日はおまえがパリに行く日だ。そんな大事な門出の日にめそめそ泣くわけないじゃないか」

天城は拳《こぶし》で自分の目蓋《まぶた》をごしごし擦《こす》った。それから必死に平静を装って、

「じゃあ、またな。頑張れよ。あっちにいる連中なんかに負けんじゃないぞ！」

景気づけだと、背中をばしんと叩いてやれば、兼行は痛そうな顔もせずうなずいた。

「ああ。頑張ってくる」

言うと、彼は一歩だけ後ろに下がる。それから天城の明るい色みの頭髪と、精緻《せいち》に整った

顔立ちと、ダウンジャケットとスリムパンツを身につけたしなやかな肢体とを食い入るように見据えてから、ゆっくりと姿勢を変えた。

（っ、兼行……っ！）

声に出さず天城は叫び、爪《つめ》が食いこむほど拳を握って、自分の恋人が人波の向こうへと姿を消していくのを見送る。

（待ってるから。おまえが東京に……俺のところに帰ってくるまでっ……！）

それが三月、天城にとって春を待ちわびる長い季節のはじまりだった。

◇　◇

多くの出会いと別れを彩る桜の花が散りきって、換わって芽生えた若葉が育つこの季節。

東京都郊外にあるアマギサイクルの店内で、天城翼はレジカウンターの上にある掛け時計をちらりと眺めた。

（あと五分）

これはさっきから何度目かの仕草であり、自分がそわそわしているのはわかっている。

「おい、翼。お客さん」

「あっ、はいはい」

声をかけたのはここの店主である天城の祖父で、仕入れた自転車を組み立て中の彼に代わって、店前に足を進めた。

「おっ、どした？」

見れば、顔見知りの小学生がべそを掻《か》きそうな表情で「自転車がおかしくなった」と言ってくる。

「ん。どれどれ……ああこりゃ、チェーンが外れてしまったんだな」

すぐ直せると告げてから、大丈夫と明るい笑顔を子供に向ける。

天城の華やかな顔立ちはときに相手を構えさせてしまうものだが、それにひと懐こい表情がくわわると、ぐっと親しみやすくなる。たったいまも、男の子はほっとしたようにつられて笑い「ウン」と大きくうなずいた。

「それじゃ、いったんこの店に預けといて、明日にでも取りに来るか？　それともいますぐ直してほしい？」

そう聞くと、後者のほうが望みだった。

（だったら、閉店時間を過ぎるな）

一瞬、残念に思ったけれど、故障した自転車を前にすると、よけいな気持ちは消えてしまう。外れたチェーンをかけ直し、スポークやタイヤの具合もきちんと調べ、汚れを拭《ぬぐ》い、油を差し、チューブの空気を足してから、天城は満足げに顔をあげた。

「そら、できた」

ジーンズに包まれた長い脚を伸ばして言うと、男の子の隣には支払いがてら迎えに来たのか高校生の姉がいる。彼女のほうも以前に通学用自転車を買ってもらったお馴染《なじ》みさんで、天城は愛想のいい笑みを浮かべた。

「こんばんは。そっちの自転車、調子はどう？」

「あっ、調子がいいでぇすっ」

「そっか、よかった」

声を裏返した彼女の前で屈託なく応じると、料金を受け取ってから、形のいい指先でレジのキーを打ちこんだ。

「はい、これレシート。気をつけて帰ってな」

来店の礼を述べてふたりを見送り、あらためて店の時計に視線を投げる。

（うわ。八時十分か）

天城は、あわてて新車のまえにしゃがんでいるツナギ服の背中に叫んだ。

「じいちゃん、これで店じまいするからな！」

「おお頼む」

天城はすでに三年と少しのあいだ、自分の祖父と暮らしている。元々は両親と静岡市《しずおか》に住んでいたが、どうしても通いたい高校があったから、学校からほど近い祖父の店兼住居に下宿させてもらっていたのだ。

「よ、っと」

今年になって、さらに瘦《や》せたかと思われる祖父に代わって、天城は閉店の準備をはじめる。アマギサイクルは店前には子供用や、ママチャリなどの一般車。奥のほうには、クロスバイクやロードバイク、それにマウンテンバイクなどのスポーツ車が置いてある。大きな道路沿いにはよくあるタイプのサイクルショップで、高価なものでもせいぜいが十数万円どまり。一台が百万円以上もするプロ用自転車を扱っている専門店とはことなる、いわゆる町の自転車屋さんだ。

「じいちゃん、ぜんぶ終わったよ。俺は先に上に行っとく」

手早く片づけを済ませてシャッターを下ろしてしまうと、天城は店奥の小部屋にある階段から二階に向かう。

晩飯作りと、風呂の支度は、最近体調が思わしくない祖父に代わっての仕事であり、台所の流しに立って慣れた手つきで野菜を刻むと、レタスの入った八宝菜をこしらえる。これは白菜を苦手にしている祖父の好きな献立で、それと豆腐の澄まし汁に、前日の残り物の煮豆を添えると、ふたりぶんの夕餉《ゆうげ》のできあがりなのだった。

さほど広くもない台所で調理を終えると、そこから続きになっているリビングのコタツの上に料理を並べ、天城は見るともなく周りを眺める。

ここの壁際には値札がまだ貼られていないパーツの入った紙箱がいくつか積まれ、その横には返品予定のチューブの束が置かれるなど、いささか雑然とした様子だが、壁に掛けられたツール・ド・フランスのカレンダーも含め、天城はこの部屋の雰囲気が子供のときから好きだった。

「翼、待たせたな。先に食べてくれててもよかったのに」

遅れて二階にあがってくると、台所の流しで手を洗いつつ祖父が言う。いまは白髪で、さすがに老けてはいるものの、写真で見る限り昔は相当な美男子だったこの祖父は、孫を見るときやさしい気持ちを表情に滲ませる。

「え、俺待ってるよ。いつだってそうしているだろ?」

「だって、なあ」

いただきますと、ふたりして手を合わせ、箸《はし》を取ると、苦笑しながら続きを告げる。

「今晩はなんだかあわてているようだから」

「そっ、それは、その……」

図星を指されてあせったが、祖父はそれ以上追及しようとしなかった。椀《わん》を取りあげ、澄まし汁をひとくちすすって、「旨《うま》いな」と感想を述べてくる。

「翼も料理上手になった」

「そう言われても、あんましレパートリーないんだけど。野菜炒《いた》めとか、ごった煮とか、適当料理ばっかでさ」

褒められたのが照れくさくて、ささやかな反論を試みるも、祖父からは「わしの口には合ってるさ」と穏やかにいなされる。

「それより、翼。用があるなら、食べ終わったら茶碗《ちゃわん》はそのままにして自分の部屋に行くといい」

祖父の気遣いに、天城はちょっと迷ってから、半分だけ承知した。

「ん。それじゃ、じいちゃんが食べ終わったら片づけ頼むな。食器は流しに置いててくれれば、あとで俺が洗うから」

そしてそのあとは、すでに気づかれていることだしと、そそくさと料理を平らげ「ごちそうさま」と席を立つ。大急ぎで歯磨きをして、自分の部屋に入っていけば、時刻は九時五分前になっていた。

(うわあ。ドキドキしてきた)

毎週水曜日、日本時間の午後九時にインターネット通信で兼行と会話をするのは、彼がフランスに行って間もなく決めたことだ。本当は毎日でも顔を見てしゃべりたいが、あの男にはすることがたくさんある。だからと、天城のほうから言い出し、彼もそれを承知した。

パソコンを立ち上げてインカムをつけ、通信の準備をする天城の顔には、隠しきれない心の弾みが表れていて、キーボードをいくつか叩き、画面に相手が映ったとたん、それが最高潮になってしまう。

「兼行……！」

おぼえず叫ぶと、おなじくワイヤレスのインカムをつけた男も、口元をほころばせた。

兼行の住むパリのほうが気温は低いと聞いたとおり、東京では長袖《ながそで》パーカ一枚でもいられる昨今、彼はチェックのシャツに紺色のセーターを着こんでいた。

『元気だったか？』

「うん。もちろん」

ほら、と力こぶをつくる仕草をしてみせながらも、天城の胸はコトコトと速いリズムを奏でている。

「さっきまでじいちゃんと晩飯食ってた。おまえのほうは？　いつもみたいに、語学学校から帰ってきたとこ？」

『そう、ついさっき。それでこのあとはセーヌ川沿いを走ってくるつもりでいる』

「ふうん、セーヌかあ。聞いたことある川の名だけど、ぜんぜん情景が浮かばないや」

なんかお洒落《しゃれ》な感じがするけどとつぶやけば『そうでもないさ』と、彼がわずかに苦笑する。

『いまは結構ましになったって話だけど、昔はそうとう汚い川だったって。もちろん泳げる場所じゃないし。ただ、こっちの道路はセーヌ沿いのに限らず、自転車用のが整備されてるのは助かるけど』

「自転車用って、バイクレーンてやつ？」

『うん。だから日本で走るよりもやりやすい』

ふうんと洩らす天城の脳裏にパリの道をロードバイクで駆けていく彼の姿が浮かんでくる。パリの街を知っているわけでもない天城には、漠然とした想像ではあったけれど、その光景はここととはずいぶん違うものに感じられた。

「……不思議だな」

心の想いが声になっていたらしく『なにが？』と兼行に訊《たず》ねられる。

「だってさ。ほんの少し前までは、ちょいローカルなこっちの道をおまえと一緒に走ってたのに。部活帰りには、コンビニに寄り道して買い食いするとか」

『ああ。あのコンビニにはよく行ったな』

チャリ部だなどと、ほかの生徒たちからは軽口を叩かれていたものだったが、競技に使うロードバイクは平坦《へいたん》道では四十キロを超えるほどの速さが出せる。

そのため一般車のママチャリとくらべると、本体のフレームそのものも軽量で、泥よけも、スタンドも、もちろん前かごもついていない。

ロードバイクは、無駄なものを取り去って、一分一秒でも速く走るための乗り物であり、それに使用するエンジンは当人の身体《からだ》のみ。ゆえに、ロードバイクで走る際には猛烈に体力を消耗する。おそらく勝負の最中に飲み食いするのは、自転車競技くらいだろう。

プロの選手でもエネルギーが切れてしまえば、いわゆるガス欠と同様の状態で走れなくなってしまう。まして、育ち盛りの男子高校生ならば、食べても食べても腹が減る。もちろんふたりもその例に洩れず、練習を済ませたあとは夕食まで待てないで、コンビニのチキンや、アンパン、おにぎりなどを買いこんで、あっという間にたいらげていたのだった。

「おまえとあのコンビニに寄ってたのって、つい最近のことみたいに思えるのになあ……」

寂しいとは言わなかったが、声音に滲《にじ》んでいたらしい。

『天城』

低く洩らして眉《まゆ》を曇らせる兼行に、天城はあわてて笑顔をつくった。

「あっ、ごめん。そうじゃなくて、ちょっとあの店の特製コロッケが懐かしくなっただけ。ほら、コショウがよく利いてたやつ」

苦しい感じで話題を変えたが、兼行はごまかし笑いにはつられずに『そんな顔をするなよ』とこちらに視線を据えてくる。

『見てるだけなのがつらくなるから』

「お、俺もそうだよ……」

普段にはないせつなさが感じられる相手の声音に、思わず本音の一部が洩れる。

(見るだけじゃなく、会いたいよ……おまえに触れたい)

おなじ想いをかかえる天城はもう呼吸も苦しくて、けれども精いっぱい明るい声を装った。

「だけど、平気だ。おまえはそっちで頑張れよ。俺もこの店の手伝いとか、大学とかで頑張るから」

今度の空元気はうまくいったか、ようやく兼行は寄せた眉根を元に戻して『そうだな』とうなずいた。

『確か、天城の大学は経済だったか？　そっちはもう慣れたのか？』

「うん、大丈夫。ここから自転車で行けるくらい近いとこだし。いままでとほとんど生活は変わってないよ」

それから天城は大学の出来事をかいつまんで話したあと、兼行のほうからも彼が通う語学学校の様子などを聞かせてもらった。

そうしているうち、ふたりが顔を見て話し合える時間はまたたく間に過ぎてしまう。

「あ……も、そろそろ……？」

兼行の出かける時間になっていないか？

ずっとふたりでしゃべっていたくて、なのに自分の我儘《わがまま》で相手の邪魔をしたくない。遠慮がちにうながせば、彼がため息をひとつ吐《つ》いた。

『うん。天城』

そうしてこちらに大きな手のひらを近づけるから、天城も自分の指先をパソコンに内蔵されたカメラのほうに差し出した。

(兼行……)

それはたぶん傍《はた》から見れば馬鹿馬鹿しいような光景ではあったのだろう。高校を出たばかりの男同士が、互いの手に触れる代わりに、画面のそれに近づける。直接液晶に触れてしまうと、カメラに手のひらが映らないから、少し離れたところから。

その十センチほどのひらきは、近いようでも実際のふたりの距離が千キロメートルはあるという現実にほかならない。

『じゃあ、また』

兼行が言い、無意識にうなずいてから、手のひらが邪魔をして見えなかったかと「うん」と言葉をあとから添えた。

「寝る前にスマホのほうからメッセージを入れとくな。時間があったら、返事くれ」

天城がちいさな声で告げ、兼行が『もちろん』と返事する。

「ロードレーサーは身体が資本なんだから。風邪なんかひくんじゃないぞ」

『ああ。天城もしっかり飯食えよ』

言い合いながら、近づけていた手を引いて、互いの顔をもう一度見つめ直す。

「じゃ、な。兼行」

『また来週、この時間に』

彼の言葉にこっくりしたあと、それでも通話を切りがたい気持ちでいると、兼行が苦笑した。そして、ふいにその表情をあらためて、

『俺は強くなる。より早く、より確実に』

真摯な口調で告げたあと、一拍置いてぽつりと短い言葉を添える。

『……天城のためにも』

そのあと画面が切り替わり、彼との通話が切れたと知る。

「……はあ」

デスク上のパソコンを眺めながら、天城は肺からゆっくり息を吐き出した。

また一週間。兼行の顔を見て話せるまでは、それだけ待たないといけなくなる。

ひとりっ子で、元来寂しがり屋の天城には恋人の不在がつらくて、しかし今晩はさっきの言葉が心を温めている。

(俺のためにもって、言ってくれた)

嘘のない、誠実な彼の想い。そんな男に我儘は言わないと、あらためて決意して通信用の画面を閉じると、天城は椅子から腰をあげる。祖父を手伝いに行こうとして、ふっと『それ』が見てみたくなったのは、さっき兼行としていた会話のせいだろうか。

天城はふたたび椅子に座り、パソコンのキーを叩いてマイピクチャのフォルダをひらいた。高校最後のインターハイで撮影されたこれらの画像は、係の後輩が撮ってくれていたものだ。ハンドルから離した腕を高くあげて、ゴールを越える男の雄姿はいま見ても天城の胸を熱くさせる。ゴール周りは各校の部員たちや関係者の姿で溢《あふ》れ、大会記録を大きく塗り替えた兼行を称賛の拍手とまなざしとで迎えている。

そして、次の画像には二位になった自分の姿も映っていて、彼とおなじ輪のなかで晴れやかに笑っていた。

曇りない輝かしい青春の一場面。自分はこのとき、兼行とこんなにも離れるなどと思ってもみなかったのだ。

天城はまたも気分が沈んでいくのを感じながら、いまからほんの半年ほど前、けれどもずいぶんと遠く感じるあの夏の日を甦《よみがえ》らせた。

◇　　◇

天城と兼行が高校三年生の夏、インターハイの自転車競技は東北で開催された。大会三日目の晩、宿泊先の旅館にある広い和室にレギュラーメンバーの布団が敷かれ、大会出場選手たちは一部をのぞいてぐっすりと寝こんでいた。

「……眠れないのか？」

何度目かの寝返りを打ったとき、隣から声がした。くるっと反転してそちらを見やると、気がかりを滲ませた黒い眸と視線がかち合う。言葉はなくとも（試合が気になって眠りにくいか？）とわかるほどには気持ちが通じ合っていて、天城は「ううん」と首を振った。

「明日でいよいよ終わりだなあって」

インターハイの日程は全四日間。最初の三日間がトラック競技で、最終日がロード競技だ。トラック競技は市内の競輪場を借りきっておこなわれたが、ロードはそこから数キロ離れた路上で競われる予定だった。

「俺、頑張るからな。おまえを絶対優勝させる」

天城は意欲を示してみせたが、兼行は横向きにこちらを見たままうなずこうとはしなかった。

「なあ、天城。トラック競技だけじゃなく、ロードだって最終的には個人戦だ。それにレースがはじまれば、なにが起こるかわからない。もしもおまえにチャンスがあるなら、俺を置いて飛び出してもいいんだぞ」

今大会の行程は湖沿いの道を四周回走ったあと、スキー場までのぼりが続く山頂ゴール。

全長では約百キロのロングライドだ。明日は、天城と兼行が途中まではそれぞれに助け合い、のぼりのルートでは天城が途中まで兼行を引いて走る。

前を走る選手のほうが空気抵抗は強いから、そのぶん後続の選手の負担をぐっと減らせる。そして、最終地点からは満を持して兼行が飛び出し、いっきに勝利を手中におさめる。

コーチが授け、天城が全面的に納得しているこの作戦を、しかし兼行は破棄してもいいと言う。もしもトラブルが発生し、おまえに機会があるのなら、遠慮せずに勝利を得ろと。

天城は少し考えてからちいさく横に首を振った。

「ううん。俺、なにがあってもおまえと走る。ずっとずっとおまえと走っていたいから」

おぼえず子供っぽい言いようになってしまった。実際、子供の感傷ではあったのだろう。

インターハイが終わってしまえば、三年生は引退する。はじまりがあるものには、終わりがあるのが世の理《ことわり》だ。

どんなものも、いつかは消える。永遠などという事柄は存在しない。

なのに、兼行が「ずっとってどのくらいだ?」と聞いたとき、またも天城は言ってしまった。

「ずっとは、ずっとだ。いつまでも」

いっそ幼いと笑ってもいい天城の台詞を、しかし兼行は自分のなかで嚙み砕いているかのような顔になり、しばらくしてからおもむろにうなずいた。

「そうだな。ずっと一緒に走っていような」

それから仰向《あおむ》けに姿勢を変え、天城のほうに近い手を布団のなかから出してくる。

「あ……」

相手のサインを読み取って、天城もおなじに向きを転じ、こちらのほうに伸ばされた彼の指をそっと握った。

とたん、ジン……と指が痺《しび》れ、胸の奥が熱くなる。

(兼行)

好きだ、と理屈もなにもなく天城は思った。

たぶん、これがいちばん初めにそういう意味で兼行を意識したとき。

いままでは選手としての存在感が大きすぎて、彼に惹《ひ》かれていたものの、そこを越えるには至らなかった。

それが今夜、ふたりの関係が形を変えて、あざやかな色彩に染めあげられる。

天城にとっての兼行は、たんなるチームエースでも、部活のキャプテンでも、同性の友人でもない、たったひとりの大事な存在。

そして兼行もそう思っていることを、そっと繋《つな》いだ彼の手が天城に教えてくれていた。

「……なあ、天城」

空調の動作音と選手たちの寝息だけが聞こえるなか、つかの間の沈黙を破って低い声がする。

「俺は、将来ロードレースで金を稼げる選手になる」

「ん」

おまえならきっとできるよと思ったけれど、それを口にしてしまえば安請け合いのようになる。だから天城はちいさく喉声を洩らしただけだが、それでも確かに伝わったのか、兼行が握った手に力をこめた。

「プロになったら、そのとき俺は……」

言いさして、兼行の声が途切れる。ややあってから、遠慮がちに天城は「なに？」と聞いてみた。すると、しばらく経《た》ってから「今度話す」と兼行は返事を保留し、またひと呼吸置いてから言葉を添える。

「もう寝よう。明日は一緒に走るんだ」

「うん」

素直に応じ、握った手をそのままに両目を閉ざす。本当はいますぐに眠らなければならないとわかっていて、なのに今夜この時間を眠って終わらせてしまうのが惜しかった。

（ずっとこのままでいられたらなぁ……）

そう願うのは、いまのひとときが流れ去っていくものだと、本当は知っているから。

それでも天城は、今夜気づいたこの恋心を胸に収めて、いつまでもと念じないではいられ

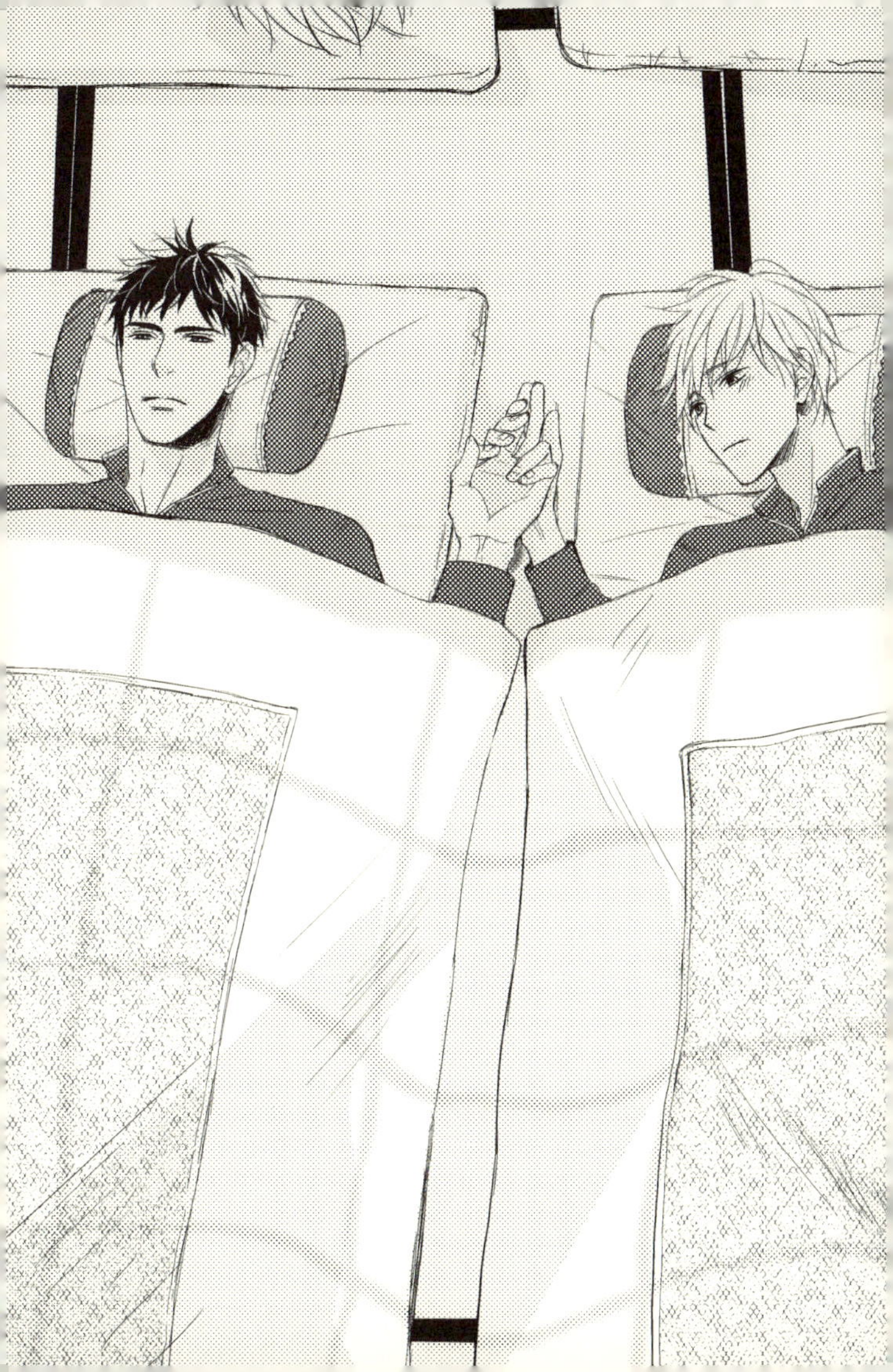

なかった。

時が移り、なにがあっても、この男の傍《そば》にいたいと。

◇　　◇

過去を回想中の天城からいくらか時間を巻き戻した、ここはパリの兼行の部屋。

天城との通話を済ませた兼行はパソコンの電源を切り、クローゼットの前に行った。

そこで着ていた衣服を脱ぎ、サイクルウエアを手に取れば、そのすぐ横に置いてある鏡に自分の姿が映る。

鍛えあげられ、余分なものがないまでに絞られた肉体は、サイクルロードレーサーとして必要不可欠な資本だった。身につけた黒地に青のロゴマークが入ったウエアは、いまだに自前のものであり、兼行が練習生の身分でしかないことを表している。

備えつけのベッドやチェストなどの家具と、ロードバイクくらいしか置かれていないシンプルな部屋のなかで、午後の光を浴びながら兼行はシューズを履く。それからヘルメットをかぶろうとしたときだった。

（天城か？）

デスク上のスマートフォンが電話の着信を告げている。通話は終わったばかりだがと訝しく機器を見やれば、画面には恋人の名前ではなく兼行をフランスに招いた人物が示されていた。

「……三浦《みうら》さん？」

急いで通話のボタンを押すと、果たして聞きおぼえのある声が流れる。

『ああ、私だが。きみはいま、なにしてる？』

深みのある声の響きに兼行は居ずまいを正して応じる。

「語学学校から帰ってきて、そこらを走ってこようとしていたところです」

三浦は現在、フランスのプロチームと契約して活躍している。年齢は四十二歳。ツール・ド・フランスや、クラシックレースにも出場経験のあるベテラン選手だ。

兼行が自主練習をはじめる前だと伝えると『それなら』と言ってくる。

『ウエアに着替えているんなら、ちょうどいい。チームのスタッフが会いたいそうだ。俺も顔を出してみるから、あちらできみと落ち合おう』

「はい。わかりました」

即答すると、相手はくすっと洩らして問う。

『なんの用件かと聞かないのかい？』

「たとえどんな用件でも、俺はそこに行きますから。会ったあとで、お聞きすればいいのかと」

愛想のない返事だったが、三浦は気を悪くしなかった。彼にはこちらに着いたとき、日本人的気配りはいらないと言われている。

――他人の顔色を窺うことはしなくていい。きみがこの地でプロを目指していくのなら、むしろアグレッシブに自己を主張するべきだ。

その教えは、兼行にはむしろありがたいことであり、個人主義、完全実力本位のほうが、自分の性格には合っている。

『次の地域別カテゴリからレースに参加しないかと、事務所の主任が言っている』

それについての打ち合わせだと三浦は告げた。

「俺がレースに？」

『楽しみかい？』

「もちろんです」

きっぱり言いきると、通話口から低い笑声が聞こえてきた。

『そいつは頼もしい。まあ打ち合わせをする前に、ちょっとしたテストがあると思うけど』

三浦の口調から察するに、そのテストは『ちょっとした』ものではない予感がした。

(それでもいい。こいつはチャンスだ)

絶対にこれを勝ち取る。与えられた機会はすべてものにする。

「わかりました。お願いします」

そうした気概が電話の向こうに伝わったのか、相手は『そうだ』と満足そうに言ってきた。

『それくらいの気持ちでいなくちゃ、ここでは到底生き抜けないよ』

「はい。ですが、その忠告は不要です。俺は遊びに来たわけではありませんから」

自分を抑えるつもりのないこの台詞は生意気と取られてもしかたがない。しかし、三浦は少しも怒らず『じゃあ、またあとで』とのんびりした口調で言った。

『ああ、それと……きみをフランスに誘ったことで、そのうち聞いてみようかと思ってたんだが』

かるく前置きし、三浦は兼行に問いかける。

『きみはいったいなんのためにロードバイクに乗っている？』

この質問に、自分の内部を覗《のぞ》きこみ、いちばんシンプルかつ根源的な言葉を選ぶ。

「俺が俺であるためです」

『なるほど』

その返答で終わらせてもよかったが、なお言い足りない想いもあって、兼行はもうひとつ言葉を添える。

「それと、俺が欲しいものを手に入れるため」

『なにが欲しい？』

「俺にとっていちばん大切に思うものが」

抽象的なうえ、青くさい台詞ではあったろうが、三浦は『ふうん』と言ったきり、それ以上は追及しようとしなかった。

『待ち合わせは三十分後だ。時間厳守。遅れるなよ』

通話が終わると、兼行は急いでヘルメットを装着した。指定の事務所はここからおよそ二十キロメートル先にある。ほぼ平坦な道のりだが、信号待ちの時間を含めて考えれば、相当速度をあげなければ間に合わなくなってしまう。

（これもテストか？）

おそらくはそうだろうと推測し、速やかに自転車をかついで建物の外に出る。そうして兼行が走り出した市街地はさっき天城に言ったとおり自転車道路はあるけれど、望むままにスピードをあげられるものではなかった。

おおむねパリの街中は専用道路があるぶんだけロードバイクで走りやすい構造だ。けれどもこの地にはヴェリブという貸し自転車システムができているから、専用道路はそこそこに混《こ》んでいる。黒地に青いラインが入ったロードバイクにまたがった兼行は、愛車をたくみに操りながら、一台、また一台と目の前の自転車を追い抜いていく。

（この程度でふるい落とされるわけにはいかない）

どんな状況であれ、戦って勝つことで、自分は自身がここにいると証明する。

そう兼行が考えるに至った理由は、おそらくおのれの生い立ちに起因しているのだろう。

そもそも兼行が生まれた家は充分に裕福で、両親と、自分を含む三人の兄弟がいた。父親とは六歳まではそこで育ち、小学校に入学する直前に、伯父《おじ》の家に養子に出された。兼行とはひと回り年齢の離れた伯父は、会社を幾つも経営するさらに富裕な男であり、最初のころは兼行を可愛がり、手厚く遇してくれていた。しかし、兼行が養子になって五年後にその状況が変わってしまった。伯父が勘当していた長男と和解したのだ。

伯父と大喧嘩して家を飛び出し、海外に住んでいた長男は、その後結婚し、自分も父親になったことで思考が丸くなったらしい。おなじく孫を得た伯父のほうも、長年の確執を捨てる気になったようで、親子の和解を見たのはいいことに違いなかった。ただ、伯父の跡継ぎとして養子にもらわれた兼行が微妙な立場になったのは事実であり、あからさまにはしないものの、養家の関心が孫息子に傾いてしまったのはいやおうなく感じられた。

だけど、それもしかたない。

当時の兼行は子供ながらに醒《さ》めた気分で事態を眺め、大人の勝手な都合でと怒る気はしなかった。自分がどちらの家にとっても一番手ではない、いつでも替えの利く存在――ただその事実を淡々と受け取っていただけだ。

ここでの自分は自分でなくてもかまわないのだ。

ならばと、兼行が考えたのは自転車競技で勝つことだった。

あれに乗って、誰より先にゴールする。

そのころ、たまたま観たテレビ番組には、ツール・ド・フランスの選手が映し出されていた。

自分の身ひとつで、あれほどまでのスピードを出せる乗り物。ひまわり畑の脇を、壁のような山道を、沿道を埋め尽くす観衆のなかを、ただひたむきに走り続ける選手の姿は強く兼行を惹きつけた。

あれで先頭を走っていけば、自分がそこにいることを証明できる。

それは子供っぽい、単純な思いこみなのかもしれない。けれども、兼行が望むままに与えられたロードバイクで走ってみると、自分の考えは正しかったと確信できた。

誰より先に走っていれば、周囲は自分の存在を無視できない。勝つことで、みずからの輪郭があきらかになる。

そうやって、ひたすら先頭を走ることにこだわり続け……やがて兼行は天城に出会った。

――おまえ、兼行誠治だろ?

気さくな感じで話しかけた同輩は、男のくせに妙に綺麗な顔をしていた。

――俺は天城。よろしくな。

高校に入学当時、美少年の面影を色濃く残していた一年生は、國見学院自転車競技部に入った初日に、そう言ってにっこり笑った。

（ひと懐こいタイプだな）

狷介《けんかい》な性格を自覚するこちらとくらべてずいぶん違った雰囲気で、どのみちさほど親しくなれるとも、なりたいとも思わない。ただ本人はともかくも、マウンテンバイクからの転向組だという天城の走りには興味があった。

彼がどんな走りをするのか？　脚の強さは？　持久力は？　体幹は？

そしてまもなく兼行が得た感想は（こいつはなんにせよ、素直なんだ）というものだった。周囲に壁をつくらず、いつも明るい態度で臨み、元々の感受性は強いようだが、それらをすべて前向きの力にする。

吹きつける風を撥《は》ねのけるのではなく、追い風に変えていくやりかたは、天城に目覚ましい技量の進歩をうながした。二年生のはじめからは各試合でレギュラー入り。三年生のインターハイでは、兼行のアシストとして抜群の功績をあげ、自身も二位に入賞したが、そこに至るまでの途《みち》はしかし決して平坦なものではなかった。

――兼行、おまえ。俺が引くって言ってただろ。なんで勝手に飛び出していくんだよ!?

――天城のアシストは必要ない。俺の前を走らないでくれないか。

――なっ!?

おまえは邪魔だと言外に匂《にお》わせると、天城が眦《まなじり》を吊《つ》りあげて反駁《はんばく》してくる。

――俺だって、好きでおまえをアシストしてんじゃないんだよ！　コーチがそうしろって命じるからだ！

――だったら、俺からコーチに言う。とにかく前に出ないでくれ。

ペースが乱れると、兼行が言ってのけると、天城は夏でも日に焼けない白い頰《ほお》を真っ赤にしてむかっ腹を立てていた。

――悪かったな。おまえより遅くって！

――自覚があるなら結構だ。

思えば、最初のころはずっとこんなやり取りが続いていた。

兼行は入部した時点からトップの座を誰にも譲らないままでいたから、その男のすることに表立って文句をつける部員はおらず、天城だけが例外的に食ってかかり、負かされると本心からくやしがった。

綺麗な色の髪と眸に、精緻な顔立ちの天城の容姿は、成長期の体育会系部員のなかで、ひときわ生彩を放っていたし、見た目に驕《おご》らず周囲へのこまかい気配りができる彼は、みんなから好かれていた。

それに比して、いちばん先を走れればそれでいいと、他者を寄せつけず黙々と練習に打ちこみ続ける兼行は、部員たちから反感を買うにふさわしい態度ではあったのだろう。あからさまではなかったが、よく陰口も叩かれたし、兼行が試合でいい成績を残しても、誰も祝う者はなかった。

——あんだけガツガツ勝ちにこだわってんのなら、部活じゃなくてクラブチームに入ればいいのに。

こんな嫌みが耳に入ってきたときは、本当にそうしようかと思ったが、結局実行しなかったのは、たんに自転車競技部に利点があっただけのことだ。

（ここならばロードのみに専念できる）

國見学院は東京郊外にあり、都心に実家のある兼行は学生寮に入っていた。学校の授業以外は自転車に乗っていればいい環境で、常勝の兼行にはコーチが優先的に練習用のローラーそのほか、部の備品を使わせていた。

クラブチームに入っても、人間関係はついて回る。そこでもどうせ孤立するなら、いまのままでいるほうが自分にとっては何倍も得だった。

そんなふうに考えている兼行が皆から好かれるわけもなく、天城が負けてくやしがるたび、部員たちの反感は募っていった。

——よっし、兼行。今日こそ勝つぞ！

ふたりが二年生の春、路上練習をはじめる前に天城が勝負を挑んでくる。兼行は勝手にしろと言わんばかりにそれを無視して、校外へと走り出した。

選手たちが密集しているスタート時には天城を勝たそうと周りが妨害してくるのも慣れて

いて、最初にまとまっていた集団をかわして飛び出す。そうしてしばらくは独走態勢で走ってまもなく。

（……パンクしたか？）

いっきに空気が抜ける穴の開きかたではない。前輪の不調をごまかし、リアでいけば完走もできそうだ。ただ、問題は背後から追いあげてくる天城をどこまで退けられるか。

最近では天城もめっきり力をつけて、ロングライドの練習ではしばしば兼行に肉迫するようになっていた。この日も、ほかの部員たちをはるか後方に引き離し、ゆるいのぼり坂にさしかかって、なおも兼行に近づいてくる。

――見たか、兼行っ。おまえに追いついてやったぞっ！

ついに横に並んだところで、天城が息をあげつつもうれしそうな顔をする。それからしばらく接戦が続いたあとで、天城がわずかに兼行の前に出る。兼行はそうはさせじと抑えようとしたものの、タイヤの不調はどうにもならず、結局は天城のリードを許してしまった。

――やった。勝った！

快哉《かいさい》を叫んだ天城がさらにペダルを強く回す。調子をあげた彼はいっきに坂をのぼり、そこから続くカーブの向こうに消えてしまった。

（……負けたか）

兼行はパンクがどうこうと言いわけするつもりはなかった。パンクしていても勝てるだけの力がなかった。ただそれだけのことであり、誰にどう言われてもやむを得ないとわきまえている。

——っ……!?

なのに、意外なことに坂をのぼって角を曲がれば、そこには自転車を停めている天城の姿があったのだ。

——おまえ、タイヤをどうかしたのか？

——あ、ああ。

すっかり驚いていたために、ごく素直にうなずいた。天城はだろうなと、朗らかな笑顔を見せる。

——パンクかあ。んじゃ、この勝負はノーカンな。

兼行のすぐ横を走り出しながら天城が言った。

——ノーカン？

——だって、フェアじゃないだろう？　んなので勝ったって、俺ぜんぜんうれしくないもん。

なっ、とすぐ傍から言ってくる天城の顔がやけに綺麗に見えてしまって、何度も兼行は瞬《まばた》きした。

——だけど、次は勝つからなっ。

ロードバイクに乗っているとき、自分を真横から覗きこんでくる相手などいなかった。しかも、こんなに楽しそうな表情で。それが不思議な気分にさせたか、知らず兼行は聞くつもりなどなかった質問を口にした。

——おまえは俺が嫌いなんじゃなかったのか？

——え？

意表を突かれた顔をして、天城がぽかんと口をひらく。そうすると、精緻に整った彼の顔があどけないような印象になり、それに思わず見惚《みと》れていると、相手は訝しげな声音を発する。

——おまえを嫌いとか、俺ってそんなふうにしてたか？　だって、俺はおまえのことを尊敬してるし。

今度驚いた様子をしたのは兼行だ。

（尊敬……？）

それはずいぶん大仰な台詞のように感じられた。

おなじ歳《とし》の高校生をそんなふうに思えるものか？

少なくとも兼行の感性にそれはなく、にわかに返す言葉もなく黙っていれば、隣で相手が苦笑した。

——尊敬つうか、まあ恩人？

ますます心当たりがなくて、おそらく疑問符を面に貼りつけていたのだろう、天城がこちらの顔を見てぷっと噴き出す。

——ああごめん。説明不足。

聞けば、天城は中学生のとき、兼行が走る姿を見たのだそうだ。祖父が招待されていた鈴《す》鹿《ず》《か》のイベントに家族旅行を兼ねて両親ともども行った際、兼行が男子中学生のカテゴリで走る姿を見たのだと。

——おまえ、あのなかじゃダントツで速かっただろ？　俺はもうマウンテンバイクでガンガンやってたときだからさ、ロードなんて興味なかったんだけど、あれにガツンとやられたんだ。

——ガツンと？

聞き返す自分がなんだか不思議だった。ロードバイクに乗っているとき、相手の考えを気にしたことなどなかった自分が、天城の気持ちを知りたいと思っている。

——だって、前だけ見据えて走ってて、強くて、なんかカッコよかった。だから、もしもあいつの前を走れたら、どんなかなって思ったんだ。

今日のはそれに近かったけど、やっぱり違うものだから。そう言って、ふわっと笑う天城が可愛い。そして、直後にそんなふうに感じてしまった自分自身が気恥ずかしくて、ふっと兼行は視線を逸らした。

——それがロードにハマったきっかけ。だけどいざやってみたら、むずかしいしさ。なんかおまえはやたらつんけんしてくるし。でもやっぱ、走ってると楽しくて。だから、俺にロードの面白さを教えてくれたおまえのことは尊敬してるし、恩人みたいに思ってる。

返事もしないし目も合わさない兼行はすでに慣れっこだったのか、天城は少しも気を悪くするふうもなくそうしたいきさつを明かしてきた。

——それで……あっと、後ろの連中が追いついてきたみたいだな。

背後の気配に天城が振り向く。彼の言うとおり、後続の部員たちが距離を縮め、すぐ後ろに迫っていた。並んで走るふたりのすぐ近くまで来て、彼らのひとりが首をひねりつつ問いかける。

——天城、メカトラか?

自転車の故障かと問いかけられて、空色のバイクにまたがる少年はうんと言った。

——兼行がパンクしたんだ。俺たちゆっくり走るから、どうぞお先に。

——俺たち……?

天城の台詞を聞いて、部員たちは皆驚いた顔をした。

どの顔も理由を聞きたそうにしていて、しかし天城は機嫌よく先に行けと彼らに手を振る。

そうして後続の集団がふたりを追い抜いていったあと、

——なあ、兼行。天気がいいな。

國見学院
國見学院

ほら、と指差した上空は晴天で、彼の自転車とおなじ色だ。見あげるとまぶしくて、目を細めた兼行は、パンクして重いペダルがなんだか軽く感じられた。

――ああ。ほんとだ。天気がいいな。

そのときに感じた想いは、日が経つごとに兼行の心のなかでさらに大きくなっていった。自分が自分であるために走る気持ちは少しも変化していなかったが、それとはまたべつの望みもいつしか芽生えている。

(いつか……)

はっきりと言葉にはしないまま持ち続けていたおのれの願望。それを形にしてくれたのは、三年生のインターハイ終了後に、声をかけてきた三浦だった。

――きみはもっと強い走りをしたくないか?

兼行は一瞬も迷わずに返事した。

――はい。

そのためだったら、フランスでもどこへでも行く。むしろ、家を出て生活する機会を得たのがありがたい。

大学には行かないで、プロのロードレーサーを目指すという兼行に、猛反対した身内を説得してくれたのは三浦だった。

とりあえず一年間、語学留学という体裁であちらに滞在すればいい。そのあとフランスの大学に入ってもいいのだし、帰国して東京の大学を受験するのも可能だから。

この分野での第一人者に説得されて、養父はひとまず納得することにしたようだった。

——わかった。ただし条件として、パリにいる親戚のアパルトマンに間借りしろ。語学学校の講義は一日も休まないこと。一年間でものになりそうもなかったら、プロを目指すのはすっぱりとあきらめろ。

兼行は提示された条件をすべて呑んだ。さもなくば、未成年の自分にはこのチャンスが摑めない。養父の要求がそうであれば、かならず最初の一年目でなんらかの結果を出す。

（それにはまず、時間どおりに到着すること）

「Excusez-moi. Est-ce que vous pouvez bouger?（すみません。どいてください）」

横二列でのんびりと走っている自転車に声をかけ、兼行はその脇をすり抜ける。クラブチームの事務所まであと五分。信号が変わるのを待ちかねて飛び出すと、目的の建物はすぐそこだ。重厚な石造りの外壁を視野に入れ、兼行はロードバイクに盗難よけのロックをする時間を惜しんだ。ままよと自転車をかつぎあげ、石段を駆けのぼって三階の事務所まで。さすがに息を弾ませてたどりついたドアの前。内部にいるはずの三浦に自分の到着を報《しら》せるべく、兼行はベルを鳴らした。

「Bonjour?」

ドアの向こうから、若々しい女の響きが問いかける。兼行は早くドアを開けさせようと、大声を張りあげた。

「Bonjour. Je m'appelle Kaneyuki!（こんにちは。兼行です）」

すると、重そうな木のドアがひらかれる。室内にはジャケット姿の三浦がいて、兼行を見てにやりと笑った。

「Bienvenu à monde Bataille.（ようこそ。戦いの世界へ）」

◇　　◇

兼行がパリの事務所に駆けこんだその日からひと月ほどが経過した、東京では。

爽やかな五月晴れの空の下、天城は「いってきます」と祖父に挨拶して家を出た。

天城の通う大学は、自宅からは電車で四駅向こうにある。途中で乗り換えが入るから、自転車で行くほうが断然速く、天城は高校のときからの愛車に乗って往復している。

やがて到着したキャンパス内で、ロードバイクを降りて押しながら進んでいたら、ふいに声をかけられた。

「おい、ちょっと」

なんだろうと見てみれば、自転車競技部の元先輩だ。

「おはようございまっす！」

反射で背筋を伸ばして叫ぶと、相手は苦笑して手を振った。

「あーいい、いい。お互いもう高校は卒業したんだ」

だろう？　と人のよさそうな笑みの前で、天城も肩の力を抜いた。

「はい。……で、俺になにか用ですか？」

「いやあ用とかはないんだけど。後ろ姿で、っつうか、そのロードを見た瞬間に天城だってわかったけどな。おまえがここにいるのが不思議でつい声をかけちまった」

「俺が？　でも、なんでです？」

國見学院からこの大学に進んだ学生は少なくない。経済は学部としては一般的だし、不思議に思われたのがむしろ意外だ。天城が首を傾《かし》げていると、先輩は「だって、おまえ」と青空色のロードバイクを指差した。

「去年のインハイで、個人ロード二位だったんだろ。推薦で、もっといい大学に行けただろうって」

先輩は、スポーツ推薦枠ならば、さらに偏差値の高い有名大学に進学ができただろうと言ってくる。しかし、天城はにっこり笑って首を振った。

「俺、最初からここ狙《ねら》いだったんですよ」

「だけど、天城。ここって自転車競技部がないんだぞ」

「はい、知ってます」

「知ってますって、おまえ……」

なんでまた、と言わんばかりの口調と表情。しかし、先輩はややあってから、ひょいと肩をすくめたのちに「まあ、いろいろあるあなってやつだな」と天城の背中を軽く叩いた。

「それよか、天城。部活やんないなら暇だろう？　明日の合コンに誘ってやるよ。おまえが来るなら可愛い子も飛びつくし」

「いや、俺はせっかくですけど遠慮します」

即答かよ、と彼は笑う。

「おまえだったら、女に不自由してないってか？」

とんでもないと、天城は形のいい眉をあげる。

「そんなんじゃないですよ。だいたいロードはむさくるしい男ばっかで、女なんかぜんぜん縁がなかったですから。それに俺、じいちゃんの手伝いがありますんで遅くなると困るんです」

「じいちゃんって……ああそうか。確かおまえん家《ち》、自転車屋をやってたな」

正確には自転車屋は祖父のほうで、父親は会社員だが、そこは訂正せずにうなずく。

じゃあ無理か……と先輩はつぶやいてから「ま、気が向けば声をかけろよ」とスマートフォンを取り出した。

メールの交換をして、先輩と別れたあと、天城は（合コンかぁ……）と内心でひとりごちた。

自分の生活には縁のない単語だったが、きっとこれからも夜遊びに行くことはないだろう。フランスで懸命にロードの練習に励んでいる兼行に、自分はなんの助けもできない。だから、天城はせめて浮ついたことはせずに真面目に暮らしていたいのだ。

（それに明日は、ネットでまた兼行に会えるしな）


そうして待ちかねた時間が訪れ、画面に現れた兼行から、いくつかあったタイムトライアルのテストには無事受かり、いよいよチーム練習がはじまって、目標に一歩近づいたと教えてもらう。

彼はその言葉どおり、精気に溢れる顔をしていた。

『……それで、前の週末にはノルマンディーまで行ってきたんだ。メンバーのひとりがそっちにコテージを持ってるから。全員揃《そろ》っての練習は週末くらいのものだけど、それなりに調子はあがった』

兼行が所属するクラブチームのメンバーは、すべてがプロというわけではなく、兼行のような学生や、社会人でありながらレーサーとして登録している人々も多いらしい。

「ノルマンディーのコテージってどんなとこ？」

天城が聞くと『そうだな……』と兼行が遠くを見つめるまなざしになる。

『農家っぽい造りだけど、日本のやつとはぜんぜん違う。平屋だけど、寝室四つに、大きなキッチンとリビングがある。リビングには暖炉があって、冬はそこでチーズを炙《あぶ》って食べるそうだ』

天城は頭にその光景を浮かべようとしたけれど、もやもやと曖昧《あいまい》な映像にしかならなかった。

「ふうん。すごいね」

『ああ。いくら自転車道路があっても、パリの街中はロードの練習には不向きだから。これからは輪行で、あっちにちょくちょく行くことになると思う』

輪行とは、移動に便利なように自転車の部品をバラして、持ち歩くことである。兼行もそうやって練習に適した場所まで行くと言う。

「よくわかんないんだけど、ノルマンディーって遠いのか？」

天城が問うと、兼行が『結構』とうなずいた。

『電車だと、二時間くらい。ノルマンディーは駅名じゃなく、その地方全体を指す名前。俺が降りるのはルアーブルで、そこからバスで十分くらいのところにあるかな』

「じゃあ往復だと、かなり時間を食うんじゃないか？」

日本の新幹線とくらべるのは適切ではないだろうが、だいたい東京から京都まで二時間あまりで行けるはずだ。しかし、兼行は移動に要する時間は苦にならないと言ってくる。

『チームメイトに車を持ってるやつがいるんだ。早朝彼にピックアップしてもらって、ほかのメンバーとも一緒に行くから。彼らからはレースの駆け引きの技法を教えてもらえるし、むしろ貴重な時間なんだ』

そう告げる兼行の表情には前向きの活力を感じるから、チームメイトと仲良くやっているのだろう。少なくとも、高校の自転車競技部にいたころとは、また違った心境でいるように思われた。

「……楽しそうだな」

よろこばなければならないのに、つい寂しくていくぶん声が沈んでしまった。ハッとして、表情を明るくし「よかったな」と言ってみる。

『よかったというか、負けていられないと思うよ。チームメイトでもライバルだから。吸収できるものはして、それを上回る存在になりたいし』

「ん、だな。いままでは、おまえが全力でぶつかり合える相手なんかいなかったもんな。そっちに行って、そういうやつがいるんならいいと思う」

朗らかに告げたのに、兼行はわずかに眉間《みけん》の幅をせばめた。

『天城……?』

「ん。なに?」

『いや。あの……天城のほうはどうなんだ?』

「どうって?」

言いにくい台詞を切り出してくるときは、たいてい兼行は軽くこめかみに利き手を当てる。この際もそうだったから、天城は身構える気持ちになったが、実のところなにを言われるかすでに察しがついていた。

『ほんとにもうロードに乗るのはやめたのか?』

「……そうだよ。前にも言っただろ」

『天城。俺は惜しいと思ってる』

兼行が自分のことを思いやってそう言ってくれたのはわかっている。けれどもすでに決めたことだ。

「うんサンキュ。でも俺はなんつうか……ロードのほうはここまでかなって思うしさ」

言ってから、画面の男の顔を見て、急いで言葉をそこにくわえる。

「あっ、でもだからって、ロードバイクに乗らないってことじゃないぞ。通学には俺の愛車を使ってるし。休みの日にはひとっ走りしてみようとは思ってるから」

それよりおまえの話をしようぜと言ったけれど、兼行はだまされてくれなかった。

『天城。なあ、わかってるだろ。たまにそこらを走ってくるのと、レースに向けて練習するのとではまったく違う』

「……うん。わかってる」

『坂道をくだるときの天城のガッツは俺だって惚れ惚れするくらいなんだ。大学に自転車競技部がないんなら、社会人向けクラブチームに所属するのもありだと思う』

「そうだな、ありがと。気にしてくれて」

『天城』

名前を呼ばれ、ハッとして、いつしか下に向けていた視線をあげた。

「な、なに？」

兼行はなにか言いかけ、ややあってから口を閉ざした。

『……いや。なんでも。それより、大学はどうなんだ？　前に先輩に会ったって言わなかったか？』

「あ、うん……」

話題が切り替わったのを、あからさまにほっとするまいと思ったけれど、天城の気持ちに聡《さと》い彼はたぶんわかっていただろう。それでもいまは彼からロードで走るのを勧めてほしくない想いがあった。

（だって、ロードは無理なんだ）

時間と費用。それらが充分にあることは、ロードレース選手として活動するのに必要不可欠な条件だ。とくに費用の面については、自転車競技を続けていくうえで最大の障壁となる。兼行の実家のように裕福な暮らし向きならそれでいいが、そうでない場合には自転車競技を続けるのもむずかしい。

天城は祖父が自転車店を営んでいるぶんだけ恵まれていたほうだが、それでもいい加減限りがある。息子を私立の高校、大学と進学させれば、普通のサラリーマン家庭としては、そのうえ趣味の域を出ないスポーツに金を出していられない。

「先輩、この夏は沖縄でスキューバダイビングするんだって。就活までにはやりたいこと、ひと通りしてみるって言ってたっけ」

いいよね、とちっとも羨《うらや》ましくはないけど、言葉ばかりは明るい口調をつくったとき。

『天城はじゃあ、してみたいことってなんだ？』

不意打ちで突っこまれて、天城は「え」と目を瞠《みは》った。

『ロード以外で、いちばんおまえがしたいこと』

しばし考えてから、天城はきゅっと唇を嚙み締めた。それからへへっと笑ってみせる。

「えっと。マックで腹いっぱいバーガーが食いたいかな。期間限定の海老のやつ」

瞬きを多くして言ったとたん、天城は悔やむ気持ちになった。

この三年間一緒にいて、自転車に乗っているときふたりが呼吸を合わせることは完全に会得した。互いのちょっとしたサインから曲がるときのコースの角度や、アタックをかけるときのタイミングまで読み取れる。その相手に、たったいまごまかしの台詞を吐いた。

窮したうえでのことではあったが、それが天城の自己嫌悪を募らせる。彼はどう思ったかと、上目遣いを画面に向ければ、いつもは感情をあからさまに浮かべない彼の真っ黒な眸の上に心配そうな色があった。

それに気づいた瞬間に、天城は「ごめん」と口に出していた。

「俺ごまかした。ほんとはなにをしていいのかわからないんだ」

兼行は天城を咎《とが》める様子もなくただ黙ってうなずいた。

「わからないけど……なにか見つけたらおまえに教える。そんな流れでかまわないか？」

『うん、もちろん』

そう兼行が言ってくれて、心から安堵《あんど》する。

「ありがと、兼行」

彼は「いいんだ」と言うふうに首を振り、そののち少したためらってから口をひらいた。

『ああ……それと、来週は本格的にレースの準備に入るから、ネット通信はできなくなる。もしかしたら、その次も』

言いにくそうに兼行が告げてくるが、天城は不服に思わなかった。

兼行は真剣勝負の直前であり、そのことに集中するのは当然だ。だから、天城はにっこり笑ってうなずいた。

「俺のことは気にすんな。俺はいつでもおまえのことを考えてるし、応援してる。だから、しっかり頑張って、勝ってこい」

『うん。頑張るさ。勝つつもりでもいる。だけど……天城のことを気にしないのは無理だと思う。ここにいても、どこにいても、俺はずっと天城のことを考えてるから』

「兼行……」

　誠実な彼の言葉がうれしくて、天城はじっと画面を見つめる。すると、兼行はなんだか急に落ち着かない顔になり、ひとつ咳払《せきばら》いをしたのちに、言いにくそうに告げてくる。

『その……天城に頼みたいことがある』

「なにを？」

『えっと。その……ちょっと服を脱がないか？』

「はあ⁉」

『あ。嫌ならべつにいいんだが』

「いっ、嫌だってことはないけど！」

　ただ唐突で、思ってもみなかったから、すごくびっくりしただけだ。

『なら、いいか……？』

　遠慮がちに聞いてくる兼行がごくっと唾《つば》を呑んだのを見て取ると、猛烈に恥ずかしくなる。

「嫌じゃないし……服も脱ぐけど……。あの、ちょっと待っててな」

念のためにとデスクの前で腰をあげて、部屋の鍵をかけたあと、ふたたび椅子に座り直す。

(ひー。でもこれ、むちゃくちゃに恥ずかしい……っ)

実は、彼の見ている前で裸になるのはこれが初めてではなかったし、本当はもっとすごい経験をしたこともある。

でもあれは、気分がぐちゃぐちゃになっていて、ものすごく盛りあがっていたからこそできたことで、いまここで相手もいないまま裸になるのは抵抗がありすぎる。

(いや、相手は確かに画面の向こうにいるんだけどさ……)

でも、実質的には自分の部屋にひとりでいるとき、カメラに向かって服を脱ぐのは相当勇気が必要だ。

「えと。脱ぐ、よ……?」

『ああ』

五月も下旬になっていて、天城は半袖のカットソーとコットンパンツを身に着けている。上着の端を握り締め、しばらくためらっていたのちに、えいっと布地を引っぱりあげた。

「こ、これで……いい?」

兼行の食い入るようなまなざしに身をすくめつつ、承諾の言葉をもらおうと思ったのに、彼はうなずいてくれなかった。

『下も』

「バッ……」

馬鹿と返そうとしたけれど、それは言葉にならないままに震える指が勝手に動き、ボトムの金具をひらいていく。腰を浮かせ、布地を引き下げ、それを足元に落としてしまうと、天城は下着一枚の姿になった。

「……み、見るなっ」

カメラの前で、天城は自分の脚を隠す。

「俺の脚を見ちゃ嫌だ」

言われるままにボトムは脱いだが、そこを見られるのは嫌なのだ。太腿《ふともも》を腕で隠して兼行に訴えれば、相手は困惑した顔で『どうして?』と聞いてくる。

「だ、だって……俺、筋肉落ちちゃってる」

『……え?』

「最近ぜんぜん……ローラーにも乗ってないから……ふくらはぎも」

鍛錬不足の脚は前より細くなり、みっともなくなっている。膝《ひざ》をかかえてうずくまりたい気分で言うと、彼はふわっと表情をやわらかくした。

『天城。大丈夫』

なだめる調子で、彼はまたも言葉を投げる。

『頼むから、俺に見せて？』

そんな顔で、そんな響きを聞かせてくるのはずるいと思う。この男はいつも他人に愛想が足りなくて、そっけないばかりなのを知っているからよけいにあらがえなくなってしまう。

「こう……か？」

前屈《まえかが》みの上体を少しずつ起こしていき、太腿に置いた腕をそろそろと引きあげる。

『うん。それで、もうちょっと後ろに下がって』

兼行は、膝から上が全部見える位置にまで移れと命じる。ひどいとは思ったけれど、どうしてか逆らえず、天城は椅子を後ろに引いた。

（も……そんな……めちゃくちゃに見るなって）

そうやって食いつくみたいに眺められると、肌の表面が粟立《あわだ》ってくる。

（胸も……見てる）

かつて、この胸をいじりまくられ、舐《な》め倒されたことがある。あれは兼行がフランスに旅立つ一週間ほど前のことだ。

――え、兼行⁉

出発準備で忙しいはずなのに、彼は突然アマギサイクルにやってきた。

――なんでここに……？

驚きつつもとりあえず自室にあげて理由を聞けば、どうしても会いたかったと告げられる。

俺もと思わず抱きつけば、兼行がキスをしてきて、そのあとはエスカレートしていく行為をどちらもとめられなくなってしまった。

無我夢中で互いに触れ、裸になって相手の身体を確かめ合って。どうしようもなく昂《たかぶ》る性器を擦ってまもなく射精したが、それではぜんぜん足りなかった。

——な、兼行……俺はもっとおまえが欲しい。その……やりかたを知ってるなら、してくれる……？

——いいのか、天城？　途中で嫌だと言われても、正直やめる自信がないけど。

——うん、いいよ。やめなくて……最後までしてほしいから……。

そしてそのあと、天城は兼行のものになった。正直、事の最中は必死だし、苦しいしで、詳細な過程についてはとてもおぼえていられなかったが、幸い天城が怪我《けが》をすることもなくふたりは初めてのセックスをした。

思い出せば懐かしい気もしてくるが、あれはまだ二カ月ほど前の記憶にすぎないのだ。

(あんなことまでしたんだから、裸を見られるくらい平気……)

ではあるのだが、やはり恥ずかしいものは恥ずかしい。

「な……兼行、もういいか……？」

それに、羞恥《しゅうち》をおぼえているばかりではなく、そんなにじっと見詰められるとおかしな気分にもなってくる。

「もう、服……着直すぞ」

『ああ。でも……そこ』

言って、彼は天城の下着を指差した。

『湿ってないか?』

「なっ……ち、違う、し……っ」

青いローライズのボクサーパンツは、湿ってなどいないと思う。ただ兼行に指差されて、ぴくんとその箇所が反応してしまっただけだ。

『だけど、ほんとに……?』

「ん……」

『じゃあ』と目を据えて告げてくる兼行は、猛々《たけだけ》しい雄そのものの顔をしている。

『自分でさわって、確かめてみて』

嫌だと拒んでもよかったのに、なぜか天城の指先はそろそろと下着のほうに向かいはじめる。

(だって、もうずっとキスもしてないし……)

若い身体はこんな場面に晒《さら》されて、ためらいよりも刺激を求める気持ちのほうに傾いている。下着の上からそっと触れると、またそこがぴくっと震え、天城は頬を赤くしながらウエストゴムに指先を移動させせる。

『そうだ。直接、自分で握って』

指示されて、ならしかたがないと考える天城の胸は、自分でもわかるほどドキドキしていた。

「……んっ」

布地と肌とのあいだに指を忍びこませ、おそるおそる軸に触れる。軽く手のひらに包みこみ、それだけでやめるつもりだったのに、ゆっくり手が動きはじめた。

「……っく」

もうよそうと思っているのに、どうしても手の動きがとまらない。自身でするときの何倍も感じてしまい、恥ずかしいのにやめられないのだ。

（や、だ……っ、こんな……っ）

徐々に、しかし確実に握ったものが膨れていくと、下着のなかが窮屈になってくる。どうしようと、パソコン画面に映る姿をちらりと見て、天城は心臓を跳ねあげた。

「か、兼行……っ？　もしかして……おまえ、も……？」

彼はカメラに上半身しか写していないが、その下でなにかがおこなわれているようだ。いつもは乱れることのない彼の呼吸が少しばかり速いようだし、利き手のほうの肩と腕とが小刻みに動いている。

『天城がそんな顔をするから』

「そ、そんなって……？」

『ムラムラする顔』

そう聞かされて憤慨するより、真っ赤になる自分は馬鹿だ。そもそも、この顔は兼行がさせたのだし、しかも彼のほうだって自分をムラムラさせてしまう顔をしている。こっちばかり言われるのは不公平だと思ったけれど、兼行が『したいな……』とつぶやくから、文句がどこかにいってしまった。

『したい、天城』

「ばっ、馬鹿っ」

反射的に誘《そし》ったが、本音を言えばしたいのは自分もだった。

（兼行に触れたい、俺もさわられたい）

なのに、絶対に触れ合えない。

「……兼行ぃ」

『だからそんな顔するなって。パソコン画面をぶち破って、おまえのところに行きたくなる』

できないことを夢想する兼行ではないはずなのに、彼はそんなことを言う。

「お、俺もっ……だけど、おまえっ、そっちいて」

『天城……？』

「俺っ、おまえのロード、好きなんだ……っ」

普段のときの兼行もすごく好きだし、ロードレースで戦っているこの男も大好きだ。

「俺、したいけど……っ、我慢、するからっ」

いつの間にか涙目になっていたのか、兼行が『泣くなよ』と言いながらこちらに手を伸ばしてくる。と、そこで彼は中途にひらいた指をぐっと握りこんだ。

『くそ』

低いそのつぶやきがあまりにも苦しそうで、男っぽくて、天城はせつなさと胸苦しさを同時に味わう羽目になった。

「か、兼行……っ……一緒に、擦ろ？」

せめてと誘えば、彼は奥歯を嚙み締めてからうなずいた。

『出すときも合わせるか？』

「ん、んっ」

こっくり首を振ってから、ねだるために口をひらく。

「兼行、おまえも、ちょっと……後ろに下がって」

自分のだけ見られているのはずるい気がする。それに、なにより兼行のが見たいのだ。

『わかった。じゃあ、天城は下着をもっとずらせよ』

なにが『じゃあ』なのかわからないが、天城は素直に下着を腿のなかほどまで引き下げた。

「こ、これくらいか……？」

『うん。それで、もっと脚をひらいて……そう。それから、ゆっくり軸を擦って』

天城は兼行に言われるままに右手を動かす。

『……先のとこも。俺が前にしたみたいに』

「あ、ん……んぅ」

記憶の兼行を摸して指を動かすと、先のところがじわりと濡《ぬ》れた。

『濡れてきた？』

いつもは淡々としすぎていて取りつく島がないほどなのに、こういうときの兼行はひどくいやらしい男になる。

『もうしっかり勃ってるな。赤くなって……びくびくしてる』

「い、言うなぁっ」

一枚きりの青い布地を腿のところに引き下げて、おのれの性器を自分の手で慰める。そんな卑猥《ひわい》な姿をしていることも恥ずかしいのに、それを兼行から見たままに聞かされると、羞恥のあまりどうしていいかわからなくなる。

「兼行、おまえ……やらしいよ」

『いやらしいのは天城だろ。目が潤んで、息があがって、ちらちら舌が見えるのが……』

くそ、と兼行がふたたびつぶやく。

『キスしたいな』

「ん、ん……っ」

自分もそうだ。いま切実に兼行にキスされたい。そんな気持ちが全身を苛《さいな》んでいて、天城は知らず相手のキスを待つように顎《あご》をあげ気味に眸を閉ざした。すると、兼行が唸《うな》り交じりの低い声を洩らしてくる。

『天城の舌が痺れるくらいのキスをして、全身を舐め回したい。首も、胸も、おまえが握ってるその場所も』

とたん、兼行が言った箇所から、またも滴が滲みだす。お陰でぬめりがひどくなって、扱《しご》く動作がスムーズになったけれど、同時に音が立ちはじめていたたまれない。

「か、兼行……っ」

下腹部がさらに熱く、頭もぼうっとなってきた。もはやまともな思考が浮かばす、感じたことが自然と口からこぼれ出る。

「な、兼行……俺のやらしい顔、興奮する……？」

『うん』

だったらと、天城は濡れて真っ赤になった自分の軸を握り直した。

「もっと、気持ちよくなって」

自身を慰めるあられもない姿を眺めて、彼が感じてくれればうれしい。脚をひらいて、胸を突き出し、自然に腰が振れてくるいやらしい様子だって、兼行が気持ちいいならそれで天城は満足なのだ。

「……あ、あ……うっ……」

こうして目を閉じてしまえば、まるで兼行がここを擦っているような気分がしてくる。大きな手のひらで、強く激しくここを扱いて。

「……も、出る、出そう……っ」

『うん。俺も』

ぶるっと腰を震わせて、天城は兼行に訴える。

「達《い》ってていい？　も、い……？」

『いいよ。天城』

「じゃ、い、達く……ねっ」

許可をもらえば、あとはもういっきに愉悦の頂上まで駆けのぼっていくだけだ。天城は指のあいだから滴るほど濡れてきた自身の性器と、快感に上気した顔を晒して、おのれを絶頂に追いやるための仕草を続ける。

「あ。達くっ、かね、兼行……っ」

『天城……！』

切羽詰まった男の声を聞いた瞬間。天城は兼行の目の前で快感の極まりを迸《ほとばし》らせた。

そんなふうに切実な気持ちのこもった、けれども相手に触れられない交歓は、天城の欲望を燻《くすぶ》らせる。パソコン通信を終えた以降も、何度となくおのれを慰めてみたけれど、独りで快楽を求める行為はむなしくて、精液を吐き出す快感を上回るほど寂寥《せきりょう》が胸を冷やした。

◇　◇

兼行にはわからせないようメールの文面には気をつけていたけれど、日常のふとした折に視線で彼を捜す仕草を自覚すれば、心のなかにひたひたと寂しさが満ちてくる。食欲も落ち、心配する祖父には、部活をしていたときほど腹が減らないと言いわけしたが、本当の理由は自分でも嫌と言うほどわかっていた。

兼行が足りない。

どこを見回しても、彼がいない。

もらったメールは一通残らず保護をかけているけれど、幾度読み返してみたところで当人と普通に会えていたころの気持ちにはほど遠かった。

いまここに兼行が戻ってきてくれないだろうか……とはいえ、本当に来てしまったらまずいのだが……それでも、ひと目だけでもいいから、彼の顔を見てみたい。

そんなことばかり考えて毎日鬱々としている自分は女々しいと思うけれど、自然と想いが湧《わ》いてくるものはしかたない。

兼行とパソコン通信ができなくなって、二週間目。アマギサイクルの閉店時間が近くなっても、ぼんやりしたままでいると、祖父が声をかけてきた。

「翼、いいのか？」

「え、なに？」

「そろそろ店を閉める時間だ。今日は急ぐんじゃなかったのか？」

「今日は……？」

天城が頭を傾けると、大学生になってから伸ばしはじめた髪がさらりと横に流れる。ちょっと考えてから、毎週水曜日にはあせっていた自分のことを思い出した。

「んーん。いいんだ」

アマギサイクルのエプロンを着けた天城は、手近の丸椅子に腰をかけ、ぐるっと店内を見回した。

「……じいちゃん、あのさ……そのうち六月が終わるだろ。そしたら七月になっちゃって、夏が来れば次は秋で、いつの間にかそいつも終わって。それから……それで……」

なにが言いたくなったのかわからなくなり、天城は視線を漂わせる。その姿勢のまま、ただぼんやりと店の商品を眺めていたら、ツナギ服の祖父が近くに寄ってきた。

「翼はまたロードレースをやりたいか？」

「ううん。それはない」

兼行の走りに魅せられてはじめたロードは、國見学院エースのアシストとして彼をゴールに送りこんだ瞬間に、まっとうできた感がある。もしも兼行が渡仏せず、大学の自転車競技部に入ったとして、果たして自分も彼を追いかけてそちらに入部し、またも彼のアシストをするべく頑張る気になっただろうか？

（たぶん、それはないだろうな）

高校の三年間は、無我夢中で楽しかった。兼行についていこうと、彼のことを支えようと、ただがむしゃらに突き進んだ。あれは本当にいい思い出だ。そして、あの頑張りをいま『いい思い出』と感じる自分は、すでにロードレースから気持ちが離れてしまっている。

冷静に考えて、自分は兼行とはロードに対する姿勢が違う。あんなふうに、自分の力のすべてを燃やして、ただひたすらに前へ突き進もうとする兼行のやりかたは、とても自分には真似ができない。

ロードバイクで先頭を走ること、それに全存在を賭《か》けているような彼の気迫を、ごく間近から見ていた天城は、自分はとうていあんなふうにはできないと思うのだ。

「ロードはもういいんだけど……なあ、じいちゃん」

「なんだ？」

「俺さあ、自転車で、ずっとずっと走っていったらどこまでいけるんだろうって、チビのころに思ったんだ」

あれは天城が小学校低学年のときだった。夏休みのとある一日、おやつを食べて、意気揚揚と自転車にまたがると、天城は自分の思いつきを決行した。

走れば変わる景色が楽しく、夢中でどこまでも進み続け、やがて夕闇《ゆうやみ》が迫ってくる。日が落ちて、ふと気づけば知らない町。帰り道もわからなくなっていて、自転車を押しながら天城がわんわん泣いていたら、その道の途中にあった自転車屋からひとりの男が現れた。

――どうしたんだ？

――おれっ……自転車で……っ。

泣きながらしどろもどろに事の顚末《てんまつ》を話してみれば、男はなるほどと笑顔で言った。

――ぼうず、すごいな。その歳で、こんなところまで来れたのか。

彼はたぶん、子供の気持ちを変えさせる気で言ったのだろう。しかし、軽い調子の褒め言葉は、天城の涙をとめる力を持っていた。

――ほんとか、おれってすごいやつか？

ぴたりと泣きやんだ子供を男は自分の店に連れていき、そこから家に電話をかけて母親と連絡をつけてくれた。

――すぐに車で迎えに来るって。ここでもうちょっと待ってろよ。

当時は男を『おじさん』と思っていたが、あれはもう少し若い男であったかもしれなかった。待つあいだ、彼は店内の自転車を見せてくれ、あれはこうやって折りたたむ、こっちは旅行用であり、これでアメリカ大陸を横断した旅人もいるのだと、身振り手振りで教えてくれた。

そしてそののち、心配顔の母親が迎えに来て、息子の無事を確認できた安堵のあまり怒りはじめた場面では、まあまあとなだめてくれ、やがて天城が車に乗って帰る段になったときだ。

——どうだ、ぼうず。いっぱい走って楽しかったか？

あの折、天城はなんと答えていたのだったか……。

「なあ、じいちゃん。俺、ちょっとやってみたいことがあるんだけど、いいかなあ？」

「どんなことだ？」

「俺さ、このアマギサイクルを核にして、いろんなイベントをやってみたいんだ。ロードの初心者向けに輪行のやりかたや、自分でできるパンク修理の講座とか。そのほか、私設チームとかの連絡拠点にこの店を使ってくれればいいかとも考えてるし、チーム運営の機材なんかもこっちから提案したい。それとたとえば、昔俺が家族旅行で出かけた鈴鹿、あそこのイベントに参加するツアーを組んだり、ツール・ド・のとや、しまなみのそれなんかにも、ひとりでも気軽にエントリーできる企画を立ちあげたりしたいんだ。それから……」

最初はただの思いつきだったのに、いざ口にしてみると、あとからあとからアイデアが湧いてくる。

(そうか。俺は……こんなことがしたかったんだ)

おそらく自分は、去年のインターハイが終わってからは明確な方向性をうしなっていたのだろう。受験はあったが、天城の成績からすればそれほど難易度の高い大学ではなかったし、兼行とロードレースに出場する意義も、機会もなくなって、自分から積極的になにかをはじめる意欲が薄れていたのかもしれなかった。

祖父の前で夢中になって話す天城は、自分の姿に記憶の男の面影を重ね合わせる。

そう……たぶんあの男も自転車が大好きだった。迷いこんだ子供にも自転車の楽しさを教えてくれたくらいだから。

——うん。すっごく楽しかった。自転車って、いいもんだな!

男と別れ際、そう答えられたのは、天城のちいさな冒険をみじめな失敗に終わらせずに済ませてくれたあの男の親切があったからだ。

そしてそれは彼だけではなく、やがて天城がマウンテンバイクをはじめたときも、自分の技量の拙《つたな》さを感じることこそあったものの、対人関係で心底嫌な思いをしたことは一度もない。天城は過去にそうした人々との出会いがあって、さらに自転車が好きになり、その繋がりから兼行の存在を知ったのだ。

（そうだ。自転車へのかかわりかたはひとつじゃない）

フランスに渡って、ロードレースを極めるべく頑張る兼行。ここ東京で、もっとたくさんのひとたちが、より自転車を楽しめるよう動こうとしている自分。一見別々の道を歩んでいるようだが、自転車が好きな気持ちはどちらもおなじだ。

「じいちゃん。俺いろいろと思いついたら、じっとしてられなくなった。できるだけ迷惑はかけないように気をつけるし、なんかやるときはかならず事前に相談するから、しばらくはばたばたするけど許してな」

「なんでも翼の思いどおりにやるといいさ」

白髪の混じる眉の下の眸がやさしい。ひさびさに高揚した気分でいる孫息子を眺めていたあと、祖父はどっこらしょと立ちあがった。

「それじゃあそろそろ店を閉めるか」

「あ。俺が……」

「今日はいい。翼はいろいろとしたいことがあるんだろう？」

上に行っていいぞと言われ、天城は祖父の思いやりを素直に受け取ることにした。

「ありがと、じいちゃん。そしたら俺、今晩は鶏肉揚げと、ポテトサラダをつくるからな」

鶏肉は、梅肉と大葉を巻きこみ、かるい食感になるように薄く片栗粉をつけて揚げる。サラダのほうはオイルサーディン少々に、タマネギと、キュウリをどっさり入れたもの。祖父は天城が自分の好物をつくると知って微笑した。

「だったら、それにビールを添えてもらうかな」

「いいけど……平気か？」

体調の安定しない祖父を気遣って天城は言った。心配をかけたくないのか彼自身は詳細を語らないが、母からは心臓に不具合があるのだと聞いている。

しかし、祖父は「一本だけだ」と苦笑してから「ここはもう落ち着いている。定期的に薬を飲んでれば大丈夫だ」とツナギの上を撫《な》でながら告げてきた。

「ほんとに？」

「ああ」

じゃあ、と天城は看板だけしまっていこうと、店前に足を進める。

「瓶《びん》ビールが冷えてたか、上に行ったら確かめなくちゃ」

◇　　◇

そして、そののち。祖父との夕食を済ませ、デスクに置かれているパソコンの前に座って、天城は腕組みして考えている。

ロードバイクやマウンテンバイクに乗ることを趣味にしている人々同士の交流支援や、初心者への各種講座。この地域でサイクリングを楽しむためのコースガイド。用途別のお勧め部品の説明など、まずは簡単なところからと思ってみれば、やはりホームページをつくって、そこからのアプローチが早道かと思われる。しかしいちおうネットの知識はあるものの、天城のそれはしょせん閲覧者側からのものでしかなく、自分が最初から構築していくとなると、やはり相当むずかしい。

そのための書籍を買い、かつネットでの検索で知りたいことを調べながらの一週間。寝る間を削って苦心惨憺《さんたん》したあげく、どうにかサイトの格好だけはつくりあげた。

そして迎えた水曜日の午後九時。目をしょぼしょぼさせながら、インターネット通信のカメラに自分を写してみれば、驚いた兼行が画面の向こうから問いかける。

『どうしたんだ?』

「うん。じつはな……」

天城が事情を説明すると、彼はこの思いつきをよろこんだ。

『それはいいな。天城、すごくいいアイデアだ』

「ほんとにそう思ってくれる?」

『もちろん。俺もサイトの運営方法を知っていればよかったのに』

本気でくやしそうな兼行の顔を見て、天城の頬に笑みがこぼれる。

「いや、いいよ。兼行が有名なプロ選手になったときには、おまえを囲んで晩飯が食べられるツアーってのを企画するから、そのときは協力してな」

『あ、うん。そうなれるよう努力するけど……そのツアーってどんなものだ？』

「一般のひとたちでも参加できる自転車レースってあるだろう？　しまなみ海道とか、能登半島とか。ああいう催しに、たとえひとりでも参加できる企画をいずれやりたいんだ。まだ初心者で輪行がむずかしければ、自転車丸ごと運んでいける旅行プランを設けるとか」

『そいつはすごいけど……実際にやってみるのは大変そうだな』

「ん。さすがにそっちはすぐには無理。俺ひとりだと、とうてい手が回らないし。いまんとこ、あくまでもいずれはって努力目標」

それはそうとと天城は言った。

「おまえの近況も教えてくれよ。地域別レースの仕上がりはどうなんだ？」

水を向けると、兼行は眉を寄せ、むずかしい顔になる。

『いまのところ最善を尽くしてる。だけど』

「だけど？」

『こっちの選手の層の厚みをひしひしと感じるよ。プロを目指しているやつはごまんといて、クラブチームに入っても、スポンサーとの専属契約を交わせるのはごくひと握りの人間だけだ。末端の連中は、レースごとの賞金を獲ってかないと、まず生活が成り立たない』

しかも俺はまだ、そのとば口に立ってまもないところだし。

部活時代は向かうところ敵なしだった兼行の謙虚な台詞に、内心天城は当惑する。

(ひょっとして、こいつ自信をなくしてる?)

しかし、彼の眸を見れば、少しも光をうしなっていなかった。

「あのさ。もしかして……むずかしいのを思い知って、かえってやる気が出てきた感じ?」

兼行ならそうかもしれないと思って聞くと、果たして彼はうなずいた。

『うん。やっぱりこっちに渡ってきてよかったよ。あと十カ月でなんらかの結果を出さないと駄目だってあせる気持ちもあるんだけどな、強い相手とぶつかると、負けてなるかって想いが湧くんだ。こいつよりもゼロコンマ一秒でも速くって。身体の血は煮えたぎってて、なのに頭はキンと冷えてる感覚は、日本では味わえなかった』

戦う男の顔をして兼行が言う。天城はそれを見て、ハアッと息をついてしまった。

「ほんと、おまえってすごいよなあ」

しみじみ洩らすと、兼行は意外なことに『天城だって』と告げてきた。

『まだ大学一年生で、それだけいろいろ考えてるのはすごいと思う。おまえのガッツは健在だなって感じたら、俺ももっとやらなくちゃと励まされた』

まんざらお世辞とは思えない彼の台詞に、天城の気持ちが浮上する。うれしくて、もう少し自分の想いを彼に知ってほしくなり、ためらう心を押しきって言葉を継いだ。

「ありがと、兼行。俺さ、じつはさ、このアイデアが浮かんだときにこんなふうにも考えたんだ」

聞いてくれるかと視線で問うと、彼はおもむろにうなずいた。

「さっき、おまえは俺のガッツは健在だって言ったけど、ほんとはずっとなにしていいかわかんなかった。おまえがフランスに渡るって聞いてから、俺は、じゃあどうすればいいんだって、本音では思ってたんだ。おまえに……その、置いてかれてしまったって……頑張れよっていい顔してみせたのに、本心ではこの程度のものなんだ」

情けないだろ、と天城は自分の言葉どおりの表情になる。

『天城……』

相手がこちらをなだめようとしたのを察し、天城は軽く首を振ってそれをとどめる。そうして、にこりと笑顔をつくり、

「だけど俺はこの場所で、自分のやりたいことを見つけた。まだほんの入り口だけど、いっぱい失敗するかもだけど、試してみたい気持ちになってる。俺は自転車が大好きで、だから俺とおなじ気持ちの連中をサポートしていけたらなって」

天城が言うあいだ、兼行は真摯な顔つきで黙って耳を傾けている。

「なんかなあ、そう思ったら胸ん中がすっきりしたんだ。俺はもうロードレースには出ない

けど……おまえとまるきりべつの道を歩いてるんじゃないって感じる。だって、おまえは自転車が好きだろう?」

『ああ』

「俺もそうだ。そんで、その気持ちがありさえすれば、俺とおまえはどっかできちんと繋がってるんじゃないかなって、そんなふうに思えるんだ。自転車に乗るときはひとりだけどさ、でも俺がほんとにたったひとりなら、そもそも自転車で走ることもなかったんだ。それまでにたくさんのひと達との出会いがあって、そのお陰で俺は自転車に乗っていられる」

思いの丈を吐き出すのは気恥ずかしくて、自分でもなにを言っているのかと感じたけれど、兼行が真剣に耳を傾けてくれているから、天城の口は自然と動く。

「それに、おまえともそうなんだ。そこまでにいろんなことが積み重なって、その結果で俺はおまえと一緒に走れた。そんで、いまはそれぞれが違う場所で自転車に乗っていて、でもやっぱり俺たちはずっと一緒に走ってる――って、そう思うのは、おかしいか?」

『いや。ぜんぜん』

ごく真面目な顔をして兼行が言う。

『天城が話すのを聞いてたら、こんな言葉を思い出した』

そして、一拍置いてから、兼行が口をひらく。

『ひとりで勝利を摑めるひとはいない。少なくとも自転車レースと人生では』

「それって……?」

『ヨハン・ブリュニールが書いた本のなかにあった』

その人物なら知っている。ツール・ド・フランス八勝という、前人未到の記録を打ち立てた名監督の名前だった。

『俺もロードで戦ってるとき、この走りの行く先がどこにあるのか考える。俺はいったいどこから来て、どこに行きたいと望んでいるのか?』

考えるっていっても、頭じゃなくて身体の感覚に近いけど、と兼行は言葉を足して、真っ向から視線を注ぐ。

『そしたら普通に天城の顔が浮かぶんだ』

「兼行……」

『俺がそう感じるのはおかしいか?』

天城は頬に髪が当たるほど首を振った。たぶん涙目になっているだろうこちらの顔を、穴が開くほど見据えながら天城の恋人が声を発する。

『天城』

「ん?」

『好きだ』

「お、俺も……っ」

パソコン画面を目の前にふたりして盛りあがって、馬鹿みたいかもしれないが、いまはそんなのはどうでもよかった。

『な、天城。……部屋の鍵をかけてこいよ』

言われるままに胸をドキドキさせながら、天城は素直に立ちあがる。

このあとで自分たちがなにをするかわかっていて、きっとそのあとはキスもできないふたりのことがもっとせつなくなるのだろうが、気持ちも、身体も、もはや後戻りできそうにない。

そうして天城は自室のドアまで往復すると、元の椅子に座り直した。

「鍵……かけてきた」

◇　◇

そののちもふたりはできるだけ時間をつくって、互いの近況を報告し合った。兼行は地域別レースで、十一位の結果だったとくやしそうで、また次のレースに向けて練習している。

天城はホームページやら、店頭の貼り紙やらの効果が多少はあったらしく、最初の自転車講座には三名ほどが集まった。店の奥を片づけてひらいた講座に、たまたま訪れたお客さんも興味を持ってくれたらしく、次の予約を取りつけて帰っていった。サイトでは、掲示板スタイルの相談室がわずかながらも反応があり、地道に閲覧者を増やしている。

そんなこんなでめまぐるしく日々は流れ、今年もまた夏のインターハイ個人ロードレースの当日がやってきた。

去年は湖沿いを四周回して、スキー場まで駆けのぼるコースだったが、今年の群馬大会は緩やかなアップダウンのある陸上競技場の外周をめぐったあと、急坂を走りくだるゴールが設定されている。

インターハイ最終日、すでに大学は夏休みに入っており、忙しいながらも天城は國見学院OBとして、レース会場に向かっていった。

(うわ。この雰囲気、なつかしいな)

きょろきょろしていたら、去年まで競技部で同輩だった部員たちに見つかった。

「天城！　おまえも来てたのか？」

「うん。これだけはやっぱ観に来ておこうかなって」

じつのところ、彼らからは事前にSNSで誘われたのだが、天城は明確な返事をしていなかった。地元の自転車愛好家と交流するための連絡板もサイトに載せている関係上、急な用件が飛びこんでくることもあり、祖父まかせにしたくない天城はぎりぎりまで会場行きを保留にしていた。

「結局来れたんだな。よかったな」

「またひさびさに天城の顔を見たいなって言ってたんだ」

かつての仲間から続々に話しかけられ、天城も懐かしさで心が弾む。けれども、彼らに会えたことで、兼行の不在がよりくっきりと胸に落ちたのも本当だった。

「なあ天城。ひとまず俺らの、っつうか、國見学院のテントに行こうぜ。今年は競技場の内部に設営してるって」

言われて、天城は小ぶりな頭を傾けた。

「うーんと。どうしようかな……」

そちらのほうに顔を出せば、前年度副キャプテンとして振る舞わなければならなくなる。兼行がこの場所にいないいま、なんとなくそんな気分になれなくて、天城は視線をうろつかせた。

「あ、えとな。俺、今日は応援客のひとりでいいや。ゴール前で國見のジャージを見ることにする。あいつだったら、かならずトップで飛びこんでくるはずだから」

今年のエースは現三年生の真柴《ましば》であり、彼は平坦も得意だし、くだり坂のスピードにも負けない度胸を持っている。そのうえ体格にも、脚力にも恵まれているあの男なら、きっと先頭を走ってくる。

「そっか。じゃあ、俺らはテントのほうに行くわ。そのあと、ゴールのとこで落ち合おうぜ」

「うん。またあとでな」

そうして部員たちと別れたあと、ゴール地点に設定された駐車場まで歩いていく。坂を下りきって、ゆるいカーブを曲がったところが今大会の終着点だ。

はみ出した応援客が選手の行く手を遮らないよう、進路沿いには立ち入り禁止のロープが張られ、曲がり角にはカラーコーンが幾つも設置されていた。

（頑張れよ。真柴たち）

このロードレースの参加者は五人だと聞いている。いずれも、天城が後輩として面倒を見た連中ばかりだ。そのなかでも真柴がいちばん練習熱心だったためか、特に目をかけていた記憶がある。

天城はあえて國見学院関係者の近くには行かないで、一般の応援客に交じって、選手たちの到来を待ち受けた。

人々のざわめきのなか、坂のほうに意識を集中してみれば、練習で培《つちか》った勘が働いたのだろうか、次第に近づいてくる何者かの存在が感じられる。

（まもなく来る……気配がする……これは、きっと真柴のものだ）

そして、天城の予想どおり、くだり坂をぶっちぎりの速さで駆けてくるロードバイクは、天城が引退するまでは毎日目にした赤いフレーム。

「踏めっ、真柴！」

ゴールより手前にあるひとだかりから叫ぶ天城が見えたとは思わないが、拳を握って発破をかける。彼はまるで赤い弾丸かの速さで目の前を通りすぎ、ゴールラインを割った瞬間、拳を挙げておのれの優勝をアピールした。

「やったな！」

これで國見学院はインターハイで六連勝。常勝の伝統を守ったわけで、ＯＢとしてはたいへん誇らしい気分になる。

（プレッシャーもあったろうに、あいつよく頑張ったよな）

ゴール後の真柴を囲む人垣は相当大きく、去年より応援の数は多いようである。しかし、それも不思議はないと天城は思う。

真柴一成《いっせい》。身長百八十二センチの十八歳は、兼行といい勝負のイケメンだ。そのうえ真柴のほうは目尻が下がり気味なぶんだけ、より親しみやすく甘い印象を漂わせる。

天城が母校にいたときも、女子のファンが多かったと記憶している真柴なだけに、このレースでもたくさんの女たちが彼を応援していたようだ。

みんなに祝福されて、あいつもよろこんでいるんだろうと、天城が微笑《ほほえ》ましい気分になって、勝利に沸き立つ人々を少し離れたところから眺めていたときだった。

（あれ……？）

人垣がいきなり崩れ、そこの一部に穴が開く。なにかと思って見ていれば、そこから國見学院のジャージ姿が飛び出してきた。

「天城先輩！」

いきなりの大音声に、驚いて目を瞠る。思いもよらず名前を呼ばれて茫然《ぼうぜん》としていたら、シューズの底の金具をカツカツ鳴らしながら、今年度の優勝者が早足で近づいてきた。

「おう、真柴おめでとさん」

いくらか当惑したものの、天城は後輩にねぎらいの言葉をかける。

「よく頑張った……」

言葉なかばに、天城はぎょっと目を剝《む》く。真柴がいきなり両手を広げて、天城に抱きついてきたからだ。

「え……あの……？」

周りの視線が集まるなかで、痛いくらい抱擁される。真柴の優勝を祝う気持ちはあるけれど、これはちょっといきなりすぎて戸惑う気持ちが先に立った。

「あ、あのさ……」

「先輩。俺、勝ちました……！」

（ああそっか。感激してんだ）

彼は感情表現が兼行よりは豊かだったな、とようやく天城は得心がいく。締めつけられて動かしにくい腕をなんとか前に伸ばすと、相手の背中をよしよしと撫でてやった。

「うん。優勝だ。えらかった」

「ゴール前にいた先輩の顔、俺はちゃんと見えてました。俺を激励する声もはっきりと聴こえてたんです」

「ん、そうか？　余裕だな」

「余裕なんか、なかったです……もし、だったらって、思ってたから……」

絞り出すような後輩の声音から察するに、彼は負けたらどうしようと思っていたのか？

相当に肝の太い後輩だと思っていたが、やはり必勝を義務づけられていたことはなかなかの重圧であったらしい。

「うん。よかったな。勝ってよかった」

そうして、しばらくは抱き締められたままでいたが、真柴はいっこうに天城を手放す気配がない。そのうちに元部員としては大会の進行が気になりはじめ、副キャプテンであったころの口調で彼をうながした。

「ほら、真柴。まだインハイは終わってないぞ。おまえはキャプテンなんだろう？　チームに戻って、おまえのするべきことをしろ」

すると、天城よりひと回り大きな男は、ようやく腕の力を緩めた。

「はい、先輩。言うとおりにしますけど、あとで少し話をさせてもらってもいいですか？」

どうやら、真柴は自分に対してなにか用事があるらしい。どうしようかと考えてから、天城は「ごめん」と彼に告げた。

「俺、もうそろそろ帰らなくちゃなんないんだ。店でやることが結構あってさ。まだインハイは表彰式も終わってないだろ。そのあとの撤収まで待ってたら、ずいぶん遅くなっちゃうから」

用件はあとで聞くがいいかと問うと、真柴は一瞬落胆の表情を見せたものの、すぐさま気を取り直し「だったら」と提案してくる。

「そのうち先輩の店のほうにお邪魔します。そうしてもいいですか？」

「あ、うん。いいけど……？」

「じゃあ、絶対に。約束しました」

強く言いきると、真柴はおもむろに踵《きびす》を返して、部員や監督たちが集まるほうへと戻っていく。去年は着ていたジャージの背中を見送りながら、真柴を祝う気持ちとべつに、天城はついこんなことを思ってしまった。

（おまえだったら、真柴の走りをどんなふうに思うかな？）

なあ、兼行と呼びかけたくても、自分の隣は空いたままだ。

振り返っても、周囲を見ても、あの男の姿は見えない。

去年まではお揃いのジャージを着て、部員たちの集まりの輪のなかにいたふたりなのに。

胸に鋭い痛みを感じ、強いて気持ちを変えようと視線をあげれば、目に映るのは雲ひとつない上天気。

(……そういや、空に落っこちていく話をどこかで読んだっけ)

もしもあの青に吸いこまれて落ちていったら、自分が行く果てには兼行の住んでいるフランスがあるのだろうか?

空は繋がっているのだから、そうであってくれればいいが。そんなことをぼんやりと考えてから、天城は苦笑を頬に浮かべた。

自分はなんだか本当に女々しくなってしまったようだ。最近はふとした折に、あり得ないことばかり望んでいる。

おぼえずため息をひとつ吐き、天城はふるふると首を振って自分の妄想を打ちきると、勝負の興奮が冷めやらぬ会場をあとにした。

◇　　◇

インターハイが終わってから、すぐにも真柴が現れるかと思ったが、予想に反して彼は姿を見せなかった。二学期早々には三年生は引退し、その後進学する者は受験態勢に入るから、キャプテンの真柴は二年生への引き継ぎなどでおそらくは忙しい。

みずから約束だと告げたからには、忘れたり、反故《ほご》にしたりするような男ではないはずなので、そのうちひょっこり顔を出しに来るだろうと、天城はのんびりかまえている。

それにこちらから電話をかけて、彼になんの話かと聞く気が起こらないくらいには日々の仕事が目白押しだ。

「クロスバイクの貸し出しですか？　いえ、うちはレンタルしてないんです。試乗ならできますが……はい。ルイガノと、ジャイアントならすぐにご用意ができますよ」

こんなふうな電話での客対応や、仕入れ先への部品発注。それに秋からは新モデルのスポーツ車が入荷してくる予定だから、そちらの納車手配でも忙しい。

そのうえに、十月以降は大学後期の受講もあり、店の手伝いと、サイトの更新やら問い合わせへの返信やらで、ここのところ睡眠時間も前よりは減っている。

兼行とはほぼ毎週ネット通信をしていたが、あちらも語学学校とロードの練習以外余分な時間はまったくなく、簡単な近況報告で終わるときがほとんどだった。

（だけど、それもしかたない。あいつはここからが正念場だ）

彼に聞いたところによると、このまえ参加した地域別レースにおいて、タイムトライアルのポイント勝負ではいい戦績を残している。けれどもいまだ三位以内の入賞は果たせないままなので、本人も表には出していないが、正直穏やかではないだろう。

冬になったら、ロードレースはオフシーズンで、なんとかそれまでに成果が出せるといいのだが。

内心でそうは思うが、兼行にそれは言わない。当人がいちばんよく承知なことに、あえて触れるのは無神経だとためらわれたし……じつのところ、それに関して天城の内心も揺れていて、へたに言葉にしてしまうと、自分の気持ちが透けて見えそうで怖かったのだ。

頑張る兼行を無条件で応援する。

春、夏には、そうしたことを当たり前に感じていたのが、秋になって、少しばかり揺らいでいる。

すでに生身の兼行とは半年あまりも会っていなくて、理屈抜きで天城は寂しさをおぼえてしまう。会いたいと思うだけでも我儘な感じがして気が引けるのに……それでもやっぱり兼行にこの手で触れてみたいのだ。

（なあ、兼行。いまなにしてる……？）

彼はいま、七時間ぶん前の時刻を生きている。ここでの夜は、あちらではまだ昼だ。言葉も違うし、気候も違う場所で暮らして、だんだん兼行が遠くなっていく気がする。

「……って、駄目駄目駄目」

自分で自分を落ちこませてどうするんだと、天城がぎゅっと目を閉じて、左右に首を振ったとき。

「あの……天城先輩？」

ぱっと目を開けてそちらを見やると、怪訝《けげん》そうな顔をした後輩が立っている。秋口なので、真柴はセンスのいい長袖のカットソーに、コットンパンツの服装で、足元も高校生が履くにしては垢抜《あかぬ》けたカジュアルシューズだ。

すでに見慣れたサイクルウエアやブレザーの学生服を着ていない後輩がめずらしく、しばらく茫然と見ていたら、少し癖のある髪を傾け「どうかしましたか？」と問いかけられた。

「ううん。なんでも……てか、ひさしぶり。てか、いきなりだな！」

前触れもなく店を訪れた後輩に、驚いたと笑ってみせれば、彼は真面目な顔をしてあやまってくる。

「すみません。連絡せずに来てしまって」

なにやら深刻そうな様子に、天城は「いいさ」と手を振った。

「ひとまずそこに座っとけ。いまお茶を淹《い》れてやるから」

すみませんと、もう一度言ってから、真柴はレジ前の丸椅子に腰かける。すでに時刻は閉店直前。店内には祖父以外は誰もおらず、天城は接客用の急須に茶葉とポットの湯を入れ、自分のと真柴の飲み物をつくって振り向く。

「ほら、こっちおまえのな」

盆ごと差し出すと、礼を言って彼が茶碗を受け取った。それからしばらくは黙って茶を啜《すす》ったのち、真柴がいくぶんためらいがちに口をひらく。

「その。こんなことお聞きするのは不躾《ぶしつけ》だと思いますが、でもどうしても気になって」

それから彼はこくんと唾を呑みこんでから言葉を続ける。

「天城先輩は、どうしてロードレースに出るのをやめたんですか?」

問われて、天城はぱちぱちと瞬きした。具体的な内容を予想していたわけではないが、彼の様子からもっとたいそうな質問が来るのじゃないかと思っていたのだ。

(部活のこととか、進学のこととかさ)

もっとも、真柴はすでに部活は現役ではないだろうし、学年トップの成績と聞いていた彼ならば、受験のことをこの自分に相談しても役には立たないと思えたが。

「えと。おまえに言ってなかったたっけ」

「俺には聞かせてもらっていません」

「そっか。そうだったたっけなあ」

自転車競技部のない、いまの大学を受験することがわかったとき、結構あちこちから聞かれたので、真柴にもとっくにしゃべったと思っていた。

天城は綿シャツとジーンズの上から着けていた店のエプロンを外したあとで、祖父のほうに声を発した。

「じいちゃん、悪い。後輩が来てるからさ、店の片づけ、このあとで俺がしとく」

だからしばらくここの場所を貸してくれと、言外に含ませると、祖父は無言でうなずいて二階に続く小部屋に入る。ツナギ服の痩身《そうしん》を見送ったのち、天城はふたたび視線を戻した。

「ロードレースをやめたのには、たいした理由なんてない。去年のインハイでやりつくした感があったし、大学に入ったらもうちょっと違うことに目を向けてもいいかなって」

大学の自転車競技部に入ったら、ほかのことがなにもできなくなるからさ。天城は皆に説明したのとおなじような台詞を言ったが、真柴は納得しなかった。

「それだけですか？」

「うん。まあそんなとこ。あと、おまえも知ってると思うけど、ロードレースに出ようとしたら、時間も、金もかかるだろ。そんなこんなでなんとなくな。俺はべつにレースには出なくても、毎日自転車に乗ってられればそれでいいし」

こんな説明でいいかなと、天城は茶碗の中身を飲み干し、盆の上にそれを戻した。

「なに？　こういうの、おまえの後輩たちの参考にでも話してやるのか？　だったら、たいした理由じゃなくてあれだけど、俺のはこの程度のもんだからさ」

話はこれで終わったつもりで、天城は店を片づけはじめる。

（あ。エプロン先に外しちまった）

まあいいかと、店前から自転車を内部に入れはじめていると、真柴がこちらに寄ってきて、入り口付近のガラス戸に貼られていたポスターに目をやった。

「天城先輩。これは……？」

「ああそれな。今度、高峰山《たかみねやま》で親睦《しんぼく》ライドするんだって。それの参加者募集だよ」

高峰山は茨城県にあり、関東では有名なマウンテンバイクコースを有する。

ホームページの掲示板を開放している関係で、そちらから要請があった場合は店での告知にも努めている。自転車屋にはありがちな、とくに変哲もないお報《しら》せだが、彼はそのポスターをつくづく眺め、なにかぽそりと声を落とした。

「ん、なんだって？」

独り言かなと思いつつも聞いてみたら、真柴は真剣な表情で問いかけてくる。

「天城先輩は、このレースには出ないんですか？」

「出ないよ。だってそれ、マウンテンバイクだし」

「でも、先輩は元々マウンテンバイクの選手をしてましたよね？　俺が小学生だったとき、一度修善寺《しゅぜんじ》のサイクルパークで見たことがあるんです」

「え、ほんと？　小学生って、いつのときだろ？」

聞いてみれば、真柴は小学校六年生で、家族で旅行に出向いた先での出来事だと言う。

「夏休みで、たまたま温泉のついでみたいに立ち寄って。そこで、天城先輩が二時間耐久レースに出てるのを観たんです」

そのレースなら、天城もしっかりおぼえている。中学生以上男子の部で接戦ののち一位を獲った。当時は静岡に住んでいたから、サイクルパークのレースにはしばしばエントリーしていたのだ。

「これならまたはじめられるじゃないですか」

「はじめるって……マウンテンバイクを？　俺はおまえにそんな話したっけか？」

「してないですけど、先輩に勧めてはいけませんか？」

こんなふうに真柴が他人に絡んでくるのはめずらしい。天城の見るところ、彼は明るく、リーダーシップに優れ、むしろ場を円滑に進めていくのが得意だった男なのだ。

「おまえ、どしたの？　なんかやけに食い下がるじゃん」

質問をはぐらかしたつもりはないが、真柴はなにやらくやしそうに唇を噛み、キッとこちらに目を据えた。

「知りたいんです。お願いしますから、どうして駄目なのか答えてください」

「お願いって……」

懇願と言うよりは、返事を強制されているように感じるのだが。なにがなんだかと困惑しつつ、天城はとりあえずの返事をした。

「えっと。時間がないのが最大の理由だな。おまえは知らないかもだけど、いまは店のホームページを運営してて、その作業もそこそこあるんだ。それに大学と、店の手伝い。それだけやってれば、一日なんてあっという間だ」

「その事情はわかります。俺、ほとんど毎日アマギサイクルのサイトを観にいっていますから。先輩が自転車の楽しさを少しでも広めようと、いろいろ努力していることも、そうすることにやり甲斐《がい》を感じているのも、ちゃんと俺は知っています」

そのうえに、大学に行き、店の手伝いもたくさんこなして。俺はすごく天城先輩が立派だと思ってるんです。そう言葉を続けられ、いい内容の台詞なのに、あまり褒められた気がしないのはなぜだろう？

「ええっと。おまえなんか俺に対して怒ってる？」

長い睫毛《まつげ》をぱしぱしさせて真柴に聞くと「怒ってません」とあきらかに不機嫌そうな響きが返る。

「ただ俺は……」

「うん？」

知らず、身を乗り出していたのだろう。うつむきがちの相手を下から覗きこんだら、いきなり真柴は身を反らした。

「わっ」

「……って、おまえ驚きすぎ」

のけぞる真柴に呆《あき》れて言うと、彼は顔を背けながら「ともかく」と声を出す。

「俺は先輩にレースに出てほしいんです。マウンテンバイクなら、ロードと違って単独での練習も、レース出場もできるから」

「だからってなあ……おまえ、さっき俺が言ったの聞いてたか？」

真柴に悪気はないのかもしれないが、無茶ぶりされてもこちらは困る。

「聞いていました。だけど、それでも……俺は先輩にレースに出てほしいんです。無茶なのも、無理なのも知っています。でも俺は、いつかは天城先輩とふたりでレースにエントリーするんだって、それだけを励みに自転車に乗ってきたのに」

「それだけって……おまえちょっと言いすぎじゃ」

「言いすぎじゃないですよ。だって、修善寺のレースのときにも見惚れてて、なのにメットとゴーグルを外してみたら、女の子かと一瞬思って。そのあとすぐに男子の部だって気づいたけど、そのときから天城先輩は俺の憧《あこが》れのひとなんです」

「……あ。そ、そう？」

後輩のいきおいに押されてしまって、天城は上体を引き気味につぶやいた。真柴は弾みがつきすぎてとまれないのか、やけくそみたいな口調で当時の想いを語る。

「そうですよ。だから、そのときまで趣味でロードに乗ってた俺が、マウンテンバイクをはじめるくらいにはいいなって思ったんです。俺の実家は都内だから、静岡のそっちまでは行けませんけど、そのうち一緒にレースに出られる機会があるかもしれないって。それなのに、いつの間にか先輩は國見学院に入ってて、そしたら俺もまたロードをやるしかなかったじゃないですか」

「あ、うん……ごめん？」

なんだかよくわからないが、次々とたたみかけてくる真柴にあやまる。

「えっと。つまりおまえは俺のことを追っかけて、マウンテンバイクやらロードやらをやっていた、と。そんで、また俺がマウンテンバイクをはじめたら、一緒にレースに出れるから、そうしようって誘ってるんだな？」

「……そうです」

しばし間があったあと、大きなため息を吐きながら真柴がうなずく。

彼はようやく気分が落ち着いてきたらしく、据わっていた目が平静な光を取り戻している。

ならばと、天城はさらに後輩に問いかけた。

「んじゃまあそれはわかったけどさ。おまえが修善寺で俺を見かけていたなんて、これまで一回も言ったことはないよなあ。どうしていままで内緒にしていたんだよ」

毎日部活で顔を合わせていたのにと、不思議に思って訊ねれば、

「だって、気持ちが悪いでしょう？　なんか勝手に憧れて、思いこんで、高校の部活まで追っかけてくのは自分でも変だなって感じてましたし。いま俺が打ち明けた内容だって、われながら先輩に引かれることを言ったなって、猛烈に後悔してます」

大きな身体でうつむく真柴が、いかにもしょんぼりして見えて、なんだか気の毒になった天城は「んーと」と目玉を上に向けた。

「気持ち悪いってことはないよ。なんつうか俺にだって似たような経験あるし。グランツールのテレビ番組を観たときや、実際に走ってる選手を目《ま》の当たりにしたときに、いいなって憧れる気持ちもわかる」

実際自分も兼行が走る姿に惚れこんでロードをはじめた。何年後かにその当人とつきあうようになったものの、あのときはただ純粋な憧れだけが胸にあった。

「まあ俺がそれなのは照れるけど」とはにかむ笑いを浮かべると、真柴はぱっと顔をあげた。

「ほんとですか？　こういうの、先輩は大丈夫なんですか？」

「うん。さっきおまえが言ったのって、いいなと思う自転車乗りに触発されて、自分もやる気になったってことだろう？　俺はそういう気持ちって、大切だと思うから。いい走りをするやつと一緒にレースをしてみたいから、相手を誘うのもありだろうし。だって、やっぱ自転車って、たったひとりで走るより、みんなと競り合ってやるほうが楽しいもんな。がむしゃらに一位を獲りにいくのもいいけど、俺はどっちかっていうと、それまでの経過そのものを楽しみたいほうだから」

真柴にしゃべっているうちに、天城はそうだなと自分でも納得する。

（俺、やっぱりレースが好きなんだよな。真柴の言うように、ロードじゃなくてもレースに

出てみる方法はあるのかも）

大学も二年生からは必修講義がぐっと減るので、多少は都合がつけやすくなるだろう。サイトの運営も、いまより慣れているはずだろうし、なによりこうして一緒の部活でレースの走りを体験した相手から、またやってみませんかと誘われると、理屈抜きに血が騒ぐ。

「マウンテンバイクに関しては……」

ついつい熱くなりながら言いかけたとき、相手の変調に気がついた。なぜか真柴はぽかんと口を開けたまま、遠いところを眺めている。

「真柴。おまえ……クルミ割り人形みたい」

頑丈そうな彼の顎が、力をなくして下がっているのが妙に可笑《おか》しい。指摘すると、真柴はカチンと上下の歯を噛み合わせた。それからなんとも形容しがたい顔つきで、ぼそぼそと言葉を発する。

「俺と、一緒に……マウンテンバイクの、レースに出て……？」

「ん？　うん。そのつもりになったけど……気が変わった？」

なんだか調子がおかしいので確認したら、真柴はハッとした顔で首を振る。

「いえ。いいえ。うれしいです。ありがとうございます。俺、たぶん駄目だろうと思ってたので、ちょっと、驚いて」

天城はなるほどとうなずいてから「あっ」と急いで言葉を添える。

「でも、確約はできないんだ。いまのところはそのつもりでいるんだけど、そんときの状況次第でできなくなるかもしれないし。来年の春くらいに、またあらためて返事させてもらっていいか？」

「それでいいです」

聞くと、真柴が即答する。

「俺、大学に受かったら、速攻で車の免許を取りますから。レース場までの送り迎えはまかせてください。マウンテンバイクもこの店に買いに来ます」

「いや、あの。まだやると決めては……」

「いえ、本当にありがとうございます。俺、不躾なことをして、天城先輩を困らせたのに。前向きに検討すると言ってくださり、心から感謝します」

体育会系には馴染みのある、直立不動からの最敬礼。天城はとても礼儀正しい後輩の姿を見て、まあいいかとためらう発言を引っこめる。

「それじゃまた、そのころにな。……ところで、真柴はどこの大学を受けるつもりだ？」

ついでの気持ちでなにげなく訊ねてみたら、彼はこの近くにある国立大学を受けると言う。

「へえ、さすが真柴だ。学年トップなだけあるな」

全国区で名前の通った難関校を受けると知って、天城は感心してつぶやいた。

「いえ。それほどでも……だけど、褒めてくださってありがとうございます」

見れば、真柴は両耳を赤くしている。

(あれ、照れた?)

年齢以上に落ち着いているとばかり思っていた後輩の、今日は違った面をたくさん見せてもらった気がする。しかも彼は驚くことにマウンテンバイクのほうの経験者でもあったのだ。

いったい、この男ならどんな走りをするのだろう?

天城はそう考えて、ひさしぶりにわくわくする気持ちになった。

「それでは、先輩。失礼します」

「あ。ありがとう。お疲れさま」

真柴はそののち、店じまいの作業をする天城を手伝い、お辞儀をして帰っていったが、ひとりになった店内で天城は知らず目を輝かせている。

(マウンテンバイクのこと、まずはじいちゃんに相談だな)

それから、兼行にも聞いてみよう。またレースをはじめたいって、あいつに言ったらどう思うかな?

そんなことを考えながら、天城は店のシャッターをすべて下ろすと、二階にいる祖父のところへ駆け足であがっていった。

「じいちゃん、お待たせ。今晩は、けんちん汁をつくるからな。そんでそのあと、聞いてほしいことがあるんだ」

そうして天城が夕食の支度をはじめたのと同時刻、兼行はパリ市内にあるクラブチームの事務所にいた。

「お呼びと聞いてきましたが」

渡仏から半年あまりが経って、兼行のフランス語も日常会話をこなせる程度には上達した。ここ数カ月でさらに良質な筋肉をつけた身体をまっすぐ伸ばして用向きを問いかけると、デスク前に座った男が書類をぱらぱらとめくったあとで口をひらく。

「地域別カテゴリで、十一位と、五位と、八位か。タイムトライアルのポイント勝負では最高二位」

兼行の戦績を読みあげるのは、クラブチームの副監督。鷲《わし》のような風貌《ふうぼう》の男の前で、兼行はこの会話の行く先を緊張しつつ待ち受ける。

（解雇か、さらなるステップアップか？）

現在、兼行はこのクラブでの暫定的契約者だ。三浦の口利きでクラブ入りの試験を受け、仮契約のかたちで身を寄せている。年棒は特にないが、レースで獲得した賞金は本人のもの。クラブの施設は自由に使用していいし、レースのときにはメカニックや、マッサーと呼ばれるマッサージャー兼スポーツインストラクターの支援なども受けられる。ただし、正規の契約者と違い、シーズン途中でも簡単に援助が打ちきられる可能性を孕《はら》んだ立場だ。

もし、これがクラブチームの花形選手となれば、年棒は桁《けた》違いに跳ねあがり、億のつく契約料をもらっている者も確実に存在する。

ヨーロッパで自転車競技は、野球よりも人気のあるスポーツで、プロツアーチームに入れば、シーズン中はほぼ毎日マスコミで取りあげられる。また一般に、選手たちへの応援も熱烈で、カフェでも、飲み屋でも、自分がひいきにしているチームについて人々は事細かに語り合う。かつ、地元出身者がレースに出れば、その地域のファンたちが大挙して押し寄せるほど、自転車競技は人々の生活に根ざしている。

そんな自転車競技先進国において、極東から来た十九歳の無名選手はいかほどの注目度があるだろうか？

唇を引き結んだ副監督の表情は、このあと告げてくる内容の厳しさを予感させ、自然兼行の身体も強張《こわば》る。

気を張った兼行の眼前で、彼はゆっくりと口をひらいた。

「来年五月、『ダンケルク』に出る気はあるかね？」

意外な言葉に、しかし兼行は驚きを抑えて答えた。

「はい。もちろんです」

これがチャンスだということはわかっている。『ダンケルク四日間』と名のつくレースは、UCIヨーロッパツアーのなかでクラス２・HCに分類される。ツール・ド・フランスなどよりは、格下のクラスだが、ヨーロッパでもかなり大きなレースである。それになにより来季に繋がる申し出は、兼行が来年もこの地にとどまる理由になる。

安堵と喜びに顔を輝かせた兼行に、副監督はにやりと笑ってこう告げる。

「それならもっと力をつけろ。実戦と、練習。春までに、サーキットカテゴリ２・１を回って、あらゆる方法でレベルアップしてくること」

副監督はつまり兼行に各地のレースを転戦しながら、死にもの狂いで強くなれと言っているのだ。

「わかりました」

今後のレース申し込みに関しては、のちほどスタッフから電話があるということで、ひとまずは事務所を出る。階下に続く廊下を足早に進みながら、兼行はぐっと拳を握りこんだ。

（強くなる。俺は、もっと）

そうしてこの手に勝利を摑む。なににも増して、自分が欲しくてたまらないもののために。

「……天城」

あの綺麗な顔立ちの青年の、なによりも笑顔が好きだ。晴れやかな、まるで雲ひとつない青空みたいな、明るい色を振りまく彼が。

いまの件は、明日天城に伝えてやろうと、弾む気分で兼行は考える。

メールでも報告できるが、顔を見て話すほうがもっといい。そのとき天城は、きっと飛びきりの笑顔になってくれるだろうから。

◇　◇

そして、翌日。兼行の思惑どおりに、天城は朗報を耳にすると、ぱあっと顔面に喜色を浮かべた。

『ほんとか、兼行⁉　すっごいな！』

「その前に、実戦で鍛えろと言われたけどな。つまり、まだまだチームが望むレベルには達してないってわけだけど」

『でも、兼行なら充分にレベル上げできるって、見こまれたからの話だろ？　半年目にしちゃ快挙だと俺は思うよ！』

『ダンケルク四日間』は俺も知ってると天城は言う。

『おまえが行ってから、そっちのレースを調べたんだ。あのレースは四日間ってタイトルがついてるけど、ほんとは第五ステージまであって、去年の選手はダンケルクから、アルドル、セントポール・シュル・メールを経由してまたダンケルクに戻ってくるまでの八百七十キロを走ったんだろ？』

「そうだ。よく知ってるな」

兼行が感心すると、照れくさそうな顔になった画面の彼は、長袖のカットソーに、ブラックジーンズの服装だ。こちらはもう朝晩かなり冷えこむが、そう言えば東京はさほどでもなかったと思っていれば、天城が『それはな』と口元に笑みを残して言ってくる。

『おまえがなにをしてるのかな、とか。これからどんなことしていくのかなって、わりとよく考えるから。そんときに知ってることが多いほうが想像がつきやすいだろ』

本人が無意識だからこそよりいじらしい天城の台詞は、兼行の胸を揺さぶる。

「天城。俺もよく考える」

『なにを？』

無邪気に天城は聞いてくるが、いきおいで発した続きを自分は彼に打ち明けられない。

（まだ駄目だ。口だけになる）

正直言えば、いますぐにでも二十歳《はたち》になり、また稼げるプロの身分になって、天城のことを迎えに行きたい。けれども、年齢に関してはあと一年ほどで未成年ではなくなるが、稼ぎのあるプロに関しての見通しはいまだ立たない。

だから天城が『考えるって、どんなことを？』と重ねて問いを発したときに、兼行は自分の本音とは違うことを口にした。

「あ……と。おまえがそっちでなにをしているのかなって。そう言えば、サイトのほうはどうなったんだ？」

これは下手なごまかしだったが、天城はあっさり乗ってくれた。

『うん。そこそこ順調。こないだから商品新着情報を表示させるようにしたんだ。あと、販売カタログとか、もっと充実させたいし』

天城は他人にはこまやかな気遣いができるのに、自分に関してはかなり疎いところがある。これだけひとを惹きつける容姿をしていて、なのに中身はいまだ子供っぽい自転車バカだ。

（まあ、そこも俺は好きなんだけど）

嬉々としてサイトの改良について語る天城に相槌《あいづち》を打ちながら、兼行はこいつに触れたいと、思っても詮《せん》ないことをまたもや頭に浮かべてしまう。

（キスをして、服を脱がせて、乳首とあそこをいっぱいいじって）

画面から伸ばせるものなら腕だけでもいい。そうしたら、天城を引き寄せて、口のなかに指を突っこみ、内側の粘膜と、舌とをたっぷりさわってやる。それから天城のちいさい乳首を唾液《だえき》に濡れた指で摘《つ》まんで、可愛い声をあげるまでいじってやる。

(くそ。ほんとにそうできたら、朝までこいつを離さないのに)

自覚もあるが、兼行は天城に関しては箍《たが》が外れる。欲望がとめどなくなる。彼と最後までセックスしたのは一度きりでも、兼行はそれまでも、それ以後も、頭のなかで天城を隅々まで犯していたのだ。

いつもは明るく、曇りのない二重の眸が、そのときは快感に溺《おぼ》れて潤み、こちらのほうにすがりつくような視線を投げる。弾むような、それでいてしっとりと手に吸いついてくる白い肌。若い、しなやかな皮膚の上にぽっちりと色づいているちいさな乳首。引き締まった腹からなめらかな太腿までを視線でたどれば、そこには自分の行為のせいで赤く震える性器がある。

さわってほしいとねだるようなその箇所に触れてやれば、天城はいつか聞かせたような淫《みだ》らな声をあげるだろうか？

――か、兼行っ……そこ、だめ……っ。

嫌がる言葉は吐くけれど、彼の腕は兼行へと伸ばされて、すがるようにしがみつく。

その純真で、けれども色っぽい天城の仕草に、たちまち兼行の理性は吹き飛ぶ。あとはもうひたすら本能がそそのかすまま行動し……。

『……兼行？』

怪訝な声音に、ハッと我に返ってみれば、どうしたのかと問いかける表情がある。

「あ、ごめん。ちょっとぼんやりしてたみたいだ」

言いわけを口にすると、細い眉をつと寄せて、心配そうに聞いてくる。

『疲れてるのか？　こっちこそ、ごめんな兼行。自分のことばっか話してて』

「いやべつに疲れてない。天城の話は興味深いし、もっといろいろ教えてくれ」

急いで兼行が聞くための姿勢を取ると、天城はほっとしたふうに微笑んで、またもおしゃべりを再開する。

『えっと、あのな。そこに行ったひとから聞いた話だけど、この前の週末におこなわれた高峰山の親睦ライドはすごく楽しかったんだって——あ。そのイベントは、うちのサイトでも参加者を募集したし、ポスターも店に貼っていたんだけど——結構な人数が集まって、活気もあったし、またやろうってことになったみたいなんだ』

「高峰山って、マウンテンバイクの？」

あそこは確か、それ専用のコースだった。ロードバイクひと筋の兼行には直接関係ない場所だったが、自転車乗りとして茨城県にあるその山の知識くらいは持っている。

『うん。それで……それで、な』

天城がふっと言いにくそうに口をつぐむ。なんだと先をうながすと、彼はいくぶん緊張した面持ちで言葉を継いだ。

『俺さ、その。またマウンテンバイクをやってみたいって思ってるんだ』

どうかな、と不安そうな面持ちでこちらを見やる。兼行の意向を気にする天城がすごく可愛くて、彼の心配を払うべく大きな仕草でうなずいた。

「いいと思う。天城がもう一度マウンテンバイクをやりはじめるのは賛成だ」

『ほんとに？』

「ああ。マウンテンバイクならチーム練習の必要がないから、自分の都合で動けるし。それになにより、おまえはレースが好きだろう？」

自分の言葉で、天城がうれしそうな顔をするから、もっと言ってやりたくなった。

「俺も、ダウンヒルを駆けくだるおまえの姿が見てみたい。学校と、自転車関連の仕事との両立はほんとに大変だろうけど、マウンテンバイクをやりたいんなら、そっちをなんとか調整してでもできればいいと俺は思う」

天城は目をきらきらさせて兼行が告げるのを聞いていたのち、こっくりとうなずいた。

『ん。おまえがそう言ってくれて、すっきりした。俺、頑張るよ。どれも手抜きしないでやる』

「そうか」と返す兼行は、天城に与えるおのれの影響の大きさにこっそり自惚《うぬぼ》れていたかもしれない。

こと自転車についてなら、誰よりも天城と多くを共有し、なおかつそうした状態はこれから先も変わらないと。

だから、次に発せられた彼の言葉を耳にしたとき、内心ショックを受けたのだ。

『おまえに背中を押してもらって、これで踏んぎりがつけられた。真柴に勧められたときには、まだ迷っていたんだけど』

「……真柴って？」

『いま三年の真柴だよ。まさか忘れちゃいないだろ？』

「ああ……思い出した。ステムを五ミリ伸ばしたら走りが速くなったやつだ」

兼行の心中など知るはずもなく、天城は一瞬きょとんとしたあと、いきなりぶはっと噴き出した。

『おっ、おまえらしいおぼえかた！』

屈託なく笑う天城は『おまえからキャプテンを引き継いだ男だぞ』と面白そうに言ってくる。

『おまえとだいたいおなじくらいに背が高くって、ちょっとくせっ毛で、感じいい顔をしたやつ。真面目で、責任感があって、後輩からも慕われてるいいキャプテンだ。それに、インハイでも優勝したし』

にこにこしながらほかの男を褒める天城を見た瞬間に、ふっと視界に翳《かげ》りが生じた。

自分のいないところでも天城の生活は回っている。

こんなことはとっくにわかりきっていて、なのにことさらそれを痛感させられる。天城の世界には、彼が好感をいだく男が、見て触れられる近さで存在しているのだ。

「真柴に勧められたって……インハイの会場で？」

表情を晦《くら》ませて相手に聞けば『ううん』と何心もなさそうな声音が返る。

『うちの店にあいつが来たんだ』

「なにをしに？」

訊ねる兼行は無表情のままだったが、内心はさほど平静な気分とは言えなかった。

「三年生はすでに引退している時期だ。それに、この季節は受験勉強に追われているころじゃないのか？」

しかし、天城は『それがな』と苦笑しながら告げてくる。

『天城先輩は、どうしてロードレースに出るのをやめたんですか、って。いきなり聞かれてびっくりした』

瞬間、心に湧いてきたのは、昏《くら》さの勝る感情だった。

（なぜ、そんなふうにいい顔をして笑うんだ？）

真柴のことを頭のなかに浮かべながら。

『それにあいつ、自転車に乗ってるときの俺に憧れてたんだって。なんか、面と向かってそう言われると照れるよな。おまえにくらべたら俺なんか、まだぜんぜんって思うけど。でもまあ、最初に俺を見たのはマウンテンバイクのレースらしいし』

（どうしてそれをうれしそうな顔で言う？）

自問して、しかし兼行にはすでに答えの見当がついていた。

なぜなら、天城は真柴のことをなんとも思っていないからだ。ただの後輩としか考えていないからだ。やましい気分はまったくなくて、だから平気で自分に告げた——それはわかっているけれど。

「真柴がアマギサイクルに来たのって、おまえがロードをやめた理由を聞くためと、マウンテンバイクを勧めるためか？」

『あ、うん。そう言えば、それだけだったな』

深く考えてはいないのか、天城はさらっと流してしまう。

『それよか、兼行。フランスって、冬には雪が降るんだろ？　練習はやっぱし屋内の……』

「天城」

台詞を途中でさえぎられ、彼は目を瞠ったが、それもこの次の驚きにくらべればささやかなものだったろう。

『え。なに？』

「キスするときの顔をして」

『……っ⁉』

刹那《せつな》に息を呑み、そのあとで白い頬が真っ赤に染まる。なにを馬鹿なと言われる前に、兼行は言葉をくわえた。

「天城、頼む」

部活の折にはエースとアシストの関係だったせいだろうか、彼はこの台詞にはひどく弱い。天城は果たして今回も『……おまえって、そんなキャラだったっけか』とこぼしながらも言うとおりにしてくれた。

『こ、こう……？』

内心かなりうろたえているのだろう、目を閉ざした天城の声は動揺を表している。見れば、唇もかすかに震えているようだ。

なのに、それでも注文どおりのポーズになった天城を眺め、兼行はみずからを、らしくないなと嘲《あざけ》ってから、直後にその考えを翻す。

（いや。そうでもないか）

元々自分はエゴの強い人間だった。淡々としているように見られていたのは、さして興味を惹かれるような対象がなかったからだ。

兼行がこだわりを感じているのはロードレースで誰より速く走ること。それに、天城に関することのふたつだけだ。

どちらも欲しくて、譲れなくて、だからロードでプロになれば、ふたつ一緒に手に入れられると考えた。なのにいま、天城の傍に自分はいない。キスもできず、彼に触れることもできない。

フランスに渡る前には漠然と想像していただけのことが、事実になるとどうなるのか、自分は真実理解していただろうか？

時間と距離とをへだてて、ふたりの関係はなにひとつ変わらないと、いまでも自分は言いきれるのか？

「……ッ！」

知らず、机に拳を打ち当てていた。がつっという大きな音に、天城がハッと目をひらく。

『兼行……っ⁉』

無意識の仕草だろうか、天城がこちらに腕を伸ばし、画面にはばまれて指を突く。

『っ……あ……はは』

突いた指をもういっぽうの手で押さえ、困った顔で力なく笑ってみせた天城が可愛くて、可哀相《かわいそう》で、腹の奥からどろどろした感情がこみあげてくる。

「天城。そのパソコン、床の上に移動できるか？」

抑えた声をインカムのマイクに通すと、彼は首を傾げながらもそのとおりにしてくれる。

『……したけど、なに？』

床の上にぺったりと尻を落とし、液晶画面の角度を調節している天城は、こちらの指示がどんな意図を持つものかわかっていないようだった。

「服を脱いで。ぜんぶ、見せて」

その彼に兼行が命じると、相手は頬を染めながら、どうしようかというふうに視線を落ち着きなくさまよわせた。

(困って、ためらっている)

それは当然で、なのに兼行は強い口調で押しきった。

「脱いで」

もっと逡巡《しゅんじゅん》するだろうと思っていたが、このうながしで上着の裾《すそ》に天城が手をかけたのは、いったいどうしてなのだろうか?

以前のように盛りあがる会話があったわけでもないし、いかにも唐突な申し出で、しかも兼行は甘い気分にはほど遠い心境でいる。

なのに、天城は長袖のカットソーを、次いでボトムを脱ぎ捨てた。

『これも……?』

ボクサーパンツのゴムの部分に手を当てて天城が訊ねた。黙ってうなずくと、彼は素直に細腰から衣類を取り去る。そうして、はかなげな微笑を浮かべ、兼行に懇願してきた。

『な……俺だけ裸は嫌だから、おまえも脱いで? それで前にやったみたいに、俺と手を合わせてくれる?』

兼行は言葉ではなく、行動で願いに応じた。こちらもおなじく床の上にパソコンを置き換えると、フリースジャケットと、シャツと、ジーンズと、下着を脱いだ。それから床に広がっている衣類のなかほどに座りこみ、画面の前に手をかざす。

『兼行……おまえ、な』

アップになった手の向こうから男にしてはわずかに高い、響きのいい声がする。

『おまえがまだ二年生で、なのにインハイで優勝したとき、俺に——勝ったぞ——って、言ってくれたろ。……あのときのこと、おぼえてる?』

「うん」

『俺、すごくうれしくて。おまえは普段、そんな感じじゃなかったのに、わざわざ俺に言いに来てくれたのが』

「俺は……天城に伝えたかったんだ。理由はなく、どうしてもそうしたかった」

そして天城がうれしそうな顔をしたから、これは『うれしいこと』なのだとわかった。

『あんなふうに、おまえの思っていることをなんでも俺に教えてほしい。言葉にして言われないと、わからないいんだ。……いまは傍にいられるわけじゃないんだし』

か細い声の語尾が揺れる。どうしても天城の顔が見たくなって「手をどけて」と彼に告げた。そうしてあらためて目に入れたのは、頼りなげにこちらを見ている十九歳の青年の姿だった。整った彼の顔には『不安だ』と書いてあって、ああこれは不安なことだと理解する。

(姿は確かに見えるけれど……)

相手の気持ちはよく見えない。声はちゃんと聴こえるけれど、肉声のそれとはたぶん異なっている。目には見えて、耳にも声は届くけれど、兼行が与える気配はひどく薄い。なにより決して触れられない。

そう考えて、兼行は(ああこれは)と思ってはいけないことに気づいてしまった。

天城にとって、自分は幽霊みたいなものだ。

直後にぞっとして、兼行はその考えを振り払った。

それは違う。天城の隣にではないけれど、自分はちゃんと存在している。

切実にそのことを確かめてみたくなって、兼行は「だったら」と声にした。

「俺がいま考えてることを言う。天城にキスして、触れたいけれどそれはできない。だから、代わりに自分でしてみて」

『して、てっ……前みたいに、いじればいいのか……?』

恥ずかしそうにしたけれど、そのこと自体はある程度織りこみ済みであったのか、天城は驚いた様子がなかった。そっと股間《こかん》に手をやる天城の姿を眺め、しかし兼行は「ううん」と言った。

「そっちじゃないほう。……天城、その部屋に濡らすものがなにかあるか?」

『え? 兼行、まさか……』

「なんでもいい。ハンドクリームとか、シェービング用のとか」

戸惑う声をきっぱりと押しきると、天城は視線をさまよわせた。

「持ってきて」

駄目押しで強く言うと、天城はちいさく『おまえの思ってることってこれか』とこぼしたけれど、腰をあげてデスクの抽斗《ひきだし》からなにかを取ってまた戻った。

『……これでいい？』

カメラに向けたのは手荒れ用のクリームだった。

『シェービング用のとか、持ってないし。こいつも去年の残りだけど』

兼行がなにをさせるつもりなのか、薄々は気がついていて、天城はこちらを見ないままに告げてきた。いたたまれない気分でいるのは、浮かせ気味の腰つきや、震える指先でもわかっていて、なのに兼行はひどい命令を相手に下す。

「四つん這《ば》いで、腰のほうをこっち向けて」

『……っ⁉』

天城がびくっと顎を引き、チューブを両手で握り締める。首を振りかけ、すがる目でこちらを見たのは、兼行から「やめる」と言ってほしいからだ。

「天城、できない？」

うながしはしたものの、できなくて当然だと兼行は考える。どちらもまだ股間は鎮まったままであり、互いに気持ちが高まっているわけでもない。これは兼行の一方的な要求で、いい加減にしろと怒られても当たり前だ。

『あ……ううん。できる、よ』

なのに、天城は兼行の指図どおりのポーズを取る。

「指にクリームをたくさんつけて。それをあそこの周りに塗って」

『あそこ』がどこなのか、天城には通じていて、綺麗な曲線を描いている背筋のところがびくっと揺れる。

「無理か？」

『ううん……する』

手荒れのクリームを塗りつけた天城の指が後ろに回り、そっとその箇所に当てられる。

『これで、いい……？』

硬い動きでなすりつけるだけの仕草が、もはや天城がいっぱいいっぱいの気持ちになっていることを教えていた。

「まだ。もう一回クリームを今度は内側に塗っていって」

『う、内側って……？』

怖いことを言われたように、天城がおずおずと問い返す。

「天城の尻のなか。前に俺が挿入《い》れたところ」

わざとあけすけに応じてやると、天城はもう声も出せないようだった。

とてもひとには見せられない恥ずかしい部分を晒し、実質的にはひとりの部屋で、天城の羞恥はどれほどか。

それを察することはできて、けれども兼行は「もういいよ」と言ってやれない。

（いま俺はどんな顔をしてるんだ？）

身体中の血が煮えたぎっていて、なのに頭のなかはキンと冷えたままでいる。ロードレースの最中に感じているのとおなじような情動をおぼえながら、兼行は自嘲《じちょう》の想いをも強く胸に貼りつけていた。

『ん……』

兼行が制止してやらないから、命令どおりにまもなく天城はクリームを塗った指を自分の内部に挿し入れていく。最初はこわごわ爪の先だけ入れていき、そこから指をひねるようにもっと奥へ。

『ん、ん……っ』

この姿勢では天城の顔は見えなくて、彼がどんな想いでいるのか表情からは読み取れない。恥ずかしいのか、怒っているのか、屈辱と感じているのか？

（こんなのは俺のエゴだ）

天城がどれだけ自分の言うことを聞いてくれるか、試すような気持ちでいる。だから、天城のやさしさにつけこんで、したくもないことをさせた。だったらと思うまでもなく、自分は最低の恋人で、しょせんはおのれの不安な気持ちを相手に拭わせているにすぎない。

本当に不安なのはむしろ天城のほうなのに。

兼行は好きなことをするために、フランスに渡っていった。天城はもう自分の生活とは直接関わりない、リアルな肉体も持ち合わせない男のことを、この先何年待っているのだ？

それはいまさらな疑問ではあったろうが、誰に対しても揺り動かされないこの心は、天城にだけは強く反応してしまう。そのことがあらかじめわかっていたから、渡仏を決めたときにあえて考えないようにしていた——天城を失う可能性がこの行動にはあるのだと。

（なのにいまさら八つ当たりするなんて、どれほど俺は勝手なんだ？）

そこに思考が至ったとき、兼行は頭を振って苦みの勝る声を洩らした。

「天城。もう……」

『兼行』

けれども「いいんだ。ごめん」と言いかけたとき、彼がそれをさえぎった。首だけをうしろにひねって、こちらに視線を投げてくる。

『俺は……平気だから』

言葉どおりの顔つきだった。天城は怒っても、屈辱を感じているようにも見えなかった。

『おまえが……こういうの、したいなら……いつでも俺は、つきあうから』

おまえは迷うな。おまえは変わらず、ためらわずに進んで行け。兼行の思い過ごしでなかったら、彼のまっすぐな眸はそう語っている。

「天城、俺は……」

いじらしい彼の姿を見ていたら、知らず剝き出しの本音だけがこぼれ出る。

「手を、繋いでいるだけでいいんだ」

声が聴こえなくていい。目も閉じたままでいい。ひと晩だけでも、天城の手のひらの感触をこの手に感じられたなら。

『うん……俺も』

おなじ想いでいてくれるのか、眸を潤ませて天城がうなずく。兼行は「悪かった」とあやまってから、感謝の言葉もそれに添えた。

「こんなことまでしてくれて、ありがとな」

『ん……だったら、これ……もうやめる?』

『これ』というのは聞くまでもなく、天城のなかに指を入れさせた行為だろう。

しかし兼行は「やめる」と彼に言えなかった。最低かもしれないが、愛《いと》しさが欲情に結びつき、すでに兼行は下腹に兆してくるものを感じていたのだ。

「もしも、天城が嫌じゃないなら……もう少しだけ俺につきあってくれないか?」

我儘なこの行為を許してほしいと願って頼むと、彼はこくんと頭を動かす。

『なに、するの？』

「入れたままで指を前後に動かして。なめらかに動かないなら、クリームをそこに足して」

行為の先を指示すると、今度は真っ赤になりながら、天城はそのとおりにしてみせる。

『ん、っく……ん……ぅっ』

「もう一本、指入れられる？」

『う……やって、みる』

くちゅ、とかすかな音がして、二本目の指が窄《すぼ》まりへと潜っていく。指が増えるときついのか、そこで動きがとまってしまい、困った顔の天城がこちらを見返った。

「力を抜いて。口で大きく息してみて」

『は、あ……っ、はっ……こ、こぅ？』

「うん。それで、前も一緒にいじられるか？」

言うと、天城はうなずいて、そのあと『だけど』と首を振る。

『か、兼行も……っ……して……っ』

こちらもおなじに性器を擦れと天城が言う。

「うん。だから、天城」

一緒にしようとささやくと、彼は従順に自分の軸へと腕を伸ばす。

兼行は胡坐《あぐら》をかいた姿勢だが、天城が両手を後ろにやると、自分を支えていられずに、両膝と、左肩とを床についた体勢になり、より淫猥《いんわい》な眺めになった。上半身をひねりながら、尻だけを高く掲げ、こちらからは丸見えの窄まりにはクリームまみれの指が二本出入りしていて、そこと前との動きにつれて、内腿が小刻みに震えている。

『んっ、んん……く、う……っ』

「感じてる?」

『ん。かね、ゆき……はっ?』

「俺もいい」

言うと、天城は無理な体勢から振り返り、息を荒らげながら『よかった』と微笑んだ。

「うん。だから指をもう一本、天城のなかに突っこんで。それで、俺の言うとおりに動けるか?」

可愛くていじらしい彼の仕草に、もっとめちゃくちゃにしたくなって、兼行も弾む息の合間から声を出す。

『ん……ぁあっ、こ……こぅっ?』

「そうだ。その指を、入れて……引いて……入れて」

自分の伝えるペースで指を出し入れさせて、兼行はおのれのしるしを両方の手のひらに包みこんだ。

「もう少しペースをあげて……そうだ、その速さ。それで、もっと深くまで指入れて」

『あっ、ん……は、あ、……はぅっ……あ、あ……っ』

天城は自分の体内をみずから指で掻き混ぜている。肌を汗ばませ、前後に身体を揺するたびに、兼行の情欲を煽《あお》りたてる喘《あえ》ぎを喉から洩らしていた。

(いやらしい……可愛い、天城)

たまらず兼行は尻を浮かせて、みずからの腰の位置を彼のその部分とおなじにした。

本当には彼の肉体に押し入ることはできないから、せめても動きを合わせようと考える、これは少なからず滑稽《こっけい》な、それでも切実な行為だった。

『かねゆき……っ、ん、あの……っ』

熱に浮かされているように潤んだ眸を見ひらいて、天城がこちらに問いかける。

『これっ……兼行が……っ?』

「うん。おまえのなかに俺のを入れてる」

天城のほうも気づいたらしいこちらの意図を告げてやると、彼の身体がぶるっと震えた。

『俺の、ここに……かねゆき、がっ……?』

「うん。そこに入ってる」

この言葉で喚起された想像が、天城の快感をより深くしたらしい。ちいさく可愛い喘ぎを洩らして、耐えられないように尻を揺する。

『あっ、も、もう……っ、すごい、感じるっ……』

「気持ちいいか？」

『う、うんっ……かねゆき、は……っ？』

「ん、いいよ……もう出そう」

『ん、んっ、達って、俺ので、達って……っ』

兼行の動きに合わせて、速いペースで柔襞《やわひだ》をいじめている天城はもう、息があがってしゃべることも苦しそうだ。

彼の脳裏には自分の体内の奥深くに挿しこまれた兼行のペニスがあり、それが思うさま自分のいいところを擦っていく様が描かれているのだろう。

柔襞をたわめ、押し拡げ、兼行の男のかたちに。それを兼行も頭に浮かべ、腰の動きを強くする。

『あっ、あっ、も……出そ、出る、から……っ、来て……っ』

もっと深く、自分の最奥《さいおう》に突っこんで。濡れた声音にそうせがまれて、兼行は天城のもっとも感じるところにおのれを突き刺す。

『あっ、あぁぁっ……』

気持ちよくて、もどかしくて、せつないセックス。バーチャルに傾いた、多分にいびつな交わりでも、これほど兼行を求めてくれる。そんな天城が愛しくて、恋しくて、心の底からの望みが募る。

（もっと早く）

天城のぜんぶを手に入れたい。

どんなことをしてでも。一分一秒でも早く欲しい。

そのためだったら、どんな努力もいとわないと心に誓う兼行は、この先の結果がいったいどうなるかいまだに見えてはいなかった。

◇　　◇

大学と、店の手伝いと、自転車関連のイベントなど。それらのことを回していると、天城の毎日は飛ぶように過ぎていく。アマギサイクルの周辺は各種学校がたくさんある文教地区で、通学用自転車の販売や、修理依頼が結構ある。そのうえ、秋からは新モデルのスポーツ用自転車の納品もくわわって、忙しい祖父のために家事や店のあれこれを積極的にこなしていれば、あっという間に十二月も中旬を迎えていた。

「なあ、じいちゃん」

夕食の石狩鍋を食べながら、天城は目の前の祖父に訊ねる。

「俺さあ、この冬休みに免許を取りに行こうかと思うんだ」

「免許って、自動車のか？」

「うん。したら、客先への納車も俺が代わって行けるだろ。それに、サイトのほうでやってる自転車講座がなかなかに評判いいんだ。できたら出張講座をしてくれないかって、いままでにも依頼が来てたんだけど、車があれば機材もろもろを積んで行けるし。遠い場所でもニーズに応えられるかなって」

天城が言うと、鍋からあがる湯気の向こうで祖父がうなずく。

「なるほどな。それはいいが、費用はどうする？　いくらかかるか教えてくれれば、こっちで出してやってもいいぞ」

「あ。大丈夫。じいちゃんからもらってる小遣いが貯まってるから。それで充分足りるみたいだ」

天城は祖父から店の手伝い賃として、月々三万円を受け取っている。これはこの家の家事いっさいを引き受けていて、ほかのバイトができない天城に少なすぎると祖父は言うが、自分としてはそれ以上もらいたいとは思わなかった。

ほかの大学生のように、コンパや合コンに出ない天城は、飲食代にさほど金がかからないし、アマギサイクルの二階に住んでいる限り日常の生活費も必要ない。身に着ける用品に関しては、月に一度静岡から母親がやってきて、つくり置きの総菜を冷凍庫にしこたま詰め、ついでに天城を近くの店に引っぱり出して、問答無用で彼女が買った服や靴を息子に持たせるのが恒例となっていた。

「それなら月の手伝い賃を増やそうな。翼が免許を取ってくれれば、店の役にも立つんだし」

しかし天城は、祖父の申し出を感謝しつつ断った。

「ありがたいけど、そっちもいいよ。だって、じいちゃんにはマウンテンバイクの買い替えで半額出してもらってるもん。それにパーツは無料《ただ》で分けてくれただろ」

そのことだけで充分と天城が言うと、祖父は微苦笑を頬に浮かべた。

「翼は欲のない子だな」

「え？　あるよ、俺。けっこうガツガツしてると思う」

鍋から鮭《さけ》とえのきとをよそいながら、天城は反駁してみせる。祖父は意外な顔をして「ガツガツって？」と聞いてきた。

「えと。店のライトバンを使わせてもらえるんなら、伊豆《いず》の屋内競技場にも商品を持ってけるだろ？　個人でもちょい本気でロードをやりたいって選手がいて、冬場はそういう連中のサポートができるかなって。備品や補給食なんか、予約で注文を取っておいて、あっちまで運んでやるんだ」

ロードや屋内競技のみならず、冬場におこなわれる障害レースのようなシクロクロスでも需要があれば、その方面でも幅広く展開したい。そんなふうに天城が『ガツガツ』している根拠を述べてみると、祖父の苦笑が深くなった。

「翼は……その。友達と遊びには行かないのか？　ほら、夏の終わりに家に来てくれたあの子とか」

天城は少し考えて、真柴のことだと気がついた。

「いや、あいつは友達っつうか、部活の後輩だったやつ。あれからメールやメッセージは飛ばしてるけど、受験もいまは追いこみだからそっちもいまは控えてる」

「そうか、受験か。大変だな。どこを受けるつもりなんだ？」

「なんか、この近くの国立だって」

おなじ地域のことでもあり、校名はすぐにわかって、祖父は「ほう」と感心したような顔になる。

「それは頭がいいんだな」

「うん。真柴は一年生のときからずっと学年トップだったって。ほんとはもうひとランク上の学校も狙えるんだろうけど、本人は都心には行きたくないからあの大学がいいんだってメールに書いてた」

天城が言うと、祖父は無言でうなずいた。

「それよか、じいちゃん。明日はキッズのマウンテンバイクが二台同時に入ってくるだろ？　俺、学校から帰ったら半分やるから、組み立てるの一台は置いといて」

クリスマス前になると、プレゼント用に子供向け自転車の販売数が多くなる。スポーツ用がオフシーズンの冬期は、こうした売り上げがかなり助かっているのだった。

「今年は俺、店の飾りつけも頑張ったし。お客さんがいっぱい来てくれるといいなあ」

天城にとってクリスマスとは、つまりそうした期待をいだけるシーズンであり、カップルイベントが発生するような日ではなかった。フランス時間でイブの朝には、メールで【メリークリスマス】と送ったものの、兼行から返信があったのは日本時間で二十七日の晩だった。

【返事が遅くなってごめん。屋内競技場の近くに泊まりこんでたんだ。明日からはアランの誘いで、ローザンヌのほうに行く。帰ってきたら連絡するから】

そっけない文面は、これでも彼のメールにすれば長いほうだ。

ようするに当分は、こちらから連絡しても返事はなく、新年の挨拶もスルーにひとしい状態になるのかもしれなかった。

「……アランって、誰だよ」

高校にいたころは、兼行の人間関係をほぼ完全に掌握していた。なのにこうやって、どんどん天城の知らない人間が兼行の周りに増える。それはやむを得ないことではあるのだけれど、やっぱり寂しいと思ってしまうのもしかたない。

(拗《す》ねるな、俺)

兼行は『ダンケルク四日間レース』で、どうでも結果を出すつもりでいるのだから。大変なのは彼のほうで、自分ではない。

だから、ネット通信で以前にやったときみたいに、バーチャルな触れ合いをしなくなっても不思議はない。天城はそう自分自身に言い聞かせる。

前回、といっても一カ月くらい前だが、兼行とひさびさにネット通信をしたときに、簡単なおしゃべりだけで早々に兼行が会話をオフにしようとして、あわてた天城が――しないのか……？――とつい口走ってしまったら、兼行は真面目な表情でうなずいた。

――すると、よけいにあせるから。

彼の言葉の意味がわからず天城がそれを質《ただ》したら、兼行は曖昧な手振りをした。

――早く……。

そして言いかけて、口を閉ざす。

これ以上聞かれたくない雰囲気を彼から察し、天城はあえてにっこり笑って――うん。いいよ。またな、兼行――と、追及はしなかった。

（だけど、やっぱり聞いとけばよかったかなあ）

もっとも、タイミングを外してしまえば、内容が内容だけにわざわざ蒸し返して聞くことはためらわれる。

そんなこんなで、天城のクリスマスは祖父とケーキを食べただけにとどまって、その数日後、大晦日《おおみそか》を迎えた晩。

（あれ、真柴じゃん）

スマートフォンに電話がかかり、画面には彼の名前が表示される。なんだろうと思って出ると、これから初詣《はつもうで》に行かないかという誘いだった。聞けば、行く先は都内の神社。

「俺はいいけど……真柴は勉強、大丈夫？」

電車に乗っての神社参りは、そこそこに時間が長めの外出となる。受験準備は大丈夫かと慮《おもんぱか》ると、通話の向こうからいくぶん低めの声音が返る。

『平気です、と言いたいですけど、少し心配なんですよ。それもあって、お参りがてら合格祈願に行きたいと思うんですけど、よかったらつきあっていただけませんか？』

真柴ほど肝が据わった男でも、受験となれば不安に駆られてしまうらしい。それならと、天城はこころよくつきあってやる気になった。

「ん。まあ俺はかまわないよ。ただし出かけられるのは、店が終わったあとだけど」

『もちろんいいです。ありがとうございます！　それじゃ閉店時間前に、そちらに迎えに行きますから』

「え、あの。わざわざ迎えに来てくれなくても」

『大晦日で、駅前はそうとうな人出ですよ。行き違いになっても困るし、そちらに伺わせていただけませんか？』

そう言われれば、断る理由も特にない。やがて現れた真柴に店の片づけを助けてもらい、ふたりして学業成就にご利益のある神社へと向かいはじめる。

「すみません。突然誘って」

「いやいいよ。店は明日から休みだし、じいちゃんも俺が出かけるのをよろこんでたみたいだしな」

持っていけ、と小遣いまでくれるので、天城は一瞬迷ったけれど、結局ありがたく祖父の気持ちに甘えることにしたのだった。

「天城先輩は、晩飯はまだでしょう？　俺もそうなので、途中で一緒にパスタでも食べませんか？　美味《おい》しいところを知ってるんです」

駅までの道すがらにそう聞かれ、天城は異存なくうなずいた。

「旨いとこって、その店どこ？」

「御茶ノ水《おちゃのみず》です。乗り換え駅のある場所なのでちょうどいいかなと思いました」

そうして電車に乗ってのち、たどり着いたその店はカウンターがメインのこぢんまりしたパスタハウス。人気があるのか店内はひとがいっぱいだったけれど、奥のカウンター席がふたつだけ空いていて、真柴が名乗ると、その場所に案内される。

「もしかして、おまえ予約とかしてたのか？」

「はい。せっかく来たのに、満席じゃ残念ですから」

なんでもないふうに言い、真柴は「ほら」と目の前に置かれたカゴを指差した。

「この店は、パスタも、ソースも選べるんです。天城先輩はどれにしますか？」

見れば、何種類ものパスタの見本が並んでいて、天城はたちまちそちらに気持ちが向いてしまった。

「これがレジネッテで、こっちはリガトーニかあ。俺、こういうの初めて見た」

おまえはなににするんだと真柴に聞けば「俺はこっちのリングイネを」と細めの生パスタを指し示す。

「ん、じゃあ……俺は隣のフェットチーネにしてみようかな。ソースはクリームが合うらしいからそれにする」

この店は具材も自由に選べるようで、天城はサーモンと、鶏肉、それにマッシュルームと、ほうれん草をチョイスした。真柴のはジェノバソースに、ホタテと、ベーコン。野菜はズッキーニとアスパラガスを頼んでいる。真柴はそのほかに、サルシッチャという半熟卵に自家製ソーセージの載った石窯《いしがま》ピザを注文し、しばらく待って運ばれてきた料理はどれもものすごく美味しかった。

「んまいな、これ！」

「でしょう？」

真柴が得意げに胸を張る。

「前に兄と来て、すごく味がよかったから。天城先輩の口に合ってよかったです」

「うん。俺、学食以外の外メシはひさしぶりなんだけど、それを置いてもマジ旨い」

気に入りましたかと真柴に聞かれ、スパイシーな自家製ソーセージを、これまた絶妙な焼き加減の生地と一緒にもぐもぐしながら天城はうなずく。

「でしたら、次もまたこの店につきあっていただいてもいいですか？」

「んー、そりゃいいけど、次って春？」

「はい。そのあたりになりますけど」

「んじゃまたタイミングが合ったらな」

受験が終われば、真柴もいよいよ大学生で、生活環境が相当変わる。そのときに部活の元先輩を誘うかどうかは不明だろうと、天城は相手の負担にならない返答をする。

そのあとは黙々と料理を腹に詰めこみ続け、皿の上がすっかり綺麗になったのち。

「とりあえず満腹したし、そろそろ出よっか？」

店はまだ混んでいるし、男ふたりで長々とおしゃべりするほどの用件もない。レジに行って、天城が財布を取り出すと、真柴は「いいです。俺が」と制止した。

「誘ったのは俺ですから」

とはいえ、後輩に奢《おご》らせるのは気が引ける。天城は真柴の申し出をやんわりと辞退した。

「んー、でもなあ。ここは割り勘でいっとこうよ。兼行とだって、たいてい半分出してたし、奢られるのは落ち着かない」

「……そうですか」

天城の台詞で、真柴は素直に自分の主張を引っこめる。折半で支払いを済ませてから店を出ると、夜の街に吹きつけてくる風が強くなっていた。

「こっからは地下鉄だっけ？」

アマギサイクルで着ていた長袖のカットソーに、薄手のジャンパーを羽織っただけの格好は、少し肌寒く感じられる。それでも、真柴が「はい。ここからひと駅先なんですけど……もしよかったら、電車に乗らずに歩いていってもいいですか？」と聞いてくるのに、ためらいなく承知した。

「あ。オッケイ。食後の腹ごなしにちょうどいいな」

天城は元々身体を動かすのに慣れている。寒風も気にならず「どっち？」と訊ねて、教えてくれたほうに向かう。

早足で歩いていたら、追いついてきた真柴が隣で自分のマフラーを首から取った。

「先輩、これを」

差し出されたのは、いかにも質のよさそうなベージュのマフラー。天城は苦笑して首を振った。

「いらないよ。女の子じゃあるまいし」

「だけど俺が誘ったせいで、風邪をひかせたら困ります」

言うなり、真柴は天城の首にそれを巻きつけてくる。

「わっ、こら。真柴」

くるくると巻かれたそれは、ずり落ちないようご丁寧にも首の後ろで結ばれる。「おまえな」と斜め上に視線を投げたら、真摯なまなざしとぶつかった。

「頼みますから、初詣に行くあいだだけそれを着けててくれませんか？」

天城はこのとき、兼行ほどではないにしても、真柴の『頼む』にも弱いと知った。唇をへの字にしつつも、マフラーに手をかけず、とりあえず反駁しておく。

「風邪をひいたら困るのは受験生のおまえだろ」

「俺は日ごろから鍛えてますから」

「俺だって……と言いたいけど、じつは運動不足だな。太腿の筋肉とか落ちちまって、ジーンズが緩くなってる」

ほら、と腿をあげてみせると、真柴がちらりとそこを見てから視線を逸らした。

「あっ、おまえ。嫌そうな顔したな。野郎の腿を見たからって、そんなツラをしなくても」

「……嫌そうな顔なんてしていませんが」

しかたがなさそうに真柴がふたたびこちらのほうに面を向ける。彼の言うとおり、少しばかり困った表情をしているものの、眸はずいぶんとやさしかった。

「……ほんとだな。いつもとおなじにいい顔してる」

これはついうっかり心の声が洩れ出たのだが、彼は「やめてください」と、今度は本当に顔をしかめてそっぽを向いた。

「あれ？　怒った？」

「怒ってません」

たぶん言葉のとおりだろう、彼はこっちを見ないけれど、声に険は含まれていなかった。

「なあ、真柴」

「なんですか？」

「ありがとな。これすごくあったかい」

親切な後輩に、美味しい店に誘ってもらって、こんなふうに気遣いをされてしまうと、ふんわりしたぬくもりに包まれた気分になる。この感覚はなんだかすごくひさしぶりで、思い出せば兼行がフランスに行ってからは、それがなかった事実に気づいた。

カシミヤだろうか、とても肌触りのいいマフラーに指を添え、天城は自分の恋人に想いを馳せる。

（兼行。おまえ、いまどうしてる？）

たったいまもロードの練習をしているだろうか？　それとも、さすがに大晦日にはゆっくりペースで過ごしているのか？

それとも、あのアランとかいうやつと、新年を祝ったりするのだろうか？

そう思えば、嫉妬《しっと》というレベルではないけれど、胸の奥が寒くなる。

自分の知らない兼行の時間がどんどん降り積もる。

あとどのくらい、自分は待てばいいのだろうか……？

兼行のためを思えば、あちらでどんどん活躍し、ワールドツアーで戦える選手になって、いずれはグランツールにも出場するほど成功する、それがいちばんなのだけれど。

（あ。雪だ……）

寒いと思ったら、とうとう降ってきたようだ。目の前をちらちらと白いものが舞っている。フランスも雪なのかなと考えて、なににつけ兼行と結びつける自分が可笑しい。

「……天城先輩。まつ毛に雪が」

いつの間にかうつむきがちに、黙って歩いていたらしい。横から低く声をかけられ「え？」と顔を傾けながら、真柴のほうに視線を投げた。

「ごめん。いまなにか言った？」

どうやら真柴はこちらをのぞきこんでいたらしく、思いのほか近いところに顔がある。ふいの接近が嫌だったのか相手がぐっと眉間に皺《しわ》を寄せるから、天城は急いで顎を引いた。

「えっと。なに？」

もう一度訊ねると、真柴も正面に姿勢を変え、少ししてから口をひらいた。

「さっきの店で支払うときに、兼行先輩の名前を出していましたよね。兼行先輩とは……いまも連絡を取り合っているんですか？」

「あ、うん。お互いに連絡してるよ。あいつ、フランスで猛烈に頑張っているみたいだ。ここんとこは、春にある『ダンケルク四日間レース』のための練習で忙しいみたいなんだ」

「それは……大きなレースですね」

「だろう？　あいつ、すごいなと思わないか？　あっちでは地域別レースでも、けっこう成績をあげてたんだ。今度も絶対やってくれる。なんてったって、あれだけ素晴らしい走りをするやつなんだから」

　兼行のことになると、ついつい力が入ってしまう。

「あいつはいまいるチームでも、かならず頭角を現してくると思う。『ダンケルク』は第五ステージまであるし、コース的にもかなり厳しいレースだけど、兼行はスタミナに関しては申し分ないだろうし、脚質だってさらにアップしてるはずだ。ここ最近はチームメイトと屋内練習に励んでるって。あいつの身体はまだまだ伸びしろがあるからな。調整がうまくいけば、来シーズンはかなりいい成績が出せるんじゃないかって、いまから楽しみにしてるんだ」

　そこまでをいっきにしゃべり、茫然とした表情の真柴を見て口を閉ざした。

「……あ。ごめん。なんか、まくし立てちゃってびっくりさせたな」

「え……いえ。そんなことはないですけど……」

　どこか歯切れ悪く真柴が言った。それから正面に視線を戻し、独りごとの調子で洩らす。

「兼行先輩とは、相変わらず仲がいいんだ」

そうなんだとも言いかねて、天城は黙ったまま歩く。

（仲は悪くなってないけど……相変わらずっていうのとも）

ちょっと違うよなと、天城は内心ため息が出る。

高校時代にくらべると、ふたりの関係は少しずつ、でも確実に変化している感じがあった。

それは、会いたいときに会えないといった距離感だけのことではなく、じわじわとなにかが変質しつつあるような気がするのだ。

たとえば馴染みのコンビニに行ったとき、つい目線で兼行を探していたのが、彼がそこにいないことが当たり前になったこととか。面白いテレビ番組を観たときや、大学などで心を揺さぶられる出来事が起きたとき『これは兼行に話さなくちゃ』と以前ならごく自然に思っていたのに、その習慣がいつの間にかなくなっていたことで。

兼行の影響があきらかに欠けはじめている。彼の存在が日々の生活から少しずつ薄れはじめた。なにかの拍子にふっと萌《きざ》したそれは、天城の胸に狂おしいほどの焦燥を呼び起こす。早くなんとかしなくちゃとあせるのに、実際にはなにもできない。それがよけいに不安感を掻き立てる。

（もしかしたら、あいつも俺とおなじ気持ちでいるんじゃないか……？）

それさえも確証が持てなくなりつつあるけれど、以前兼行が――すると、よけいあせるから——と言ったのは、その表れではないだろうか？

バーチャルな交わりは、より飢餓感《きがかん》を強くする。砂漠を行く旅人の目の前で水をちらつかせるおこないは、彼を苦しくさせるだけだ。

だから……と考えて、天城は曖昧に首を振った。

でも、これはただの想像。彼もまた自分のなかにある焦燥感と戦っているのだと思うのは、独り合点もいいところかもしれなかった。

「……すみません」

いつしかすっかりもの想いに耽っていて、隣の声に天城はハッとわれに返った。

「え、なに？」

「寒いところを長歩きさせたうえ、雰囲気を悪くして申しわけなかったです」

「雰囲気って……それはむしろ俺のほうで」

勝手に兼行の動向をひとりでべらべらしゃべったあげく、たったいままでぼんやりしていた自分のほうが、真柴に対して心配りが足りていなかったはずなのだ。

見れば、彼はしょんぼりしていて、猛烈な後悔が天城の心中に湧き起こる。

「いやごめん。悪かったのはこっちのほうだ。なのに、あやまらせて、ほんとにごめんな」

「いえ、本当に俺のほうが」

「ううん。真柴は悪くない。勝手なのは俺だから」

「じゃ、なくて。気が利かないのは俺なので」

そこまで言い交わし、ふたりは目を見合わせた。とたん、同時にぷっと噴き出す。

「あは。これってなんか……」

「はい。そうですね」

「じゃあ、お互いっこで？」

「はい、そうしましょう」

そうしてふたりで笑み交わせば、身体の内側からほっこりとした温かさが湧いてくる。

「……雪っていいな」

何気なしにそう洩らしたら「どうしてですか？」と真柴に問われ、思うままを口にする。

「だって、寒いときってさ、あったかいのの気持ちよさがよりはっきりとわかるだろ？」

たとえばこれとか、と天城が首のマフラーを指で示せば、真柴がなんだか照れくさそうな、うれしそうな顔をして、ごく低く声を洩らした。

「……光栄です」

それからしばらくは気詰まりでない無言のうちに進んでいき、やがて真柴が「あのですね」と真面目な口調で切り出した。

「俺の学年の連中ですが、引退後は私設チームをつくって走ろうという計画があるようなんです。首都圏の学校に入れたやつらが集まって、部活ほどきつくない楽しめるサークルをつくろうかと。それで、必要な備品の購入とかをアマギサイクルに頼めないかって相談されているんですが」

「え。ほんと⁉」

「はい。ですが、これはまだ計画の段階なので、もう少しはっきりと固まったら、天城先輩に連絡します」

その折には電話しますがいいですかと真柴に問われ、一も二もなくうなずいた。

「そんときはよろしく頼むな」

天城が言うと、高校三年生ながらとてもよくできた後輩は「もちろん」と頼もしく請け合った。それから、道の先を見て、

「だんだんひとが増えてきたみたいですね。参道には屋台が出ているかもしれません。もしそうだったら、なにか買って食べますか？」

「俺、たこ焼き」

すかさず天城が宣言すると、真柴はいくぶん苦笑しつつ承知する。

「わかりました。イカ焼きも売っているといいですね」

◇　◇

それから天城は春までの毎日を平穏に過ごしていた。正月には両親がおせち持参でアマギサイクルを訪れて、祖父ともどもど家族団欒《だんらん》の楽しいひとときを過ごしたし、自動車学校の講習もさほど苦労することはなく無事に免許を手に入れた。

そして免許取得後は、以前にもくろんでいたとおり、店のライトバンに備品や補給食などを積みこんで、各地の競技場に届けに行った。

所属する団体の後援がない個人の選手は、天城のサポートをことのほかよろこんで、自分の知り合いにも紹介したから、口コミで依頼してくる人間が増えてきて、新しくはじめたこの企画はまずまずの滑り出しだ。

学校と、店の手伝いと、サイトを中心とした自転車関連の業務。そんなことをしていれば、どんどん時は流れていき、三月も中旬を迎えたこの日、天城のスマートフォンが電話の着信を報せてきた。

「あ、うん。俺だけど……いまは大学。一講目が終わったとこ」

天城に連絡を寄越してきたのは真柴だった。このあと都合の利きそうな時間はありますかと訊ねてくるから、今日の予定を頭に浮かべる。

「えっと。次の講義が終わったら、あとは店に戻るだけで、とりあえず大丈夫」

長い時間は無理だけどと続けて言えば、さほどかかりませんからと真柴が応じた。

「わかった。それじゃあ、待ち合わせはどこにする？」

聞けば、真柴は天城の大学の正門前で待つと言う。

電話を切って、なんだろうと天城は首をひねったが、とくに心当たりはない。

しばらくは、あれかこれかと考えたあと、そういえば大学合格発表はいまごろだったと思い出す。

真柴はどうだったのかさきほどは聞かなかったが、無事に合格したのだろうか？

もしもよくない結果だったら、どう言おうかと悩んでしまい、講義の最中もうわの空で、終わると同時に天城はキャンパスの門へと向かった。

「真柴、お待たせ」

駐輪場に停めていたロードバイクを押しながら出てみると、彼もまた自分の愛車に乗ってきていた。おぼえのある赤いバイクを目にしたとたん、天城は歓声をあげてしまう。

「うっわ。なつかし！」

おまえ夏以来だなと、人間に話しかける口調で言って「それで、用件は？」とカジュアルだがお洒落な身なりの男に聞いた。

「俺の大学の合格発表が今日なんです。よかったら、一緒に見に行ってくれませんか？」

「え？　ああ。それはいいけど……」

なんで自分がと思ったのは顔に出ていたのだろう。真柴がちょっと頭を掻いてから告げてくる。

「すみません。いきなりで申しわけなかったですけど、天城先輩がお守りをくれたでしょう？　だから、その結果を見てもらおうと思ったんです」

理由を聞いてなるほどと納得したが、同時に律義なやつだなと感心する。

（あんな、たかだか数百円のお守りでさ）

この正月に真柴と初詣に行ったとき、天城はたこ焼きを奢ってもらった礼として——彼は頑として代金を受け取らなかった——学業成就のお守りを買って渡していたのだった。

「どうでしょう？　駄目ですか？」

そう真柴に問われれば、駄目出しをするほどのこともなく、どうせここから自転車でも行ける距離だとうなずいた。

「ん、いいよ。それじゃ行こっか」

そしてたどり着いたのは天城の大学よりもクラシカルな風情のあるキャンパスで、正門を入ってまもなく、木立の前に設置された掲示板の前に立つ。周囲には祝福の胴上げをしている姿や、『合格おめでとう』と書かれた大きなボードを持って記念撮影をしている学生もそこそこいたが、全体的におとなしい雰囲気で、人数も少ないのは、時代の流れというものだろうか。

（そういや、インターネットで合否確認するほうが普通だもんな）

天城は自分のときもそうで、大学には合格発表を見に行かなかったといまさらながら思い出す。

真柴が自分を誘ったのも、おそらく確認の儀式に近いものだろうが、それでも数字がずらりと並ぶ白い紙を眺めあげると、なんとなくドキドキしてくる。

「おまえ、何番？」

真柴が言う番号を目で探し、天城は「……あった」とちいさくつぶやく。それから浮き立つ気持ちのままに隣の男の背中を叩いた。

「やったな！」

「はい。ありがとうございます。先輩にもらったこれのお陰です」

差し出してきた手のひらの上にあるのはいつかのお守り。本当に律義な男だと感嘆しながら、笑顔全開で真柴をねぎらう。

「いやぜんぶおまえの力だ。よかったな」

言いながら、同時に思い浮かべていたのは、天城がフランスに送っていた満願成就のお守りだった。

ぜんぶ自身の力だけれど、ほんの少しでもご利益があればいい。

来たるレースで、兼行が無事全力を出しきって戦ってくれればと、そんな想いで空を見あげる天城は、隣の男がどんな表情をしているか気がついてはいなかった。

「……天城先輩」

「ん、なに？」

目線を戻すと、思いのほか沈んだ面持ちになってる真柴を見て驚いた。

（え、大学には合格したよな……？）

戸惑って、目蓋をぱちぱちさせていれば、目の前の男の顔から憂いが消えて、また元どおり感じのいい笑みが戻った。

「俺は、これで先輩とおなじように大学生になりました」

「あ、うん。よかったな」

さっきの表情は気のせいだったかと思っていると、真柴はコートのポケットにさきほどのお守りを丁寧な手つきで戻す。それから、あらためてこちらを見てにこりと笑い、

「それじゃ、先輩。行きましょうか？」

「行くって……どこに？」

「アマギサイクル。大学に受かったら、マウンテンバイクを買うって約束したでしょう？いまからどんなメーカーのものがいいか、一緒に選んでくださいね」

きっぱりと宣言し、先になって歩きはじめる。

「あっ、おい待てよ。おまえほんとに……？」

長身の男のあとを追う天城の心には、驚きと、またはじめられるマウンテンバイクへの期待感が湧いている。

「もちろん俺は本気ですよ。天城先輩は、いつなら練習に行けそうですか？」

「えっと。俺は……」

頭のなかで予定表を広げる天城は、わくわくする気持ちが勝って、たとえ一時的にせよ兼行の面影が頭から消えているのを自覚することはできなかった。

◇　◇

桜の花が咲いて、散って、天城が兼行に会えなくなって二年目の春。去年のいまごろは、寂しくてしかたがなくて、毎日兼行を思い出しては泣きそうになっていた。なのに、今年はそれがいくらか軽減されているふうなのは、日々の忙しさにくわえて、またマウンテンバイクをはじめたお陰なのだろうか。

それでも兼行の大舞台が近づいてくるにつれ、どうにもそわそわしてしまう。

彼からのメールには、現地近くに宿を取って、調整に入るとあった。しかし、そのメールを受け取ったのは、半月ほど前であり、以後は連絡が絶えている。

元から自転車競技ただひと筋の兼行は、試合前には本当にそればかりになってしまう。音信不通の状態もやむなしとは思うものの、それでも一抹の寂しさは隠せない。

（……って、なに我儘なこと考えてんだ）

ふるふると頭を振って、よけいな思念を払いのける。それからマウンテンバイク用のウエアに着替え、二階の自室を出ると、店のほうに下りていった。

「じいちゃん。そんじゃ俺、今日は幕張《まくはり》に出かけてくるな」

今日は五月の連休が明けて最初の日曜日。幕張海浜公園で、真柴と練習をする予定になっていた。幕張のマウンテンバイクコースは基本入場無料だし、初心者から中級クラスまで楽しめるので、これまでにも天城が運転するライトバンで出かけていっては、何回か走っている。本日は免許取りたての真柴が迎えに来るというが、さてどんな車だろうか？

祖父に断って、天城が店頭で待っていれば、時間ぴったりに黒い乗用車が横づけされる。

「え……!?」

ひと目見て、その車の大きさに驚かされた。角ばった形をしたロングボディは、どこか軍用車を思わせる。ルーフの部分には自転車が載せてあり、これはこの三月に真柴が天城と一緒に選んで購入したマウンテンバイクだ。

「おはようございます」

爽やかな声とともに現れた真柴のほうも、マウンテンバイクに乗るための長袖ウエアに身を包んでいる。ボトムは足首まである黒のレーサーパンツで、上着と揃いのブルーのラインが入っている。体格に優れた男がそうしたスタイルになっていると、ちょっとずるいと思うほどの格好よさで、天城もつい見惚れてしまった。

真柴は祖父に会釈して、天城が自分のすぐ脇に立たせていた自転車に近づいた。

「これ、載せますから、天城先輩は助手席で待っててください」

「あ、いいよ。やりかたを教えてくれれば俺がやる」

しばし茫然としていた天城は、その台詞でわれに返り、自分でするからと申し出たが、真柴はにこやかに笑みながら「大丈夫」と天城に言った。

「すぐ済みますから。……あの。今日は先輩をお借りします。まだ運転は初心者ですが、ぶつけたりはしませんので、どうぞご心配なく」

如才ないのか、自信たっぷりなのかわからない真柴の台詞の後半は、祖父に向けて発したものだ。あきらかに輸入車と思われる大型の乗用車を目の前に驚いていた祖父のほうは、真柴を見て黙ってうなずく。

「では、行きましょうか？」

「おまえ……この車、どうしたんだ？　家のやつを借りてきたのか？」

詳しく聞いたことはないが、真柴のこれまでの言動から、彼の実家が裕福であるだろうとは察していた。だから、この車も実家のものかと思ったのだが、彼はゆるやかに頭を振った。

「俺が自分で買ったんです」

「買ったって……すごいな、おい」

「昔からこれが欲しくて。旧《ふる》い型の中古車をなんとか手に入れました」

それにしてもかなりの額になるだろうと思ったとき。天城はふと、背後に異変を感じ取った。

「……じいちゃん⁉」

祖父が自分の胸を押さえて床にしゃがみこんでいる。そちらに飛んでいき、声をかけてみたものの、祖父は蒼白《そうはく》な顔をして返事もできないありさまだ。

(ど、どうしよう。どうしたら……)

うろたえきって、頭のなかが真っ白になったとき、落ち着いた男の声が耳に入った。

「天城先輩、お祖父さんに持病とかは？」

「し、心臓が悪いんだ。でも、いままではこんなふうになることなんて……っ」

真柴は祖父のすぐ横に膝をついた。

「救急車を呼びますから、それまでは楽な姿勢でいてください。発作のときの飲み薬はありますか？」

うなずく祖父を見て、真柴は天城を振り返った。

「先輩、薬がどこかわかりますか？」

「あ、あ……っと。たぶん二階に……」

「じゃあ、それと水を持ってきて。あと、保険証と、薬手帳もあるのなら」

てきぱきと命令されて、天城はがくがくと震える足で二階に走った。言われたものを手に持って戻ってくると、真柴は薬の袋を取って、祖父に見せる。

「このなかにありますか？」

真柴が聞いたのは、たぶん発作をとめるための薬のことで、苦しげな顔をした祖父が指差すそのカプセルを口に含ませ、水を飲ませる。そうしているうち、救急車のサイレン音が近づいてきた。

「天城先輩も一緒に乗って。俺はここで店番をしていますから」

「う、うんっ」

頼むなとも言いそびれ、天城は救急隊員に祖父の状態を説明し、担架に続いて救急車に乗りかけたとき、真柴が後ろから声をかけた。

「天城先輩、これ。着替えと財布」

マウンテンバイクの練習帰りに着替える予定の衣服などが入ったバッグを渡される。それを持って車の片側の狭い場所に座った天城は、両手を組んで祈ることしかできなかった。

（誰でもいいから。どうか、じいちゃんを助けてください……！）

やがて救急車が病院に着き、祖父は処置室に運ばれていく。部屋の前の白い廊下に佇《たたず》む天城は、まもなくやってきた看護師に求められるまま保険証や薬手帳を手渡した。

「それではしばらくこちらでお待ちくださいね。携帯電話のご使用は通話禁止エリア以外でお願いします」

「ここでは……？」

どうかと訊ねれば「必要最小限でなら」と許可が出た。天城はまず母親に連絡し、簡単に状況を伝えたあと、すぐこちらに来るという母親にこうも告げる。

「いまは俺がついてるから、急がなくても大丈夫。あわてて怪我したり、事故ったりしないように、ゆっくりこっちに向かって来てな」

それから次に誰に連絡しようかと考えて、兼行の姿を頭に思い描いた。

（あのな兼行、聞いてくれ。俺のじいちゃんが倒れたんだ。真っ青な顔をして……もし、じいちゃんになにかあったらどうしよう）

そう言いたくて、電話帳を表示するところまで操作して、名前の上に指を置きかけ……やっぱり駄目だと思い直した。

兼行は明後日《あさって》がレースの第一ステージだ。自分のことで心配なんかかけられないそれでも不安で胸が潰《つぶ》れそうなとき、兼行の声を聴くだけでもとたまらない想いで願う。

兼行……なあ……おまえの声をちょっと聴くだけ、それだけならいいだろう？

そんな気持ちに負けてしまい、電話の発信ボタンを押そうとしたその瞬間。

「天城さん？」

「うわ。はい……っ！」

心臓を跳ねあげながらとっさに画面から指を離す。振り向いた視界には事務服の女性がいた。

「付き添いはおひとりですか？　それともほかにご家族がおられますか？」

「あ。いまは俺だけなんですが、母がこの病院に向かっています」

「では、先生からの説明を受けられたあと、三番窓口までお母さまとお越しください」

わかりましたとうなずくと、彼女は天城に会釈してこの場を立ち去る。そのあとまもなく処置室から出てきた看護師に名前を呼ばれ、天城はスマートフォンの電源を急いで切ると、彼女に続いて室内に入っていった。

◇　　　◇

その日の夕方。沈む想いが天城をうつむかせ、歩む足取りを重くしている。祖父はあのまま入院することになり、駆けつけてきた母親は仕事が終わってこちらに向かう父親と合流してのち、アマギサイクルに泊まると言った。だから天城だけひと足先に店へと戻ってきたのだが。

「……あっ」

店の明かりを見たとたん、そこに残してきた真柴のことを思い出す。いままで完全に失念していたのだが、彼はいったいどうしただろうか？

あわてて店に走りこむと、普段の服に着替え済みの真柴がレジのところにいた。

「いらっしゃ……じゃない、おかえりなさい」

なにも特別な出来事は起こっていないというふうに、自然な感じで出迎えてくる。

「大変でしたね。お祖父さん、どうでしたか？」

近寄ってきた真柴からいたわる声をかけられて、天城は「ごめん」と頭を下げた。

「約束してたのをすっぽかして、そのうえ連絡もしないままで……」

「いいんですよ。非常時のことですから。むしろこういうときに居合わせて、役に立ててよかったです」

少しばかり目尻の下がった男前に微笑まれると、すまないと思う気持ちと安堵する想いとが同時に湧いた。そして勝手に唇が動き出す。

「俺……な、突然じいちゃんがあんなになって、びっくりした」

後輩になにを甘えているのかと感じたけれど、わかっていますというふうに真柴がうなずいてくれるから、言葉がまた転がり出てくる。

「じいちゃん、心筋梗塞《しんきんこうそく》だって。ちいさな発作も、ほんとは前からあったみたいで……なのに俺が心配するから隠してたんだ」

もっと早く気づいていればよかったのに。

「俺、自分のことばっかりで……」

「天城先輩」

落とした視線のすぐ先に真柴の靴が入りこむ。

「お祖父さんが病気になったのは、そもそも先輩のせいじゃないです。どころか先輩は、長いあいだお祖父さんの手伝いをほんとに頑張っていましたから。ちっとも自分のことばかりじゃないですよ。もちろんそのことは、お祖父さんにも伝わっているんだと思いますが」

だから、自分を責めないでと真柴に言われ、正直ほっとしたけれど、反面これは甘えすぎだと反省の想いも湧いた。

「ご、ごめんな。この店に戻ってきて、おまえの顔を見たとたん、緊張の糸が切れたみたいなんだ。おまえの一日を無駄にさせて、そのうえぐだぐだ言っちまって、本当にすまなかった」

顔をあげて無理に笑顔をつくってみせると、真柴がすっと自分の腕を動かした。なにをするのかと見ていれば、その腕が途中でとまる。

（……？）

ややあってから、真柴は腕を下におろし、くるりと向きを反転させると、レジのほうに歩いていった。

「先輩の留守中に、パンク修理と、ブレーキ修理をしておきました。ここにある料金表どおりの金額をもらいましたが、よかったですか？　あと、電話が三件かかってきて、それぞれメモをここに残してありますから」

実務的な話になって、ささやかな疑問は消え去り、天城は大いに恐縮しながらそちらに近づく。

「客の対応までしてくれたのか？　ほんと悪かったな、ありがとうな」

「いえ。どちらも一般車で、簡単なものでした。レシートを渡すために、レジは適当に打ったんですが、間違っていたような気がしますので確かめてもらえませんか？」

「え。どれどれ……いや、合ってるよ。すごいな、真柴」

レジ横にある伝言メモも、相手先の名前から電話番号まで押さえてあるし、用件の内容も簡潔明瞭《めいりょう》。なんてよくできた後輩なんだと、天城は感動すらおぼえてしまう。

「ありがと、ほんとに助かった」

「いえ、そう言ってもらえるほど、たいしたことはできてませんから」

少しばかり照れた顔は歳相応で、より好ましい気持ちになる。

「長いこと店番させて、ほんとごめんな。今度、この礼はするから」

「礼なんていいんですが……それより、先輩」

「うん？」

「お祖父さんのこと、俺も目の前で見ましたし、病状が気になるので、また明日にでもメールしていいですか？」

それは天城にはもっともと思えたし、むしろ気遣ってもらったことがすまなくもありうれしくもある。

「もちろんだ。かならず明日こっちからメールするから」

そのあと天城がもう一度礼を言うと、真柴は恐縮した態になり、控えめな仕草で手を振ったあと、そろそろ帰ると天城に告げた。

「お母さんに連絡はされたんですよね？」

「あ、うん。今晩は病院から回ってきて、ここに父さんと泊まるんだって」

「そうですか。じゃあ、安心です」

ではこれで失礼しますと、真柴の姿が消えたのち、おぼえず脱力してレジ脇の丸椅子に座っていたら、しばらくしてから店前でクラクションの音がした。

（なんだ……？）

出てみれば、それは真柴の黒い車で、座席の窓から彼がなにかを差し出してくる。

「これ、コンビニで適当に買ってきたものなんですけど。なにか少しでも口にしておくほうがいいかなと思ったので」

白い買い物袋を渡すと、天城が礼を言うのも待たずに「じゃあ」と車で走り去る。ひとりになって、天城が袋のなかを見れば、そこにはおにぎりが数個と、日本茶のペットボトルとが入っていた。

（あいつ……どれだけ気遣いじょうずだ）

目をぱちぱちさせながら、ペットボトルを取り出すと、自分の指が冷えきっていたことにあらためて気づかされる。もう五月だから冷やした飲み物が主流なのに、真柴はわざわざ温かいお茶を探して買ってきたのだ。

彼のやさしさにおぼえずほっと息が洩れ、この一瞬だけ天城は心細さを忘れた。

◇　　◇

祖父の入院で、店はしばらく閉めておくことになった。母親は十日近くアマギサイクルの二階に泊まり、そこから病院に通っていたが、祖父の病状が落ち着いたのでいったんは静岡《しずおか》に帰ると告げる。

「また三日後には戻ってくるから」

「うん。気をつけてな」

「翼《つばさ》も身体《からだ》には気をつけて。あ、それと、あなたのお友達の真柴《ましば》くんにもよくお礼を言っといて。いまどきほんとによく行き届いた、礼儀正しい息子さんね」

母親の褒め言葉にはそれ相応の理由がある。

真柴はあれから祖父が入院する病院にやってきたのだ。病室には顔を出さず、ナースステーションを通じて呼んだ天城《あまぎ》の母に見舞いの品を手渡して——後輩として天城先輩の役に立ちたいと思いますので、なにかあれば遠慮なく言ってください——との台詞《せりふ》を残して去っていた。

「真柴は俺の友達じゃなく、後輩だけど……よく行き届いてはいるよなぁ」

「よね。……ねえ翼、ひとりだけだと思わないでね。わたしもいるし、お父さんも本当は翼を心配してるのよ」

「うん。わかってる」

彼女はにっこり微笑《ほほえ》むと、励ますように息子の肩を軽く叩いた。

「大変なときにこそ、笑顔でね。わたしは翼が自分自身で決めたことをやり通せると信じているわ」

「うん、母さん」

それじゃと踵《きびす》を返す彼女は、歳《とし》よりずっと若い見かけで、森林を守るためのボランティアに励んでいる。森のなかでは長靴に作業着姿で伐採用のチェーンソーを巧みに操り、家庭にあっては家事がまったく不得手な夫の世話をして、毎月欠かさず義父と息子の差し入れに県を越えて出かけていく。天城の母親は根っから陽気で、元気があって、息子のよき理解者でもあるのだった。

そうしてひとりになった家で、天城は自室に入っていくと、インターネット通信の回線を相手に繋《つな》ぐ。いつもなら、日本時間の午後九時に交流していた兼行《かねゆき》だったが、今日は先方の午前八時、つまりこちらの午後三時に連絡するとメールにあった。

いつものようにドキドキしながら兼行が画面に現れるのを待ってほどなく、さらに日に焼けて精悍《せいかん》さを増している男を自分の視界に入れる。

「あ、ひさしぶり。っつうか、おめでとう」

『ダンケルク四日間レース』が終わって、二日目。昨今はとてもありがたいことにインターネットテレビがあるから、レースの模様が一部ながら動画で観られる。今回は日本人選手が第二ステージでは三位、最終の第五ステージでは一位とほぼ同着の二位に入り、個人総合成績では四位になるという快挙を果たした。この結果は、ネットニュースのみならず、新聞などの媒体でも取りあげられていたようで、日本ではマイナーな自転車競技という種目のなかでひさびさの朗報という位置づけだった。

「第五ステージのゴール前、すごい競り合いだったよな。俺、観ていて汗が滲《にじ》んできた」

最終ステージはブーブルグからダンケルクに入り、最後は6・5キロメートルのサーキットを五周してゴールとなる。最終的にはスプリント勝負となって、ほぼタイム差がないまま五人の選手がゴールラインに飛びこんだのだ。

すごい接戦だったなと天城が言うと、兼行は得意げな顔もせずにうなずいた。

『あのレース、中盤あたりで何人かが逃げたけど、それを追わずに集団のなかでこらえた。最後はいちばん俺の足が活きていたから、チームのみんなが俺を先に出してくれた』

(チームのみんなが出してくれた……?)

意外だと感じた気持ちが顔に出ていたのだろう、わずかに兼行が目を細め『不思議か?』と聞いてきた。

「あっ、ううん。そんなこと」

『いいんだ。俺も前とはずいぶん違ってきたんだと思うから。ここに来て二年目で、プロやセミプロに交じって毎日走っていると、自分がお山の大将ではいられないとわかってくる。いまはアランや、クリストフと走るのは刺激になるし、いい勉強をさせてもらっているように感じてる』

もっとも、いちばんでゴールしたい気持ちは少しも変わっていないが。そう言う兼行は記憶にあるよりも大人っぽくなっていて、なんだかまぶしく感じられた。

『俺はともかく、天城のほうはどうなんだ？　マウンテンバイクの練習ははかどってるか？』

「ん、うん……まあまあ、かな」

『学校や、店の手伝いが忙しいのか？』

「えっと。まあ普通にはね。それより兼行、もっとレースのときの話を俺に聞かせてくれよ。その。クリストフって、おまえのチームメイトだろ？」

自分についての話題は流そうと思ったのに、兼行はごまかされてくれなかった。

『天城。どうした？　なにかあった？』

心配そうに見つめられたら駄目だった。嘘を言いたいわけではないし、遠慮がちに祖父が入院したことを打ち明ける。

「あのさ。じいちゃんの心臓が悪化して、しばらくは病院にいることになったんだ」

眉《まゆ》を寄せる兼行を見て、天城は早口で言葉を添えた。

「でも、きっとすぐ元気になって退院するから。そのあいだ、俺が店をやることに決めたんだ。ちょっとのあいだはばたばたするけど、しばらくすればたぶんすっかり元どおりになると思う」

『っと……その、待ってくれ。天城、教えてくれないか？　お祖父《じい》さんが入院したのはいつごろだ?』

真剣な表情で訊《たず》ねられ、天城はやむなく本当のことを言った。すると、兼行の眉間《みけん》の皺《しわ》が深くなる。

『だったら、俺がレースに出る二日前か……』

そうつぶやく彼は、機嫌が斜めになったときの顔をしていた。そして、言われるかもしれないと思ったとおりの台詞が出てくる。

『なぜ俺に教えてくれなかったんだ?』

「それは、だって……」

『俺は天城がどれくらいお祖父さんを大切にしているか知ってるんだ。突然病状が悪化して、目の前で倒れられて、ショックでなかったはずがない。それを……』

そこまで言って、兼行は視線を逸《そ》らした。

(やっぱり、怒らせた)

最初に天城がごまかそうとしていたのは事実であり、叱《しか》られてもしかたがないと、しょんぼりしてつぶやいた。

「ごめんな、兼行」

すると、相手は苦しげな顔をして首を振った。

『そうじゃない。天城を責めるつもりじゃなかった。俺は自分に怒っているんだ。肝心なときに傍《そば》にいられなくて、なにをすることもできなかった自分に対して』

「だけど、それはしかたがないよ」

そう告げた天城の気持ちは本当で、適当に取りなすつもりなど少しもなかった。なのに、兼行は自嘲《じちょう》の念を消しきれないのか、ひずんだ声音を喉《のど》から洩《も》らす。

『しかたがないって……そうだな、ほんとに。もし聞かされても、俺がそっちに飛んでくわけにはいかないもんな』

「俺は……大事なレースの前だから、よけいな心配を兼行にかけたくなかった。黙っていたのは悪かったけど、たぶん連絡はできないだろうと思ってたから」

兼行はレースの直前から競技中にかけては、外部からの雑音をいっさいシャットアウトする。そう聞いていたからこそ、電話もメールもしなかったのだ。

『よけいな心配か……。本当にすまなかったな、かえってこっちに気を遣わせて』

そして兼行は天城がなにか言う前に、真摯《しんし》な口調で言葉を重ねた。

『それで？　お祖父さんの病状はどうなんだ？』

「あ、うん。心筋梗塞《しんきんこうそく》なんだって。いまは腿《もも》のつけ根からカテーテルを入れてるんだ。いまのところ、それで様子を見ようってことになった。発作が起きて、びっくりして救急車を呼んでもらったんだけど、それが結局よかったみたいだ。お陰で処置が早かったから、今回は緊急手術をしないでも済んだんだ」

『そうか、ひとまずはよかったな』

安堵《あんど》したふうに肩を下げて兼行が言う。それから、なんとなく気になるみたいに首を傾《かし》げた。

『呼んでもらったってことは、お客さんでも居合わせたのか？』

「え、違うよ。幕張《まくはり》まで練習に行くために、あの日は真柴と店で待ち合わせをしてたんだ。そのときたまたま」

『そうか……』と兼行はつぶやいたのち『真柴がいて、助かったな』とこちらを思いやる台詞をくれた。

「うん、ほんと。俺かなりパニクったから。……それはそうと、兼行のほうは『ダンケルク』できっちり成果を出しただろ？　これで兼行の家のひとも、留学を続けさせてくれるのを承知したのか？」

『ああ。日本人選手が上位に食いこむのはめずらしいから、そっちの新聞のスポーツ欄にも載ったんだ。一般紙の新聞って、結構権威を感じる人間もいるらしく、お陰でもう一年延長の許可が下りた』

「そっか。やったな」

兼行のことを思って、心から天城は言った。

「次のレースの予定はあるのか？」

『この次は、ワールドポーツに出場することになった。日程は八月末の二日間だ』

ひとつの成功が、新しい舞台への扉をひらいた。兼行なら、きっともっと大きなステージに挑戦し、そこでも勝利を摑むのだろう。本当に素晴らしいと思いはするが……。

「ふうん。すごいな」と洩《も》らした声には、もしかしたら思いのほかに力がこもっていなかったかもしれなかった。

天城としては、祖父の病気がもたらした状況の大きな変化に対応するのが精いっぱいで、遠いところでおこなわれる競技に関して、いまひとつ現実感が持てないままだったのだ。

(……って、なにを俺は)

もっと気持ちをこめて、よろこばなければいけないのに。

『……天城。おまえ、疲れているか?』

さっきの口調から推測したのか、兼行にそんなことを問いかけられて天城はあせる。

「えっ、ううん。ぜんぜん。それより兼行こそ、大きな大会が終わったあとで、疲れがたまっているんじゃないか? 練習もあるだろうけど、休養だって大切だし、できればゆっくりするといいぞ」

『そうだな……天城のほうも病院通いで大変だろうし、このあと少しでも休憩してくれ』

「ん。わかった。またな、兼行」

『ああ。また』

それで、ふたりの通話は終わった。ひさしぶりに兼行と顔を見て話せたのに、なんとなく……ちぐはぐな会話だった感じがする。

兼行は基本的に無愛想な男だし、口も達者とは言えないが、自分と話をしているときにこんな雰囲気を与えてきたことは一度もなかった。

（それとも俺のせいなのか……？）

自分のことで兼行に負担をかけるのは気が引けるから、なんとなく曖昧《あいまい》にしてしまったところもある。

兼行にはああ言ったが、天城はこのあと休憩するわけにはいかない。大学に休学届を出しに行くのだ。

祖父が倒れ、アマギサイクルの今後が問題になったとき、天城は店を続けたいと両親に頼みこんだ。

――あの店はじいちゃんが大切にしているんだ。店を閉めるのも、休業で客に迷惑をかけるのも、絶対に嫌だと思う。

最初、父親は渋っていたが、必死の交渉が功を奏して、なんとか了承を取りつけるまでに至った。しかし、ひとりで店を切り回していくとなれば、さすがに学校との両立は無理がある。それで、半年と期限を定めて休学を決めたのだ。

（休学のこと、日をあらためて兼行にはメールしよう）

このたび、兼行が出場した『ダンケルク四日間レース』では、日本人の、しかも容姿の優れた青年がいい成績を残したことで、がぜんマスコミが注目している。プロとして活躍したい兼行に、これは絶好の機会だろう。

そんなときに、彼の集中力を削《そ》ぐ真似を自分がするわけにはいかない。兼行には後顧の憂いなく頑張ってほしいのだ。

大学に届けを出したら、明日からは店の営業をはじめよう。そう思う天城の背中は少しばかり寒さを感じていたのだけれど、これはなんでもないのだと自分自身に言い聞かせる。

「ワールドポーツか……」

兼行の次の舞台がどんなところで、どのようなチーム編成で走ることになっているのか。見たこともない地域をめぐり、天城の知らない外国の選手に交じって。

すごいなあとも、素晴らしいとも思うけれど……それはなんだか途轍《とてつ》もなく遠い場所で起きている夢の世界のようにも感じた。

◇　◇

天城との通話を終えても、兼行はパソコン画面を睨《にら》んでいた。腹のなかには自分に対する怒りがあって、休養どころではなかったのだ。

天城の祖父が倒れたのに、自分はなにひとつできなかった。反対に気遣わせて、言いたいことも言えなくしている、そんなおのれが不甲斐《ふがい》なくてしかたない。

本当は飛んで帰って、天城を慰めて、励ましたい。けれどもたとえそうしたところで、天城は決してよろこびはしないだろう。こちらのせいで無理をさせたと、たぶん哀しく感じてしまう。それでは自分が傍にいる意味がないのだ。

天城には晴れ晴れとした空のように心おきなく笑っていてほしい。そのために自分がいまするべきことは、少しでも強くなり、早く稼げるプロになって、天城を迎えに行くことだ。彼を幸せにしてやるにはそれがいちばんの早道だから。

(だけど、そうか?)

そんなのは、手前勝手な思いこみでしかないのじゃないか?

ふっとそんな想いが湧《わ》いて、兼行は顔をしかめる。

天城にいま必要なのは、いずれ迎えにくる(かもしれない)相手ではなく、いま現実に傍にいてやさしくしてくれる存在ではないのだろうか?

そうした気持ちは数日後に天城からのメールを見たとき、さらに大きなものとなり、ついに我慢できなくなって彼に電話をかけてしまった。時刻はパリでの午後七時、つまり日本の午前二時だ。電話するには非常識な時刻だろうが、どうしても直接声が聞きたかった。

『……どしたの、兼行。こんな時間に』

いや、俺はうれしいけどさ、と聴こえる声はやはり眠っていたせいか、ふんわりとやわらかかった。

「休学するってメールを見たが、本当なのか？」

言うと、しばらく相手は黙った。

「天城……？」

『あ、うん。だけど、ずっとってわけじゃないから。メールにも書いたけど、いちおう予定では半年間だけ。じいちゃんが退院したら、また学校に戻るつもりだ』

声音がさっきよりあきらかに硬くなって、天城に言いわけをさせてしまったことを知る。

（うまくないな……）

どうして自分はこんなふうに下手くそな切り出しかたしかできないのだろう。

こちらに来てからさまざまに人間関係で揉《も》まれてきて、多少は経験値があがったつもりでいたのだが、天城の前ではそんな自負もからきしのありさまだ。

『気にしてくれて、ありがとうな』

そのような台詞を言わせたいわけではなかった。それではあまりにも……他人行儀だ。

「俺になにかできるようなことはないか？」

『えっと。その、とくにはなにも……兼行がこうやって電話してくれたから、それだけで充分だ』

「本当に?」

『うん、もちろん』

このとき兼行が(そんなに俺は頼り甲斐がないのか?)と思ったのは、自己本位すぎる考えだろう。天城のやさしさがわからないはずもないのに、彼が自分に泣きついてくれないのを不満に思う、これは最低というものだ。

「……それじゃあなにか相談したいことがあったら、俺に電話してくれないか?」

『うん、ありがと』

天城が姿勢を起きあがったのか、かすかにベッドが軋《きし》むような音がした。

夜中の電話で天城を起こしてしまったけれど、彼はもう少し話を続けてくれる気らしく、ややあってからこちらに問いを投げかけてくる。

『いま兼行はなにしてるんだ? そっちは、ええと……晩の七時か。飯食った? 風呂には入った?』

天城は最初に聴いたときのやわらかな雰囲気になっている。これも彼の気配りかと思うけれど、正直兼行はほっとした。

「飯は食った。風呂はこれから」

『飯って、いつもはどんなものを食べてんの？』

「このアパルトマンは親戚の家だから、日本食が中心だ」

『日本食って、材料とか買いに行くの大変そうな感じがするけど』

「そうでもないさ。こっちにもアジア系の店が結構出てるから。ただ、やっぱり日本とまったくおなじとはいかないし、日本人向けの店はかなり割高になってるようだ」

『兼行は好き嫌いがないほうだから、食に関しちゃあんまり苦労がなさそうだよな』

屈託ない天城の声が耳をくすぐる。彼の声質はやや高いがやわらかく、兼行には最高に気持ちのいいそれだった。

『遠征先ではフランス料理も出るんだろ？』

「まあそうだけど、東京のフレンチレストランで出されるような料理じゃない。野菜と肉の焼いたのとか、煮たのとか、わりと素朴な田舎料理がほとんどだ。ただ、食べるものならひととおりなんでもあるし、日本食にこだわらなければ東京にいるときとそんなには変わらない」

そう言うと、天城が『そっか』と感心したような相槌《あいづち》を打つ。

『だけど、そんなに変わらないっていっても、こっちと違ってパリにコンビニはないだろう？なんか、おしゃれなパン屋とか、ケーキ屋とかはありそうだけど』

「そうでもない。最近は日本語で『八時から八時』っていうミニストアもあるみたいだし、スーパー直営でそれっぽいのも結構見かける」

『じゃあ、肉まんとか、アイスとかも売ってんのか？』

ひさびさにのんびりした会話になって、幾分兼行もリラックスした気分に傾く。

「アイスはあるが……肉まんは無理のようだ」

兼行がそう答えると、天城がちいさく笑みこぼす。

『あは、肉まんは無理なんだ。だけど、よかった。飯には苦労してなさそうで』

「ああ。だけど、そのうちチームメイトと部屋をシェアするようになったら、自炊しなくちゃならないけどな」

言うと、しばらく返事が戻ってこなかった。

「天城……？」

訝《いぶか》しい気持ちで問うと、ようやく声を聞かせてくれる。

『ふうん。シェアするって……どうして？』

「パリはロードの練習に不向きなんだ。できないことはないけれど、俺はもっと道路に起伏のある田舎に移って、日常的に練習がしたいんだ」

天城はなるほどとつぶやいたあと、少しばかり急《せ》いた口調で聞いてくる。

『でも、じゃあさ。いまの場所から引っ越したら、語学学校はどうすんの？　家のほうはそれでいいって？』

「いや。相談したが、家族のほうはしぶってる。あっちの意向は、このままフランスにいるのなら、どこでもいいから大学に在籍して、そこを卒業したという体裁が欲しいらしい。だが、俺は大学に割く時間が惜しい。語学学校は夏までで、それ以後はロードのほうに専念するつもりでいる」

『じゃあ、兼行は……もうそのことを決めたんだ？』

「ああ。俺はまもなく二十歳《はたち》だから、それ以後は親の許可がいらなくなる。たとえ仕送りを打ちきられても、自分の意志でここに居続けるつもりでいるから」

きっぱり断じると、吐息交じりに『そっか』と聞こえた。

『な、兼行……おまえが部屋をシェアする相手って、どんなやつ？』

「え？　ああ。マールテンはベルギー生まれの選手だよ。平坦《へいたん》に強くて、中盤からのアタックで逃げきるのが得意なタイプだ。とくに引きが巧みな男で、いまはまだ石畳の平坦地ではついていくのがやっとかな」

『兼行はそいつの後ろを走るのが楽しいんだ？』

「あ……」

返事しかけて、さすがに自分の気の利かなさに思い当たった。大学を休学する天城の事情が気になったから、電話をかけていたというのに、なにを自分のことばかりしゃべっているのか。

「っと。楽しいと言うよりも、もう少し切実な気分かな。それより、天城。店のほうはいつから再開するつもりだ？」

『あ。それはもう平常どおりに営業してる』

内心驚いたが、それは伏せて天城に訊ねる。

「いつから？」

『三日前から。真柴が手伝いに来てくれるって言ったけどさ、やっぱりバイトを募集することにした。あいつにも大学やらなんやらがあるわけで、いくら後輩だからってそうそう面倒はかけられないし』

そんなことを聞かされて、今度は兼行が黙りこみ、天城から『どうした？』と怪訝《けげん》な声を出されてしまった。

「いや、べつに……。そういえば、真柴ももう大学生だったのかと思ってた」

言ったら、天城がくすくす笑う。

『そりゃそうだよ。俺たちのひとつ下なんだから。っていっても、あいつは年下とは思えないほどしっかりしてる感じだけど』

頼もしい後輩だよねと問いかけられて、そうだなと気持ちよく応じられない自分はあきらかに心が狭い。わかっていて、それでもやはり面白くない気分は払拭《ふっしょく》できなかった。

「そうかもしれないが、店の手伝いを自分から申し出てくるなんて、あいつの大学は暇なのか?」

『んー。べつにそんな暇じゃあないと思うんだけど。ただ、あいつの大学は近くにある国立の経済だから。高校の寮を出たあと、大学のすぐ傍に下宿していて、たまに寄ってくれるんだ』

つまり、真柴は天城の大学とも、家とも近いわけだった。

気にすまいと思っても気になるが、それを天城に匂《にお》わせるのはあまりにも勝手だろう。

「なるほどな。それはまあ場合によっては助かるな。……このあいだの、お祖父さんのときみたいに」

『ん。じいちゃんも真柴には感謝してたよ。じいちゃん、ここんとこ病状が落ち着いてるから、見舞いに行ったとき、わりと長くおしゃべりができるんだ』

そのあと兼行は天城が祖父の病院に毎日顔を出しているのと、店のことは不慣れながらなんとか切り盛りしていると教えてもらった。

「お祖父さんの看病に、店の営業か……天城はほんとによくやってるな」

『でも、そんな看病っても、洗濯と、ちょっとした買い物をするくらいだし。じいちゃんに飯をつくってあげられなくて、ほんとは少し寂しいけどな』

「……寂しいか?」

その言葉には知らずもうひとつの含みがあったのかもしれない。天城は聡《さと》くそれを察して、そっくり転じてこちらへの問いかけにする。

『おまえは……？』

「ああ、俺も。天城に会えなくて寂しいよ」

そう答えかけ、からくも兼行は思いとどまる。言えば、終始張り詰めている心のどこかが崩れていきそうな不安があった。

兼行がしばし沈黙していたら、天城が『ごめんな。いまのはなしにして』と明るさを装った声で言う。

『ともかくさ。なんか今晩はやたらと長話しちゃったけど、いろいろ聞いたり話したりして楽しかった。兼行も明日はまた忙しいんだろ？』

遠回しに会話の終わりを告げられて、それ以上は引っ張ることもできないままに「じゃあまた」と電話を切る。

部屋の壁に寄りかかって話をしていた兼行は、その姿勢を変えぬまま視線だけを動かして、窓の向こうをぼんやり眺めた。

見ているものは街の明かりに照らされた石造りの建物ではなく、笑っているのにどことなく表情に無理がある愛《いと》しいひとの面影だ。

天城は兼行に会えなくて寂しいと、これまで一度も言わなかった。それはさっき自分が言葉を呑《の》みこんでしまったように、彼にもまた自分を制止する心の声があるのだろうか？

言えばたちまちなにかが決壊するような不安をおぼえているのだろうか?

たとえばもしかして、こんなふうに……。

——なあ兼行、俺寂しいよ。寂しいから……寂しすぎて、兼行とは……もう——と。

「天城……っ」

どうか自分を待っていてほしいと願う。誰のものにもならないで。自分勝手でどうしようもないけれど、天城以外の何物も欲しくないのだ。

インハイの晩、ずっとずっと一緒に走っていようと誓って、繋いでいた手を離したくない。たとえいまはどんなに遠いところにいても。天城の日々の暮らしのなかから自分という存在がどんどん薄れていったとしても。

だけど、いつか……自分はかならず彼の許《もと》にたどりつく。

焦燥の炎に身を焼きながら、おのれの道の行く果てに天城がいてくれることを願って、ひたすら目の前の戦いに勝ちたいともがき続ける。

いまはただそれだけしか自分ができるすべはないように思われた。

◇　◇

兼行との電話を切って、横たわり、天城は見るともなく天井を眺めあげる。祖父がいない家は静かで、さっきまで聞こえていた彼の声が煙のようにゆらゆらと天井に漂っている感じがしていた。

ただ——薄くはかなく、消えれば何物も残さない煙と違って、彼が天城に寄越した台詞はこの胸に棘《とげ》のような痛みをあたえる。

(寂しいか？……か)

あのとき天城は——おまえは？——と彼に返した。本当のことなんてとてもじゃないが言えなかった。もうすでに一年以上かかえてきた気持ちなんか、とうてい兼行には打ち明けられない。

「……馬鹿」

低くつぶやいて、そうしたら、ちいさな刺し傷が血玉をつくってこぼれるように、言葉が転がり落ちてくる。

「寂しいかって、そんなの当たり前じゃないか……おまえとはもう一年以上も会ってないんだ。なんで……フランスみたいな遠いとこに行くんだよ……俺になにがあったって、おまえになにが起きたって、どうしようもないじゃないかっ……」

兼行がレースに出て怪我をしても、天城はなんの役にも立たない。ただすべてが終わってしまってから、もう大丈夫となだめられるだけなのだ。

「じいちゃんが倒れたときも、おまえにいてほしかった……慰めて、励まして、抱き締めてほしかった……っ」

心細くて、哀しくて、そんなときには好きな相手の顔を見たい。ただ傍にいてくれればそれだけでいい。なのに、兼行からそうしてはもらえなかった。すぐには声すら聞けなくて……。

「俺が……我儘《わがまま》なのか？……なんでって……つらいって、思ってしまう……俺の我慢が足りないせいか……っ？」

それでも、どうしても。

「会いたいよ、おまえに会いたいっ……どうしてここにいないんだっ。いますぐ帰ってきてくれよっ！」

知らず叫んでしまってから、天城はハッとわれに返った。

「あっ、と……ちがっ……」

あせって言いながら、ベッドの上に身を起こす。

「いまのは嘘っ。なしだからっ」

いますぐ帰ってこなくていい。兼行はフランスで頑張っていてほしい。それもまた自分自身の本音なのだ。

「……はぁ」

起こした背中をまたもシーツに倒していって、天城は大きくため息をつく。

「なんかほんと……俺って馬鹿だ……」

ひとり芝居で、泣きそうになってみたり、叫んだり。そのうえ感情が昂《たかぶ》ってしまったせいか、あっちのほうもなにやら妙に高まってきた感覚がする。

（ひさびさに、いっぱい声を聴いたからかな……）

もそもそと姿勢を変えて横向きになり、寝間着代わりのスウェットのボトムのなかに手を入れる。下着の上から触れたそれは、少しばかり兆していて、天城はなんだかべつの意味で泣きそうになってしまった。

いい若者が、電話で聴いた声の記憶をおかずにオナる。この状況を冷静に考えれば情けない限りなのだが、枯れるには早すぎる年ごろなのでしかたない。

「……ん……兼行……っ」

こんなふうにさわられたこともあったと、天城は下着のなかに自分の手を這《は》わせると、彼の仕草を頭のなかでなぞりながら、ひとりで得る快楽を追いかけた。

◇　　◇

そのように相反するもの思いを抱えていても、時間だけはよどみなく過ぎていく。

天城は結局休学から復帰するのに約一年間を必要とした。祖父は三カ月ほどでどうにか退院できたものの、その後は完全に回復することはなく、入退院をくり返していたからだ。

もちろん休学を延長するにあたって、アマギサイクルの閉店も家族間の議題として出た。祖父はアマギサイクルの営業にはこだわらない気持ちだったし、むしろ自分の店と自分自身とが孫息子のお荷物になることを危惧《きぐ》し、自転車屋は無期休業にして、自分は介護付きの施設のほうに移ると言った。

それを聞いた父親は、施設に入るのは反対で、祖父を静岡に引き取って一緒に住み、店は閉めるのが妥当という方向を皆に示した。天城に関しては、変わらず店の二階から大学に通えばいいし、どうしても自転車屋にこだわるのなら、べつの店でアルバイトをすればいいと。

ふたりの提言はどちらも家族を思いやったものだったし、天城の生活を考えたゆえの方針であったことに間違いない。しかし天城はこの店を絶対に終わらせたくないと思ったのだ。

――この店はいまの俺を育ててくれた場所なんだ。じいちゃんはこのまま店の二階に住んでいてほしいし、アマギサイクルも潰《つぶ》したくない。

もしかすると、そうした気持ちの背後には、兼行と離れたいまの状態で、祖父や、アマギサイクルまで失ってしまったら、自分はからっぽになってしまう。そのような利己的な虞《おそれ》が隠れていたのかもしれなかった。

学生の本分に戻れという父の意見は常識的で、むしろ思いやりのあるものだから、天城ひとりが反駁《はんばく》しても我を押しとおすのはむずかしい状況になったとき。

——私はいいと思うわよ。翼がギブアップと言うまでは店との両立を続けてみたら？

そして母は天城に向かってこうも言った。

——頑張るというのはね、頑《かたく》なに張ると書くのよ。どうしてもしたいことがあるのなら、折れて潰れるまでは頑なに我を張り続けていればいいわ。翼は若いんだから、多少寄り道したっていくらでもやり直せるしね。

そう言って、からから笑う母を見れば、父も自説を引っこめざるを得なくなり、結局アマギサイクルは営業続行、祖父は公的な介護サービスを併用することにして、しばらくは様子を見ることで話し合いは結着した。

かくして、そのような経緯を踏まえ、天城はやがて復帰した大学に通いながら、アマギサイクルの店主代理として働いている。

現在はいくぶん楽になっているが、アマギサイクルをじょうずに回していくようになれるまでにはさまざまな障害にぶつかった。甘く見ていたわけではないが、店を一軒営んでいくというのはやはり大変なことであり、思うようにいかないことが数限りなくあったのだ。

仕入先や、客先との問題。雇い入れたアルバイトとのトラブル。それでもようやく留守をまかせても安心と思えるバイトが居ついてからは、少しばかり自由の利く時間が生じるようになった。

祖父の病状もいまのところは小康状態を保っていて、天城の暮らしもほどほどには安定し、学校に行くほかにマウンテンバイクもはじめている。

天城にマウンテンバイクの再開を勧めてきたのはほかならぬ祖父であり、自分のことは心配ないから気兼ねなく出かけていいと再三言ってくれたのだ。

「天城先輩、おはようございます。出かける用意はできてますか?」

五月に入った晴天の週末、そんなふうに問いかけながらひょっこり顔を出したのは、このところますます大人っぽく、かつイケメンぶりのあがってきた真柴だった。

大学二年生になった彼は、相変わらず律義な男で、日時を合わせては例の大きな黒い車で天城を迎えにやってくる。

ふたりが行き先に選ぶのは幕張海浜公園がいちばん多いが、たまには富士方面や、高峰山《たかみねやま》にも出かけていく。今年の夏にはマウンテンバイクレースにそれぞれエントリーしようかという話もしていて、真柴は天城の元後輩であると同時にいい競争相手でもあるのだった。

「ん。ちょっと待ってて。じいちゃんにいまから出るって言ってくるから」

出発時刻の間際まで店の雑用をしていた天城は、急いで二階にあがっていくと、祖父に声かけしてまた下りる。

「ごめんな。待たせた」

「ああいえ。そのあいだに自転車の積みこみをしておきましたし」

つねに気の利くこの男は、天城の自転車をルーフの上に載せてしまうと、その持ち主をうながして助手席に乗せ、車のアクセルを踏みこんだ。

今日の目的地は神奈川県の山中で、そちらは地元の人間くらいにしか知られていない穴場のコースなのだった。

「今日の場所は、なかなかいいところらしいですよ。ことにダウンがきついから、天城先輩が好きそうなコースです」

「ほんとか!? すごいな、楽しみだ」

真柴とコースに向かうときはいつでもそうだが、天城はわくわくした気分でいる。機嫌よく窓の向こうの風景を眺めながら、艶《つや》のある唇をほころばせた。

「でもおまえ、よくそんなとこ知ってたな」

「後輩の坂口《さかぐち》から情報をもらいました。あいつの実家があのあたりなんですって」

「へえ、そっか」

真柴は部員たちからとても人望のあるキャプテンだったので、いまでも自転車競技部の連中は彼を慕って連絡をしてくるそうだ。

卒業生が集まってロードバイクの私設チームをつくる話も真柴が世話役になってやり、いまでは機材そのほかの発注を店のほうにかけてくれる。それはすごくありがたいことなのだったが。

「なあ真柴。おまえはこうやって俺とつるんでマウンテンバイクをやってるけどさ、もっかいロードをはじめてみようとか思わない？」

いまさらだけどさ、と訊ねてみたら「それはまったく」ときっぱりした返事が戻る。

「俺は元々マウンテンバイクをしてたんだって、先輩に話したことがあるでしょう？　好きなときに好きなことをしているので、現状になんの不満もありません」

「好きなときって……おまえいっつも俺に合わせてくれてるじゃん」

真柴はかならず天城の空き時間を確かめてから、サイクルコースの予約を入れる。いくら学生で時間の自由が利くとはいえ、そうそうタイミングが合うものではないだろうと思うのに、いつも天城の都合を優先してくれるのだ。

「それはまあ。だって、先輩は忙しいかたですからね。バイトもしてない暇人が合わせるのは当然ですよ」

真柴は大学を卒業後、実家が株主になっている企業に入る予定らしい。それまではのんびりやると言いながら、多岐にわたる人脈を活かして学生ベンチャー企業の仕掛け人をしている――とは、べつの後輩から聞かされた噂《うわさ》話でしかないのだが。

「それに、先輩には負けてばかりですからね。いずれダウンヒルで先輩を完膚なきまでに負かすまではマウンテンバイクをやめられません」

なんでしたら、今日も勝負してみますかと、真柴がこちらを挑発してくる。

「それとも自信がありませんか？」

「んなわけないだろ。今日も絶対余裕で勝つぞ！」

真柴の台詞に負けん気を呼び起こされて、天城は眉間に力を入れる。

「じゃあ――」

真柴が言いかけたとき、彼のポケットの端末が鳴りはじめた。

「……電話、かな？」

天城が首を傾げると、隣の男は舌打ちでもせんばかりに不愉快そうな顔をする。

「ドライブモードに変えておくのを忘れました」

失敗でしたとつぶやくあいだも呼び出しは続いている。

「車を停めて、出ないのか？」

「たぶん千穂《ちほ》だと思うので、目的地に着いてから折り返します」

聞き慣れない名前が出てきて、天城は記憶を探ったが、それに当てはまる女はひとりも見つからなかった。

「千穂って、もしかして新しい真柴の彼女？」

ひと好きのするよく整った横顔を見せながら、真柴は黙ってうなずいた。

（また、彼女を変えたのか？）

天城は多分に呆《あき》れながらため息をつく。

「おまえ、ある意味すごいよなあ」

真柴は天城が知る限りでも五、六人は彼女を取り替えている。すぐ飽きられてふられるんだと真柴は言うが、本当のことだろうか？

「なあ、今度の彼女ってどんなタイプ？」

男同士の気安さから、たんなる好奇心で天城は訊ねる。すると、このモテ男は「顔が可愛くて、脚が綺麗《きれい》で、胸の大きい子ですよ」とぬけぬけとのたまった。

（はあ……胸がなあ）

これまで彼女と名のつくものには縁のなかった天城は感心するしかない。

「天城先輩は、どんなタイプが好みですか？」

真柴から反対に聞かれるとは思っていなくて、意表を突かれた天城は目を白黒させる。

「うえっ⁉　俺っ？」

「はい。ぜひ俺に教えてください」

精神的にずいっと詰め寄られてしまった気分で、あせりながら答えを探す。けれども、これというビジュアルないし性格を見つけることはできなかった。

「えと。その……女の子って、みんな可愛かったり、綺麗だったりするし……どんなタイプでも、結局その子らしいのがいちばんかなって……」

いかにもあやふやな返事になって、自分でも（なんだかなあ）と腕組みをしてしまう。

好みのタイプを聞かれても、まさか兼行の見た目をそのまま言うわけにもいかない。

しかも兼行そのひとが自分のタイプに適合するから好きになったのかどうなのかは不明だし、そもそも自分がゲイなのかどうかすらいまだにはっきりしないのだ。

兼行は自分にとって特別な存在で、気がついたら自分の心にしっかりと食いこんでいた。

彼が男でも、女でも、好きになっていただろうと思うからには、自分は意外と性的にはボーダーレスの人間なのかと疑ってみもしたが、それもなんだか少し違うように感じる。

男女問わずというよりも、兼行が兼行だったら性別はどちらでもいい。

結局彼が自分の指向の中心で、それ以外はないのだった。

（あいつ……いまごろなにしてるかな？）

この一年間、兼行はフランス国内のレースにおいて、いい成績を出している。以前に聞いたワールドポーツでは五位に入り、それよりも格の落ちる地域別レースでは優勝三回。そして、この三月におこなわれたイタリアのレースでは、新人賞を獲っていた。

兼行は確実にいま伸び盛りの注目選手で、それに比例して彼はさらに忙しいようである。

最近では、インターネット通信はおろか、電話をすることも稀《まれ》な状態になっていて、兼行がいまどこにいるのかは当人からの連絡よりもスポーツ配信を専門にしているテレビや、サイクル雑誌の記事などで知るほうが多かった。

「真柴はいいな……」

いつでも彼女と話ができて。心のなかでそう思っただけのつもりが、どうやら声に出ていたらしい。

「どうしてですか？」とふいに横から問いかけられて、驚いて目を瞠《みは》る。

「あ、あっと。その。……真柴には可愛い彼女から電話があっていいなって」

じょうずなごまかしもとっさには思いつかず、馬鹿正直な感想を言ってしまった。

真柴は表情を変えることなくステアリングを右に切り、なめらかに交差点を曲がったあとで、ごく低くなにかつぶやいたようだった。

「え、なに？」

「……先輩だって、つくろうと思えばすぐに彼女くらいできますよ」

一拍置いて、真柴が告げる。天城は「無理無理」と手を振った。

「どうしてですか？」

「だって俺、モテないもん」

それにつくる気持ちもない――とは、口に出しはしなかったが。

「大学や店のほうで告白してくる女とかいないんですか？」

「まあ……それは。だけど、あんなのはたんなる冷やかしっつうか。なんかあれこれ言ってくるから、いまは忙しくて余裕ないって答えたら、ですよねーって、すぐに引き下がっていくからさ」

「あれこれって？」

「なんか俺を見て、憧《あこが》れてたとかなんだとか。そのあとで、今度の日曜日にどっかに行ってみませんかって」

「それで、先輩はなんと返事したんですか？」

「次の日曜はクロスバイクを組み立てる予定があるから駄目だって」

失礼にも真柴はぶっと噴き出した。

「あ……すみません。笑うつもりはいっさいなくて」

などと言いつつ、真柴の肩が小刻みに震えている。ややあってから、ごほんと空咳《からせき》をひとつして、

「ともかく。天城先輩はそのままでいいですよ。何事も自然にしておくのがいちばんです。自転車が大好きで、いつでもそっちが最優先。先輩らしくて、すごくいいです」

「なんか……それ聞いて、微妙な気分になったんだけど」

一瞬はふくれっ面をしたものの、まあいいかと伸びをして、隣の男に朗らかな笑顔を向ける。

「今日はいい天気だし、これから真柴と穴場コースに行けるしな。んでもって、さっき言ってた勝負の話。おまえにはめいっぱい差をつけてゴールするつもりだから！」

「俺も負けないつもりですけど……もしも俺が勝ちってなったら、帰り道でラーメン奢《おご》ってもらいますね」

「うん、いいよ。けど、俺は勝つ気でいるし、おまえが負けたら……」

「焼き肉を奢りますよ」

「ほんと⁉」

座席の上で飛びあがって訊ねたら、微笑みながら真柴はうなずく。

「焼き肉かあ。じゃあもう絶対頑張ろう！」

窓の向こうは晴れた空。隣にはいい後輩。これからあとは大好きなマウンテンバイクに乗る時間。天城がもっとも欲しいものは今日ももらえはしないけれど、今日一日を楽しんでいようと思う。

いつかは――と思い続けていることに疲れてきそうな自分自身を、せめていまこのときは意識しないでいたかった。

◇　◇

そののちの一年あまりも、天城の暮らしに大きな変化は訪れなかった。学校に行き、アマギサイクルでの仕事をこなし、自転車関連の企画を立てては実行し、暇があれば真柴とマウンテンバイクの練習かレースに出る。そしてそのほかに祖父との食事の支度など家の用事を済ませていれば、季節の変わり目を感じるたびに（もうそんなか）と驚くほどのスピードで毎日が流れていった。

兼行のほうはと言えば、選手としての成長は目覚ましく、その後もヨーロッパ各地での好成績が報道され、国内でもマスコミの扱いがますます大きくなっている。

そして、このころには完全にお互いの生活が違ってしまい、メールは折々にするものの、直接会話をするような時間もなく、自転車関係ということ以外、土地柄も、内容も共通することのない近況報告を送るのみだ。せめて兼行の姿だけでも知っておきたいと望んでも、テレビで観るレースの実況中継は、ヘルメットやアイウエアで顔まではわかりにくく、しかも遠目にしか映らない。

応援する気持ちは変わらずあるけれど、なんとなく有名人の元友人のようだなと、寂しいを通り越してそんなことさえ思う昨今。一年遅れの天城は大学三年生の秋になり、就職活動の話題も多くなっていたが、こちらのほうはほぼ無縁の出来事と言えるだろう。今後ともアマギサイクルの経営を続けていくのは自分のなかですでに決定事項だったし、両親にしても、この一年で学生兼社会人の生活をほぼ確立させた息子を見て、就職に関してはとくになにも言ってこない。

そんなわけで、就活用のスーツを新調することもなく、カットソーの上着とジーンズ、それにその上からアマギサイクルのエプロンをかけた姿で、この土曜日も天城は忙しく働いている。ただ、いつものようにカジュアルな服装ながら、髪だけは以前より伸びていて、仕事のときには後ろでかるく結ぶようにしているのが変わったと言えば言える点だ。

「あのね、あのね」

ワゴンのなかのウエアを整えている最中に、可愛い声が腰の上あたりで聞こえ、次いでエプロンの紐《ひも》のところをくいくいと引っ張られる。

「ん、なんだ？」

姿勢をそちらに向けてみれば、髪を二つに分けて三つ編みにした女の子が天城に右手を差し出してくる。

「これ、してもいい？」

「これって？」

「三つ編み」

彼女は近所に住んでいて、天城とは顔見知りの仲である。確か、小学校に入学した今年の春に二十インチの自転車を買ってくれて、最初は補助輪をつけてあげたはずだった。

「できるから。翼兄ちゃんにもしてあげる」

ひらいたちいさな手のひらには、カラーゴムが何本も載っている。

「俺に……？」

どうやら彼女はおぼえた技を天城の髪で披露してくれるらしい。ただいまは客の切れ目で、急を要する用件は入っていないが、だからといって男の自分が三つ編みはうれしくない。

「いっ、いやいいよ」

あせりながら腰を引いたら、相手は思いきりしょげた様子でうなだれる。それを目にしたら、ちいさな子供をがっかりさせたのが気の毒で「じゃあ、ちょっとだけ……？」とつい譲歩してしまった。

「あ、でもさ。してくれたあと、すぐに外してもいいかなあ？　まだ店の仕事があるし」

それに、真柴が大学のゼミ旅行の土産を届けにきてくれると、さっき電話が入っていたのだ。万事に優れた後輩は、大学を卒業後は院のほうに進むらしく、一年遅れの天城とは同学年の彼もこちらと同様に就職活動はしていなかった。

「翼兄ちゃん、手の届くとこに座って」

せがまれて、手近にあった店の丸椅子に腰かける。すると、女の子がいそいそと背後に立って、髪束を手に取った。

「えっと、こうして……こっちがこうで……」

どういうふうになっているかは鏡がないからわからないが、なにやら苦戦しているようで、何度も髪を撫《な》でつけてはちょこちょこ手を動かしている。

これはどうも思ったよりも時間がかかるし、適当なタイミングを見計らって「ありがとう」とやめてもらうつもりだったが、ちいさくやわらかな手のひらで髪をさわられ続けていると、だんだん眠くなってきた。

(昨日もサイトの更新で眠るのが遅くなったし……)

それでも店で居眠りはと思っていたのに、いつしか意識が飛んでいた。

「はい、できた」と声をかけられ目覚めてみれば、なにやら不穏な出来事がわが身に起きているのを感じる。

「うえ。ちょ、もしかして……？」

どうなってんのと頭を振ると、ぱしぱしと硬いものが頬に当たる。自分で頭に触れてみると、寝ているあいだに何本もの三つ編みが製作されていたのがわかった。

「翼兄ちゃん、きれーい」

「いやあの」

ものすごく困っているのに、バイトの男はさも用を見つけたみたいにその場を離れる。彼の背中が揺れているのは、きっと笑っているからだ。

「えっと。これ、取るからね」

さすがにそのままにはしておけなくて、髪の先を引っぱってみるものの、色のついた輪ゴムは何重にも巻きついていて、なかなかに取れにくかった。しばらく苦労していると、女の子を探しに来たのか、彼女の姉である女子中学生がやってきて「ごめんなさい」と天城の手助けをしてくれる。

「この子がイタズラしたんですよね」

彼女たちは客と言うより、回覧板を届け合うご近所さんの関係のほうが強く、お互い気安い雰囲気で接するのはいつものことだ。

「いや、俺がしていいって言ったんだけど」

この年ごろの女の子にはありがちなのか、終始くすくす笑いつつよじれきった髪束を解《ほど》こうとするが、痛くしないでおこうとするのか、やたら時間がかかってしまう。

「いいよ。俺が……」

頭と上体を傾けていた姿勢から、彼女の指に触れる格好で言いかけたとき。天城の身体が愕然《がくぜん》と固まった。

「え……っ⁉」

自分の目で見たものが信じられない。

まさか、アマギサイクルの店頭に『あの男』がいるなんて。

あり得ないものを見た驚きに、とっさには口も利けない。ただ、目を見ひらいて視野に入る男の姿を眺めるだけだ。

漆黒の眸《ひとみ》と髪に、日に焼けた精悍な顔立ちの若い男は、天城の記憶にあるものよりも何倍も大人っぽく、また格好よかった。なにより身体つきがずっと逞《たくま》しくなっていて、さらに背丈も伸びたようだ。

「かね……ゆき?」

天城は自分では意識せぬまま、スラックスとジャケット姿の男のほうにふらふらと近寄った。

「天城。ひさしぶり」

ひさしぶりじゃないだろう、ほかに言うことはないのか、とか。来るなら来るで連絡くらい寄越さないか、とか。言ってやりたい台詞はいくらでもあったけれど、喉がふさがってしまったようで声が少しも出てこない。

「髪、伸びたんだな」

自分がどれだけみっともない髪型になっているのか、それすら思わず天城はただうなずいた。

激しい驚きと、感極まった想いとが合体すると、ひとは動作も思考も機能不全に陥るらしい。

会えてうれしいだとか、よろこぶだとか、そういった感情はもっと余裕のあるときに感じるもので、なんだか白昼夢でも見ているような感覚すらおぼえてしまう。

(ついさっきまで、俺は居眠りしてたんだよな)

あれで起きたと思っているのは本当のことではなくて、次の夢に移っただけではないのだろうか？

現実感が持てないままに、思うともなくそんなことが脳裏に浮かぶ。

そういえば、こいつは自分の知っていた兼行よりも背が高い。それに、兼行はスラックスや、ジャケットなんて着ていなかった。

この男の香りだって、天城には馴染《なじ》めない。シェービングローションかなんなのか、少しだけスパイシーな大人の香りは、高校生だった兼行がつけるはずもないものだ。

あまりにも茫然《ぼうぜん》としていたからか、兼行は苦みのあるかすかな笑みを頬《ほお》に滲ませ、何事かをつぶやいた。

「え……？」

まだ衝撃を引きずって問い返したら「真昼の幽霊に会ったみたいな様子だな」と言われた気がしたのだが、それも錯覚なのかもしれない。

どうしていいかわからないまま、どのくらいそこに突っ立っていただろうか。

「……その。急に来て悪かったな」

低い響きにハッとして、天城は何度も首を振る。

「うっ、ううん、そんなこと……っ。俺は、ただ……びっくりしたから……」

「だろうな」

苦笑を深くする兼行は、声からなにから別人みたいに貫禄《かんろく》がある。

「あの。かね、ゆき……？」

自分の声が恐々といった態になっているのを、ひとごとみたいに天城は悟る。

「今日は、いったい……どうしたんだ？」

あとから余裕ができたときに思ったことだが、このとき天城はどうやら期待をするまいと無意識に考えていたらしい。

いまはもう動く姿はテレビやインターネットのスポーツ番組でしか観られなくなった男が、自分のすぐ目の前にいる。

想像が現実になってはじめて、天城は彼との距離をむしろ強く感じていた。

「日本の企業がスポンサーについてくれた。今日はその打ち合わせだ」

「え、だったら、これから？」

「いや。それはさっき済ませてきた」

「スポンサーって、どこの？」

兼行は大手スポーツ事業会社の名前を言った。

「す、すごいじゃないか。じゃあ、しばらくはこっちにいるのか?」

自分の声がむやみと上ずっていた。ぎこちなさは、しかし兼行のほうにもあって、以前のように問わず語らずでも通い合う親密な雰囲気はどこにもない。

「いや。じつは明日には帰らなくちゃならないんだ」

「えっ。そんなにすぐに?」

言いながら、天城は(ああやっぱり)と思っていた。

兼行は『帰る』という言葉を使った。もうとっくにフランスが兼行の本来住む場所になっているのだ。

ここにつかの間立ち寄ってくれたのは、ただ昔を懐かしむ気持ちだけのことだろうか?

それすら天城はわからない。彼の背景にあるものも、思考の流れもまったく推測できないのだ。彼が昔の兼行とおなじと思うのはとうてい無理で、むしろ初めて会った見知らぬ男と対峙《たいじ》しているような気がする。

「それじゃ……これから飛行機で?」

そうだと兼行はうなずいた。それからこちらを見据えながら「天城」と右手を出してくる。

「あ……すまない」

その指が自分の腕に触れたとたん、びくっと身体が跳ねあがった。

「う、ううんっ」

首を振る自分の頬が強張《こわば》っているのがわかる。

「俺、ちょっと……驚いて……」

兼行に触れられるのが嫌だったわけではない。これはものすごく緊張していたゆえの反射的な動作だったが、兼行はどう感じているのだろうか？

そのこともまた不明なままにただじっと見つめていたら、彼は軽くため息をついてから、なんだか妙に歯切れ悪く切り出した。

「その。俺はこれから飛行場に向かうんだが、もしよかったら……」

兼行はそこでいったん言葉を切った。

「……？」

三年半ぶりの再会は、天城と兼行との精神的な間隙がむしろ大きくひらいたことを思い知らせる。首を傾けて、男の言葉を待ち受ける天城自身は、おのれがどんな表情をしているか自覚できてはいなかった。

「天城、俺は……。俺と、いまからフランスに遊びに来ないか？」

「えっ……？」

なにを言われたか、一瞬意味がわからなかった。視線を向けても目の前の顔つきからは感情が読み取れない。

「フランスって、あのフランス？」と言わずもがなを口にしたのは、天城が完全に混乱している証《あかし》だった。

「そうだが、嫌か?」

低い響きがさらに天城を惑わせる。天城がおぼえた違和感はこの男が発する台詞にも表れていて、昔のように口調まで似通っていたあのときとはまるきり異質な感じがする。

「い、嫌って言うか……」

フランスとはいまからちょっと遊びに行ける場所だろうか?

思えばまたも現実感が薄れていって、夢のなかの住人になったような心地がする。

これがもしも夢ならば、遊びに行くと言ってしまえばいいのだろうが、やはりそこまではじけた気分にはなれなくて、天城はぼそぼそと言葉を返した。

「兼行と遊びには行きたいけど……俺は飯をつくらなくちゃいけないし……明日もまた店があるから」

所帯じみた自分の台詞は——フランスに遊びに来ないか?——と言ってしまえる男とは雲泥の差があった。

けれども、兼行が「そうだな。いきなりで悪かった」とあっさりと引き下がると、それはそれで傷ついた気分になる。

「えと……飛行機に乗る時刻って、いつなんだ?」

うつむきがちに声を落とせば、相手もまたどこか沈んだ調子で返す。

「午後二時半だ」

「それって、羽田《はねだ》？」

成田《なりた》のほうだと聞いて、天城はあわててしまった。

「だったら、もう行かないと」

兼行はバッグを持っていなかった。ホテルかどこかに預けてあるなら、それを取りに行く時間もある。しかし、天城が手荷物の預け場所を聞いてみると、なんと手ぶらで来たと言う。

「おまえ、身ひとつでここまで来たのか⁉」

「スポンサーとの打ち合わせが今日の九時からで、午後には向こうに戻るつもりだったから」

「って、まさか……昨日の飛行機でパリから来たとか？」

そうだとうなずかれ、天城は心底呆れてしまった。

「それ、無茶スケジュールすぎるだろ……」

おまえって、そんな衝動的な性格だったか？

ため息交じりに天城が洩らせば、彼が「日本企業のスポンサーがついたから」とよくわからない説明をする。

「そこのスポーツ事業部って、そんな無理押しをしてくるとこか？　おまえがすぐ戻るのって、まだシーズンの途中だからだろ？」

兼行のレース予定をすべて把握しているわけではないが、この季節ならまだヨーロッパのあちこちで競技はくり広げられている。そこの会社は無茶をさせると憤りをおぼえたが、兼行は自分の都合で動いたと天城に告げた。

「本来は、メールと電話で打ち合わせは済ませられた。だが、俺がどうしてもそうしたいと思ったんだ」

「どうして？」

不思議に思って見あげたら、こちらを見返す男の視線が強くなった。

「天城に……俺がおまえに告げたいことがあったから」

「俺に？」

「そうおまえに。俺は……」

兼行が言いかけたとき、店に客が入ってきた。バイトの男がそちらに向かい、身についた習性で一瞬だけ天城の意識が兼行から店頭のほうへと逸れる。その刹那《せつな》、目の端に祖父の姿が入りこみ、天城は「じいちゃん」と声を洩らした。

あまりの驚きにしばし失念していたが、真柴が土産を持ってきてくれるついでに、ふたりが出場した前のレースのＤＶＤを部屋で観ようということになり、祖父がそのあいだの留守番をしてくれる手筈《てはず》だった。

「おひさしぶりです」

兼行も祖父に気づき、姿勢を正して会釈した。祖父はうろんな顔をしてのち、半信半疑に問いかける。

「もしかして、兼行くんか？」

「はい。そうです」

「ヨーロッパで活躍していると、翼から聞いていたが、日本に帰ってきていたのか？」

「はい、昨日」

「じゃあ、しばらくはこっちにいるのか？」

「いえ、それが……」

言いかけて、兼行が店の時計をちらりと眺める。その仕草で、天城はさっき聞いていた彼の予定を思い出した。

「えと、兼行。のんびりしてる場合じゃない。そろそろ成田に向かわないと」

搭乗手続きの時間などを含めれば、いますぐ店を出なければまずいだろう。相手の都合を考えて、祖父との会話に割って入る。

「それともまだ大丈夫？」

「いや。時間はもうそれほどない。出ないと飛行機に乗り遅れる」

兼行はあらためて祖父のほうに向き直り「お身体を大事になさってください」と丁寧にお辞儀した。

「ああ、ありがとう。兼行くんも頑張って。次のレースはどこでやるんだ？」

「イタリアです」

「もしかして、『ジロ・デ・ロンバルディア?』」

兼行がうなずくと、祖父は感心したように目を瞠った。

「『落ち葉のクラシック』か?　それは楽しみだな。翼と一緒にテレビの前でぜひ応援させてもらうよ」

祖父の台詞に兼行が礼を言う。この調子で続けていると、延々と会話が伸びていきそうで、やむなく天城が遠慮がちに声をかける。

「あの……時間は?」

「おお、そうか。引きとめてすまなかったな。それじゃ気をつけていきなさい」

「はい。ありがとうございます」

ふたりが交わす言葉を聞いて、天城は内心ため息をついてしまった。

これはもう有名なプロ選手が、かつての友達のいる店に立ち寄ったという場面でしかない。

だがそれも、無理はないのかもしれない。

すでにふたりが一緒に走っていたときよりも、別れていたあいだのほうが長いのだ。いつまでも忘れきれずに、兼行のことだけしか好きになれない自分のほうがおかしいのかもしれなかった。

「……じゃあ、な。元気でやれよ」

高校時代に部活がおなじで、男同士ではあったけれどお互いに好きになった。その後、相手は異国の地に旅立って、一度も会えないまま三年半。この状況で、ふたりがいまだに恋人同士と思うほうが変だろうか？

（そうかもな……）

いままで気づかない、というよりも見ないようにしていた事実が、ここでいっきに鮮明になった感じだ。

（もしかしなくても……俺だけが引きずってたのかもしれないな……だけど、それでもまだ好きだけど）

表情には出さないが、心臓がきりきり痛む。自分の前から去っていく兼行を見たくなくて、視線を逸らしたままでいたら「天城」と抑えた調子で名前を呼ばれた。

「よかったら、空港まで一緒に来てくれないか？」

「……え？」

意外な台詞に見返すと、真摯な光を投げかけている双眸《そうぼう》とかち合った。

「頼む、天城」

そう言われれば、自分が断れるはずがない。いいよと返して、天城は兼行のあとに続く。

「じゃあ、じいちゃん。俺、ちょっと行ってくるな」

そのあとふっと、祖父がなんのために店番に下りてきたのか思い出した。

「あ、それと。真柴がまもなくこっちに来ると思うんだ」

時間的には、おそらく車を運転している最中だろう。端末に電話をかけても繋がらないだろうしと、天城は伝言を祖父に頼む。

「兼行の見送りに行くからって。それで、今日の約束を駄目にしてごめんなって。またあとで電話するって、それを伝えてくれないか？」

祖父が承知のしるしにうなずく。そのあと天城は急いで兼行に追いついた。横に並んで、ちらっと彼を眺めあげれば、眉間に皺が寄っている。

（あれ？　怒ってる？）

なにかやらかしたつもりはないがと惑っていたら、しばらくしてから「真柴って？」と訊ねられた。

「後輩だよ、俺たちの。もう忘れちゃったのか？」

幾分呆れて問い返したら「いや」とつぶやいたきり沈黙が降りてしまった。

（うう……気まずい）

これもまた、天城には馴染めない。兼行といたときに、彼がどんなに無愛想でも気詰まりな気持ちにはならなかった。

あのころとは本当に変わってしまったんだなあと、天城はため息をつくような気分でいる。

ずっとずっと一緒に走っていられると思っていた高校時代は遥《はる》かに遠い。

もしも時間を戻せるものなら……と願いはしても、叶えられるはずはないと二十二歳の天城はもう知っていた。

そしてそののちはだんまりのまま駅まで行って、改札口で切符を買う。電車に乗って気づいたことだが、秋の土曜日は行楽日和《びより》でもあるのだろうか、かなり乗客が多かった。東京経由で千葉方面に向かいながら、天城は周囲から集まってくる視線を感じる。

兼行はそこにいるだけで目立つ男だ。

そんなことをことさら思うまでもないが、注目される度合いからそれを実感させられる。

長身のイケメンを、なかにはじろじろ見つめる女もそれなりにいて「あれって、たぶん兼行誠治《せいじ》よ」と聞こえたときには天城のほうが緊張した。

テレビや雑誌の露出もある兼行が、女性ファンの耳目を集めないはずもなく、それに引き換え自分はと思ってみれば、アマギサイクルのエプロンをいまだに着けた格好で、髪もおそらくはぼさぼさのままだろう。

（うわあ……俺って馬鹿じゃないの）

いくらあわてていたとはいえ、エプロン姿で乗車とはどうかしている。背中に冷や汗を掻《か》きながら、自分ではさりげないつもりになってエプロンをはずしていたときだった。

「いつも俺は……」と、どこか自嘲めいている男の声音が横から聴こえた。

「え?」

わからなかったつぶやきを教えてもらおうと思ったが、彼は微苦笑を頰に浮かべて、曖昧に首を振った。

「いいんだ。それより真柴となにか約束をしていたのか?」

「え、うん? あいつから土産をもらって、ついでに晩飯を食おうかって」

「そういえば、メールで教えてもらっていたな。あいつとマウンテンバイクをしているって。一回くらいはあいつに勝たせてやったのか?」

「とんでもない」

順調に会話が流れる気配があって、ほっとしつつ天城は言った。

「まだあいつには負けらんないし。帰り道での飯を賭《か》けても、奢らせてばっかだよ」

「そうか……。確か、真柴は近くの大学に通ってたんだな」

「ん。下宿も大学の近くだよ。そのためか、ちょくちょく店にも顔を出してくれるんだ」

べつにおかしな話題を出したつもりはない。むしろ、部活時代に通じる共通の話題のはずだ。兼行もごく普通の口調で応じ、そのあとは天城の祖父の体調を詳しく聞かれた。

「……うん。じいちゃんの体調もそこそこには安定してる。いまのところ、手術だなんだの話はないし。だけど、やっぱり歳だから。俺ができるだけ支えてやんないとって思ってる」

「天城は昔から、面倒見がよかったからな」

「そう……?」

「ああ。俺もずいぶん助けられたし、当時の部員たちもおまえのことを慕っている人間が多かった」

褒められているのはわかる。しかし、少しもうれしいと思わないのはなぜだろう?

「あのな……兼行のことも俺に教えてくれよ。メールでだいたいのことは聞くけど、直接話してもらうのとは違うだろ?」

なぜなのか不明だが、自分のことを話しているのが息苦しくなってきて、天城は話題の矛先を相手に向けた。

「ルームシェアはもう解消したんだろう? いまはどんなふうになってる?」

「いまは独りでプロヴァンスに住んでるよ。ただ、シーズンに入ったら、あちこちを転戦するので、ホテル住まいがほとんどだけど」

「チームのみんなと?」

「そう。監督の指示もあって、たいていはふたり部屋。しかも、原則おなじ国出身の人間とは同室にさせない方針。食事のときなんか、五カ国語が飛び交ってる」

外国暮らしが長くなり、多少は外交辞令を身につけたのか、意外にも兼行はよどみなく話してくれるし、やさしい視線も注いでくれる。けれども、どうしてだろう、以前の不器用な彼のほうがずっと近いと思うのは。

（気のせいなのかな。なんか……なにかを）

あきらめてしまったみたいに思うのは。そして、天城もそれを薄々知りながら、しかたがないと感じている。

電車を乗り継ぎ、成田駅に着いたときにはその感覚はますます強くなっていて、天城の口も、気持ちも重くなってきた。

兼行が自分の前に現れてくれたのに、これまでに夢想していた状態とはまったく違う。ただ単純に、この地で精いっぱい自分のできることをやっていれば、いつか兼行とうまくやれる。また元どおり好き合うふたりがずっと一緒に走っていける。その程度にしか考えていなかった、自分の愚かさがいまはいっそ哀しくなる。

駅の階段を上り下りして、通路を歩き、空港の搭乗手続きの窓口に向かう途中、兼行からの話題も尽きて、ふたりは黙りこくっていた。

流れる空気の重苦しさに押し潰されそうになりながら、天城はぽつんと声をこぼす。

「あのさ……」

言いかけて、口を閉ざすと「なんだ？」と低くうながされる。

（言うな）とは思ったけれど、結局口に出したのは自分の弱さにほかならない。

「店に来たときに、おまえは――いまからフランスに遊びに来ないか？――と聞いただろ。

あれって、俺を試すつもりで言ったのか？」

「……試す、とは？」

「なんか、よくわかんないけど……そんな気がする。もし俺がふたつ返事で承知したら……いまの雰囲気じゃなくなってたか？」

電車のなかで見せていた、かりそめのなごやかさを装えなくて天城の視線が無様に揺れる。兼行もまた表向きのやさしさを脱ぎ捨てて、睨むようにこちらを見据えた。

「承知してくれるのか？」

揺らぐことは許さないと言うように、漆黒の双眸が天城を捉《とら》える。

「俺は天城のことが好きだ。一緒に暮らせるようにこの三年半がむしゃらにやってきた。そしておとつい、いまのチームの監督が、来シーズンも俺を使うと言ってきて、プロとして食っていけるだけの年棒を提示した。だから、俺といまからフランスに来てほしい——そう言ったらおまえはどうする？」

「……俺、は」

ずっと夢見てきた兼行の台詞だった。一緒に行く。おまえの傍で暮らしたいと、本気でそれを願っている。

（だけど……）

行くと、いまここで言えるのか？

ぜんぶを日本に置いて、フランスに旅立てると。

（俺は……）

頬が冷たくなっていた。唇も勝手に震える。そして頭の片隅で自分をうながす声が聴こえた。

（行けよ、よろこべよ。兼行は約束を守ってくれたろ？　三年半かかったけれど、ちゃんとおまえを迎えに来てくれただろ？　今度、約束を守るのはおまえのほうだ。兼行とフランスに渡っていって、あっちで暮らせ）

なのに、またしても（だけど……）というちいさなつぶやきが胸を刺す。

（あっちに行って、なにをするんだ？　俺は男で、兼行の嫁になれるわけじゃない。店を、じいちゃんを置いていって、それで俺はよかったなと満足できるか？）

そのささやきは正論で、だからこそ痛かった。

もしも天城が女なら、兼行と結婚して内助の功に励むこともできるだろう。しかし天城は男だから、あちらに行ってもできることはほとんどない。ただ兼行の足枷《あしかせ》になるばかりで、しかも天城自身、置いてきたものの重さに耐えかねて潰れないとは言いきれないのだ。

けれども、どうしてもおまえと行けないと言えなくて、唇ばかりか、天城は全身を震わせて立ちつくす。しばらくして、ようやく声が出かけたとき。

「かねゆ……」

「搭乗手続きを先にしてくる」

長身の男が身を翻す。足早にカウンターに向かう姿が、天城から逃げるように思えるのは自分の気のせいなのだろうか?

まもなく戻ってきたときには感情を切り捨ててしまったふうに無表情だったけれど、兼行の両手の拳《こぶし》は固く握られていた。

「俺と、一緒には行けないんだな?」

兼行のほうから聞いてくれたのは、きっと彼のやさしさだ。

「俺っ……兼行がいまでも好きだ。すごく……少しもそれは変わってない」

だけど、と続く言葉を呑みこみ、天城は大好きでたまらない男を見つめる。

「そうだな。俺も……天城とおなじだ。あのときと少しも変わらず」

唇だけをかすかな笑いの形に変えて、兼行がこちらに腕を伸ばしてくる。そうして髪に触れ、解き忘れていた三つ編みを指で摘《つ》まんだ。

「こういうのも似合ってるな」

兼行が顔を伏せがちに低いつぶやきを髪に落とし、それから——摘まんだそこに唇を触れさせた。

「……っ!」

髪に神経が通ってでもいるかのように、ビクッと身体が跳ねあがった。

次いで、心が――魂が激しく揺れて、ふたつに裂ける。

（兼行……っ）

髪に口づけをされていたのはつかの間で、男はそこから唇と指とを離すと、抑えた口調で話しかける。

「また、メールするから」

「うん。……俺も」

声が出たのが不思議だった。

メールをくれても、今日を境にふたりの関係が変わってしまうのはわかっている。

子供のときの約束はいま果たされた。そこから先は天城自身が選んだ途《みち》だ。

「身体に気をつけて、頑張ってな」

「ああ。天城のほうも、いくら元気があるからって、無理はしすぎないように」

それだけ会話を交わしたら、もう言葉がなくなった。

「じゃあ」と兼行は踵を返し、天城の傍から去っていく。

（行かないで……！）

声には出せず天城は叫ぶ。

もっと声を聞かせてくれ。さっきみたいに俺の髪に触れてくれ。いつかみたいに、俺の身体を抱き寄せて、大好きだと言ってくれ。

俺も……俺も、言うから。おまえと行くって。ぜんぶ捨ててフランスに行くからって……！

けれどもやっぱり口にはできず、足も動こうとしなかった。

「…………」

男の姿が完全に見えなくなるまで、天城は瞬《まばた》きひとつせず、その背中を見続けていた。

どれくらいそこに立っていただろうか、乾ききった両目がひどく痛かった。ふらついたのは、横を行き過ぎる旅行客のトランクがぶつかったからであり、詫《わ》びを言われてようやく意識が現実に戻ってくる。

「かね……」

自分でなにか言ったとは思わずに、天城はその場になんとなくしゃがみこんだ。

ひとの行き交うコンコースではあったけれど、ひとりぶんくらいなら座りこめるスペースがあるはずだ。それになにより、ひと目を気にしていられるほどの余裕などなくなっている。

身体を丸めてしゃがみこむと、床がずいぶん近くなる。艶のあるそこを見ながら天城は（哀しいなあ）とぼんやり思った。

子供のときの恋がいま終わってしまった。まだ兼行がこんなにも好きなのに。兼行も自分のことが好きだと言ってくれたのに。天城が彼についていくと言えないばかりに。

（哀しいなあ）

兼行はなにひとつ悪くない。むしろ、昔の約束を守ってくれたのが破格なのだ。あの男は本当に誠実ないいやつだ。

(哀しいなあ)

それにしても、身ひとつで飛行機に乗ってきたとは驚きだ。来シーズンの年棒が跳ねあがって、それで矢も盾もたまらずに俺を迎えに来たんだろうか？

なのに、自分はあいつに「うん」と言ってやれなかった。

(哀し……)

せっかくフランスから迎えに来てくれたのに、自分は一緒に行けなかった。

「……っく」

喉から変な、しゃっくりみたいな音が出た。おかしいなあと思っていたら、またも妙な音がこぼれる。

「……っ、ねゆきっ……ごめ、ごめん、な……っ」

自転車屋のエプロンを握り締め、三つ編みを髪につけたみっともないこの男は、自分で選んだことなのに、世界が砕けるほど哀しくて、わが身がこなごなになるくらい悔やんでいるのだ。

「っ、あぁ……う、ぁ……っ……」

兼行が恋しくて、哀しくて、たまらないと。

シートベルト着用のサインが消え、兼行はおもむろに視線を転じ、窓の遥か下にあるジオラマのような景色を眺めた。

◇　◇

あれから天城の傍を離れ、搭乗口に向かったのちは、荷物をいっさい持たないせいか、行きとおなじく念入りなボディチェックを受けていた。テロリストと思われているのではないだろうが、ただの観光客とも見做《みな》されていないようで、キャビンアテンダントがさりげなくこちらに注意を向けてくるのがわずらわしい。

(今度はとりあえずバッグのひとつも持ってこよう)

窓に顔を向けたままでそう思うのは、完全に現実逃避のためであると自分でもわかっている。

おそらく天城との『今度』などはないだろう。

いったいなにがいけなかったか。考えるまでもなく、すべては自分のせいなのだ。

彼を残し、自分勝手に遠いところに旅立ったうえ、ここ最近は多忙ゆえにろくに連絡もしなくなった。

ただこれは言い訳になるのだが、チームの主要メンバーに選ばれて、ヨーロッパ各地を戦いながらめぐっていく。それがどれほど忙しく、選手を消耗させるのかは、ロードレースを知らないものにはきっと想像がつきにくい。

あるときは旧《ふる》い石畳の悪路の上で、弾《はじ》け飛ぶ小石に肌を傷つけながら。あるときは、富士山よりも高い山脈を氷雨に打たれつつペダルを回し。またあるときは灼熱《しゃくねつ》の道路の上、肺が焼けてしまうような熱い空気を取りこみながら、世界中から集まってきたレースの超人たちと追いつ追われつのデッドヒートをくり返す。

一日のレースが終われば、体重が五キロほど落ちているのもざらなのだ。こうした過酷な戦いを勝ち抜くために、シーズン中はレースばかりか、移動と、休養も、選手たちの仕事であり、それらと練習とを組み合わせ、各人はおのれのベストコンディションをつくりあげる。すべては勝利のためにと、張り詰めきった日々のなか、しかしそれが天城への連絡を怠っている言いわけにならないことも、確かに兼行は自覚していた。レース中は精神集中を妨げるパソコンやスマートフォンの持ちこみは禁じられているものの、移動中や、休養日には、その限りではないのだから。

兼行がその気になれば、天城とネット通信で顔を見ながら話をすることもできただろう。けれども、兼行はそれをしなかった。否、しないと言うよりできなかった。

（たぶん俺は……怖がっていたんだな）

子供のときの恋が終わって、それではじめてはっきりと見えてくるものもある。

高校を卒業してからの数年は、自分にとって激動の時代だった。国も、言語も、自分を取り巻く環境がなにもかも変わったなかで、天城を好きな気持ちだけは微塵《みじん》も変化していなかったが、だからといって恋を繋いでいくためになにができるわけでもなかった。

天城の祖父が倒れたときも、彼がアマギサイクルの経営や、自転車関連のイベントの企画で苦労しているときも、なにひとつ手助けをしてやれない。それぞれが自分のことに精いっぱいで、時間も、気持ちも、すれ違うことばかりが確実に多くなる。

あのインターハイの夜、あんなにもしっかりと繋いでいた手は、時間が経《た》つにつれ、少しずつ離れていった。三年ほど過ぎたころには、すでにもう小指の先しか絡んでいないといったふうで、他所《よそ》から見れば、ふたりがつきあっているなどとはとうてい思えない状態だった。

いっそ天城に「別れよう」と言ったほうが、よほど彼のためになる。天城は一途《いちず》なところがあるから、最初の恋にこだわっているけれど、本当は高校時代の、しかも男との恋愛に囚《とら》われているよりも、次のステップに踏み出すほうが有意義に違いない。

自分もそうだからなんとなくわかるのだが、天城もおそらくは根っから男が好きだという性指向は持っておらず、ただ好きになった相手が同性だっただけ。それなら、あのやさしい男には、自分などよりもっとふさわしい女がいるのではないだろうか？

そんな想いが消せなくて、天城から日常の出来事を聞かされるのも苦しくなり、しだいに電話も、メールの数も減っていった。

そうすればますます天城が離れていくと知っていて、けれども彼に「別れよう」とは言いたくなくて、ただ苦しくて、あせる気持ちをずるずる引きずってここまで来たのだ。

ふたりの関係が決定的に壊れてしまうのを怖がって、そのくせなにもできないで。

自責の念をかかえながら、兼行はふたたび窓のほうに目を向ける。

(日本はもう見えないな)

眼下の光景はただ雲と海とが広がっているばかり。しかし、この飛行機の遥か後方には、自分が恋しくてたまらない男がいる。

(天城……っ)

どうして自分はあのまま彼から離れたのか。どうして自分は――フランスに来なくてもかまわない。ただ頼む。俺がおまえを好きなままでいさせてくれ――と言えなかったか。

そう思えば、いてもたってもいられなくなり、兼行は座席から立ちあがった。

「あ、あの?」

自分はいったいどんな顔をしていたのか、ぎょっとしたふうにキャビンアテンダントがこちらに近寄ってくる。

「Où sont les toilettes?」

とっさに出たごまかし文句は、兼行にとってすでに日常となっている言語のほうで、それに気づけば苦い笑いがおぼえず浮かんだ。

「トイレはどこですか?」

もう一度言い直し、教えられた場所へと向かう。ドアを開けて狭い空間に入ってみたら、そこには鏡に映し出された男の姿が生じている。

昏《くら》く歪《ゆが》み、そのくせ目ばかりがぎらぎらと光る自分の顔を認めてしまえば、焼けつくように熱く苦い味わいが口のなかいっぱいに広がった。

「どうして……」

フランスに来なくていいと言えなかったか。そんなのはわかりきっている。

自分は天城が欲しくてたまらなかったからだ。有無を言わせず、あの青年を攫《さら》っていって、めちゃくちゃに抱いてしまいたかったのだ。

二十二歳になった天城は、さらに美しくなっていた。髪にイタズラをされたのか、それでも笑って少女のほうに身体を傾けた天城の姿はやわらかな光が取り巻いているかのように見えていた。

高校生のときよりもいくらか大人びて、艶めいた美青年は、しかしこちらを見たとたん驚いて固まった。あの瞬間、兼行は自分の失敗と現実とを悟ったのだ。

天城は決して自分とフランスに来ることはないだろうと。

だが、それも当然で、責任感の強い天城が、祖父や店を放り出して、自分と他国に行くはずがない。

それに気づいていたからこそ、天城には報《しら》せぬまま直接彼に会いに行った。そのときの反応次第では無理にでも彼を自分のものにしよう。そんなふうに思っていたのは、醜いおのれのエゴだった。

どうにもならない状況を認めるのが嫌だったから、それを強引に打破しようとして、結局はあのやさしい男を困惑させ、苦しめただけに終わった。

ふたりともが現状を思い知って子供のときの想いにピリオドを打ったいま、自分が天城にしてやれるのは「別れよう」と言ってやることだけかもしれない。

（でも、それでも、俺は……）

どうしても嫌なのだ。繋いでいた手を離したくない。たとえ指先がかするほどになったとしても、天城のことをあきらめられない。

彼にどうしてやることもできないくせに、最善の方法も取れないでいる、自分は本当に度し難く嫌な男に違いなかった。

◇　　　◇

「うん、母さん。今度の定休日もそっちに行くから」

アマギサイクル二階にある自分の部屋で、天城は母親と電話での会話をしている。

「……あ、そう。着くのはだいたい四時くらいになるかなあ。じいちゃんには好物の芋《いも》ようかんを持っていくって言っといて」

母親から了解との言葉をもらって、天城はスマートフォンを耳から離す。電話を切って、立ちあがり、

「さあってと。そろそろ風呂に入ろっか」

時計を見れば、時刻は午後九時。このごろは（フランスでは何時かな？）とは思わなくなっている天城だった。

兼行と二度目に空港で別れてから、すでに二年あまりが経つ。あののち、天城の生活にも多少の変化が訪れていた。いちばん大きな違いは、父親の転勤に伴って、祖父がそちらに居を移したことだろう。

ずっと静岡の本社に勤めていた父が、天城の大学卒業を目前にした三月に東京営業所の所長になった。そのため家も引っ越しをせねばならず、これを機会にと病身の祖父に同居を持ちかけたのだ。

もうそのころにはアマギサイクルは天城とバイトの男とで完全に回せるようになっていたので、祖父はいよいよ楽隠居させてもらうと、息子夫婦と一緒に住むことに同意した。結果、天城は一年前から独り暮らしとなったのだ。

その後、祖父を訪れるのは孫息子のほうになり、実家には時間の都合がつくたびに顔出しするように努めている。

「ん……っと？」

部屋を出て、風呂場へと行きかけると、またも電話がかかってきて、画面を見れば今度は真柴のようである。

「あ、うん。俺……いまはこれから風呂に行くとこ……んーん。それはべつにいいんだけど……あ。高峰山のエントリー済ませたぞ……そう。来月の、十一月のはじめにするやつ。んなわけで、今週末も幕張に練習に行くからな」

真柴も大学を卒業し、いまは大学院生になっている。相変わらず天城のいい後輩として、頼りになる男だし、マウンテンバイクレースではよきライバルとして鎬《しのぎ》を削る仲でもある。

真柴のほうはあと一年ほどで大学院を卒業し、社会人になるわけだったが、それまではモラトリアム生活をせいぜい楽しむと嘯《うそぶ》いている。

「そういや、この春に俺んとこの大学で、ポタリングサークルができたって」

いつものように気の置けない雑談を交わす途中で、思い出して天城が言う。

ポタリングとは、自転車でぶらつくというほどの意味であり、景色を楽しみつつ気に入った店に行ったり、美味《おい》しい食事を楽しんだりすることを目的とする。

そもそも自転車はゆっくり漕《こ》いでも歩く距離の二、三倍は移動できるし、有酸素運動なのでダイエットにも効果的と言われている。だからなのか、ここ最近は女性を中心にポタリングに注目が集まっていて、お洒落な自転車で地元をさまざまにめぐるのが人気のようだ。

「そんでさ、サークルの臨時講師として、週一回はそっちで講義をすることになったんだ。講義っても、パンクのときの応急処置とか、その程度のことだけど」

天城が言うと、真柴が『ふうん』と微妙な感じの声を出す。

『先輩が講師ですか……』

「あ。その言いかた。俺だって……」

言いかけて、天城は廊下の真ん中でくしゃみする。

『大丈夫ですか?』

「ん。平気。風呂に入ろうと思ってたから、上着を置いてき……」

そこでまたもう一回くしゃみが出る。すると、真柴は『早く風呂に行ってください』と言ってから『湯冷めにも注意ですよ』と言葉を添えた。

「ん、わかった。またな、真柴」

『おやすみなさい』

少しも変わらず気配りじょうずの後輩に、知らず微笑みを誘われながら、天城は端末を手にふたたび廊下を歩きはじめる。そのときまた手のなかの機器が軽快な音を立て、メールの着信を報せてきた。

これは店のサイトからメールが転送されたときの着信音で、天城はその場に足をとどめて画面上をタップする。

（なんだろ？）

件名には【取材のご依頼】と書いてある。首を傾げつつ天城が読んだ文面はおよそこのようなものだった。

【――さて、このたび弊社が発行する『バイシクルランド』にて、現在ヨーロッパを中心に活躍中のロードレーサー、兼行誠治選手の特集記事を掲載することになりました。つきましては、貴店にお伺いし、撮影ならびに店主様と兼行選手への取材をさせていただけませんでしょうか？】

ほかには正式な依頼書とともに、参考として既刊の雑誌を送ったことや、取材希望日などが書いてあったが、それらは天城の頭のなかを素通りした。目に映るのは『その男』の名前だけで、端末を握る手が震えているのもわからない。

（なんで？　どうして兼行の……？）

取材をこの店ですることになったのか。

このごろでは月に一度ほど、簡単な近況を送ってくるだけの間柄で、もう二度と直接会うことはないだろうと思っていたのに。

薄暗い廊下の真ん中で、天城はそこから答えを探ろうとするかのように、明度の落ちた画面をただ見続けていた。

◇　◇

アマギサイクルでの取材日は十一月最初の土曜日だった。あれから兼行本人には【雑誌社から取材依頼が来たんだが、聞いているか？】とメールで送った。

すると、まもなく兼行から【聞いている。面倒をかけて悪いが、当日はよろしく頼む】とだけ返信が戻ってきた。

取材先が天城の店になった事情は知らないのか、言いたくないのか。それすらもわからないまま、やがて天城は雑誌社の記者を迎えることになった。

「はじめまして、こんにちは。本日はよろしくお願いします」

午後一時きっかりに、カメラマンと現れたのは若い女性記者だった。パンツスーツで名刺を差し出し、愛想よく挨拶《あいさつ》してくる。天城も無難な決まり文句を返したあとで「兼行は……?」と彼女に訊ねた。

「まもなくこちらに来られますよ。サイクルウエアになったところの撮影もしたいので、あとで着替えるための場所をお借りしてよろしいですか?」

「ええ、それはかまいませんが……」

そちらはまったく問題ないが、応諾した天城自身は緊張しすぎて全身が震えてきそうだ。

昨日も一睡もしておらず、雑誌社からメールを受け取ったあの日から、まともに眠れた夜はない。

なぜ兼行が。どうしてこの店で。

それればかりが頭のなかをめぐっていて、ここのところ仕事も手につかないありさまだ。

そしてまもなく、兼行がここに来る。あれからほぼ二年ぶり、高校を卒業以来会うのは二度目の兼行に。

店内で待つあいだ、天城は何度も拳をつくってはひらいていたが、じっとしているのもつらくなって、カメラマンと撮影場所を確認している女性記者に歩み寄った。

「あの。どうしてこの店で取材することになったんですか?」

これは前から聞きたかったことだった。すると、彼女は（あれ?）というふうに首を傾げた。

「兼行選手からお聞きになっておられませんか？　あのかたがこちらのお店を取材場所として指定なさっていたんですよ」

「兼行が……？」

「はい。天城さんは兼行選手の元チームメイトなんですよね？　高校の部活のときの。それで、兼行選手のご帰国に合わせて取材をお願いしましたら、場所をこちらにしてほしいとおっしゃられて」

それはまったく知らなかった。

天城にはそのような事情を明かさず、仕事絡み、他人のいるところで会おうとする。そんな兼行の意図とはいったいなんだろう？

「あっ。お見えになりましたよ」

彼女の台詞に、自分の思考に沈みかけた天城は飛びあがりそうになる。見れば、店前にはグレンチェックのジャケットに黒のボトムを着て、スポーツバッグを手に提げた若い男の姿があった。

（……っ！）

天城が身動きもならないでその場に突っ立ったままでいると、女性記者が小走りに近寄ってポケットから名刺を取り出す。

「兼行誠治さんですね、はじめまして。わたくし『バイシクルランド』の山口と申します。

本日は撮影かたがた取材をさせていただきます。どうぞよろしくお願いします」

「こちらこそ、今日はよろしくお願いします」

兼行はごく落ち着いて記者に応じる。その様子から、兼行はマスコミの相手をするのも、憧れの目で見られるのも、もうとっくに慣れっこになっているのが感じられた。

「では、さっそくですが、お話を伺ってもよろしいですか？」

兼行がうなずくと、記者が天城のほうを向く。視線で彼女の意図を察して、天城は店の奥にある応接セットを彼らに勧めた。

「どうぞ。こちらに座ってください」

取材を受ける側として、天城は兼行と並んで座り、ガラステーブルを挟んだ対面には女性記者が腰を下ろした。レコーダーをテーブルの上に置き、まずは彼女がにこやかに口火を切る。

「今シーズンの兼行選手のご活躍は、本当に素晴らしいものでしたね。地域別レースでは優勝三回。フランスのクラシックは区間優勝。ベルギーのツールでもポイント賞を獲得されるなど、目覚ましいご活躍の数々、本当におめでとうございました」

「いえ。これも監督や、チームメイト、それにメカニックなどのサポートをしてくださる方たちのお陰だと思っています」

さきほども思ったことだが、兼行の対応ぶりは堂々としてそつがない。戦績の積み重ねがそうさせるのか、彼は二年前よりもサイクルロードレーサーとしての自信に溢《あふ》れているようだ。

「前々年度からは日本企業の協賛を受けておられるようですが、これも兼行選手の実力を見こまれたということですね？」

「もしもそうなら、うれしいと思っています。期待を寄せてくださる方たちに応えられるよう、精いっぱいに頑張っていくつもりでいます」

余裕を持って受け答えする兼行の言動を見聞きするたび、天城は複雑な気分になった。

（なんで俺がここに座っているのかって感じだな……）

女性記者は、頬を上気させながら質問を重ねていく。仕事上とはいうものの、彼女が選手としての兼行に夢中になっていることが、その表情や声の調子からかいま見え、天城はますます自分が添え物になったような気持ちがした。

（だけど、なんでなんだろう？）

兼行は本当にこうしたところを自分に見せたかったのか？　わざわざこの店を指定してまで？

フランスに一緒に行けないと言った天城に、あちらで大活躍しているところを見聞きさせ、来なかったのが残念だったと思わせたがっているのだろうか？

でもそれもおかしな気がする。そもそも兼行にはそういった自己顕示欲はなかったはずだ。

あるいはなにかべつの理由が隠されていて、自分がそこに気づかぬだけか？　考えても見当がつかないくらい、兼行とのあいだには距離があって、隣にいても彼は遠いままだった。

鬱屈する天城をよそに、取材のための質問は続いていき、やがてそれが高校時代の話題に触れる。

「兼行選手がヨーロッパに渡られたのは、三浦《みうら》選手の勧めがあってとお聞きしておりますが？」

「はい、そうです。高校三年生のインターハイが終わったあとで、声をかけてもらいました」

「記録を大幅に塗り替えて、優勝された高校総合体育大会のときですね？　あのときの記録はいまだに破られていないとか」

「そうですか？」

兼行はさほど興味がなさそうに、しかし穏やかな口調で応じた。

「あの折、兼行選手はチームのキャプテン、そしてお隣の天城さんが副キャプテンでしたよね？　天城さんは、兼行選手の走りを近くで見ておられて、どのような感想を持たれました？」

話の流れか、こちらの意見を求められる。素晴らしいと言えばいいのだろうけれど、いかにもな褒め台詞が出そびれて、天城は声を呑んでしまった。

「……あのときのレースでは、俺より天城の活躍が光っていました。俺のアシストで最高の引きをして、そのうえくだりでは誰にも負けないガッツを見せてくれましたから」

助け船を出してもらったのは理解するが、持ちあげられて、かえって天城は気分が沈んだ。他人行儀な気配りはますます兼行との隔てを鮮明にしてしまう。

「そういえば、天城さんもマウンテンバイクでは優秀な成績を収められているそうですね？今シーズンは鈴鹿《すずか》一般の部で優勝を決められたとか」

「ありがとうございます。たまたま調子がよかったので」

彼女は事前に天城のことも調べたらしく、ずいぶん的確に質問してくる。沈む気分はそれとして、失礼のないように応じていると、ふたたび話題は兼行の上に移り、それもついには終わりとなった。

「質問はこれだけです。ありがとうございました。引き続き、写真の撮影をお願いしたいと思うのですが」

「あ。だったらこちらに」

彼女の言葉で天城は兼行を店内にある試着室に連れていく。

「どうぞ」

言って、踵を返そうとした途端、天城は手首を摑《つか》まれた。

「……っ！」

「この取材が終わったら、天城に話したいことがある」

そう告げて、手を放し、兼行は試着室に入っていった。

掴まれたのはつかの間なのに、天城の手首には赤い痕《あと》が残されている。そして――馬鹿なことだが、これほど乱暴にされていても、彼の感触が天城の胸を躍らせていた。

（なんで、こんな……怒ってる、わけじゃなくて？）

だとしても、怒られる心当たりがまったくない。それに、自分に話とはなんだろう？

惑う天城を置き去りに、サイクルウエアに着替えてきた兼行の撮影がはじまった。

「あっ、兼行選手、すみませーん。こっち、ここに立ってもらえますか？」

カメラマンの指示どおりのポーズを取る兼行は、とくに照れることもなく淡々と写真を撮られている。

雑誌社が用意したロードバイクの前に立つ兼行は、控えめに見積もっても文句なく格好いい。実際、兼行に気づいた店の客たちが興奮したふうに端末で写真を撮りはじめていて、それはさながら芸能人を見つけたときの反応にひとしかった。

「……では、これで本日の予定はすべて終了です。ご協力、どうもありがとうございました。のちほど掲載誌の見本があがってきましたら、お送りさせていただきますね」

長く感じた撮影もすべて終わり、女性記者はふたりに向かってお辞儀をすると、機材を片づけたカメラマンと去っていく。そうして兼行が試着室に消えたあとは野次馬たちも三々五々に散っていき、着替えを終えた彼が姿を現すころには店は静かになっていた。

「あの……お疲れさま」

どう言っていいかわからず、天城は何度かためらったのち、おずおずと声をかけた。

「天城こそ。今日は取材につきあわせて悪かったな」

「ううん、それは……店の宣伝にもなることだし」

書面での取材依頼があった際、掲載誌の記事のなかでアマギサイクルを地図つきで紹介してくれるとあった。それを踏まえて天城が言うと、兼行は読めない顔で「そうか」とうなずく。そして、それきり黙っているから、ふたりのあいだにわだかまる空気の重さに、天城はもう呼吸すらままならなくなってしまった。

どうして、じっとしているのだろう？　なにか自分に言うことがあったのではなかったのか？

思うけれど、文句をつけるどころではない。兼行を直視しかねて目を伏せがちに、ただ立ちすくんだままでいたら、ようやく彼が身動《みじろ》ぎした。

「天城、すまない」

「……え？」

なんのことか理解できずに、目をあげる。とたん、心臓が跳ねたのは、真剣な、けれども光が感じられない昏い双眸を見たからだ。

「ずっとおまえにはあやまろうと思っていた」

「なに、を?」

嫌な予感しかおぼえずに、頬を強張らせて天城が訊ねる。本当は次の言葉など聞きたくなくて、なのに彼は残酷な言葉を紡ぐ。

「昔、フランスに来ないかと言ったこと。突然現れて、天城を困らせてしまったから。無神経なことをしたと反省している」

「俺は……べつに、なんとも思っていないから……」

言いながら、天城は兼行の発した言葉にしたたか傷つけられていた。

(あれは『昔』のことなんだ……)

二年前でも、兼行の気持ちのなかではそうなのだ。

胸の上に重石《おもし》が載せられているようだった。痛いとは感じない。ただひたすら苦しかった。

「それならいいが……天城、前より少し痩《や》せたか? 独り暮らしで、飯はちゃんと食っているのか?」

そんなやさしい言葉をかけないでほしいと思う。なぜなら、天城はもう気がついてしまったのだ。

あやまって、それで本当に……彼はふたりの関係を終わらせるつもりでいる。

あののち、天城は何度も兼行に自分のほうから別れを告げようと考えた。

兼行は子供のときの約束をきちんと果たしてくれたのに、天城はそれを守れなかった。そんな自分には兼行をいつまでも縛りつけておく資格はない。

そのことはわかっていて、けれども、どうしても天城は口にしたくなかった。日々の暮らしがふたりを押し流し、いやおうなく離していっても。いまだにふたりを繋ぐ糸が、か細いままに残っていると信じたかった。そして、だからこそ、それを自分から切ることはできなかった。

(でも、これでもう……)

終わりなのだ。ここで兼行が踵を返して去っていけば、今度こそ完全にふたりの縁は切れるのだろう。

(これでいいんだ……)

そのほうが兼行の……否、自分のためにもなることだ。

この想いが吹っきれれば、雑誌やテレビで兼行の姿を見るたび、胸が潰れてしまいそうな気持ちになることはない。兼行がどんな声をしていたか思い出せなくなってしまったと、ひとり部屋で泣くこともなくなるだろう。

「じゃあ……」

兼行がおもむろに姿勢を変える。天城は「……うん」とうなだれた。

もう終わり。これでおしまい。

天城は下を向いたまま、しだいに遠ざかっていく男の足音を聞いていた。

(兼行……さよな……)

思いかけて、身体が勝手に動いていたのはどうしてだろう。天城は無我夢中で走りはじめ、店を出たところで大きな背中に追いついた。

「……あのなっ」

愕然と振り返る男の前で、天城は言葉を迸《ほとばし》らせた。

「一週間後に高峰山でダウンヒルの大会がある。それを観に来てくれないか?」

ふたりを結んでいた糸は、これを限りに切れたのかもしれなかった。そのことはしかたない。どうすることも自分にはできそうもない。

けれども、うなだれた自分の姿を見納めにされるのは嫌だった。せめて、自転車に乗っている自分のことを最後の記憶にしてほしい。

「俺、来てくれるのを待ってるから」

◇　　　◇

十一月二週目の土曜日。高峰山はマウンテンバイクシーズン最後の締めくくりとして、毎年この時期にはクロスカントリーならびにダウンヒル種目の大会が催される。冬季はスキーのゲレンデになるこの場所は、普段はマウンテンバイクパークとしてライダーたちでにぎわっているのだが、今日は一般客の姿も、車も見受けられない。パーク貸し切りの大会当日、現地を訪れたのは選手とその応援客、ないしは運営側の関係者ばかりだった。

この日、駅からレンタカーで高峰山に赴いた兼行は、マウンテンバイクパークの駐車場にたどり着き、しかし車から降りぬまま窓の向こうを眺めていた。

（……本当に、頭で考えたとおりにはならないものだな）

取材にかこつけて天城と会い、そしてそれを最後にしようと思っていたのに。

二年前、天城を日本まで迎えに行き、結局連れ帰れずにフランスに戻ってからは、彼のことを思いきろうと努力してきた。彼にはもう彼の生活があるのだと、すべて昔のことにして、せめて邪魔だけはすまいと自分に言い聞かせた。

なのに、気がつけば性懲りもなく天城の姿を思い出す。しかも、高校のときのにくわえて、髪を長くしてより綺麗になった青年の面影まで頭のなかに登場するから最悪だった。

自分のしつこさにうんざりして、もうこれきり吹っきろうと何度も考え、それもできずにもがいていたとき、日本から取材依頼の申し込みがあったのだ。

これを機会に、今度こそすっぱりとあきらめよう。

しかし、兼行が自分勝手にピリオドを打とうとした罰なのか、取材場所で待っていた青年はさらに美しさを増していた。子供っぽさが抜けたぶん、目元と口元に艶《なま》めかしさが漂っていて、男ながらもそこらの美女よりよほどひと目を惹《ひ》きつける容貌《ようぼう》だ。

事実、取材に来た女性記者は天城に話を振ったとき、目を輝かせていたようだったし、撮影のとき店を覗《のぞ》いていた女たちは端末カメラで兼行の姿より天城のほうをより熱心に撮っていた。

もっとも、それに気がついて苛《いら》ついたのは自分のエゴでしかなかったし、この期《ご》に及んでとおのれを嗤《わら》う気持ちもあった。

だから、なんとか天城の前から姿を消そうと思ったのに、彼は自分を呼びとめて、ここに誘った。相手に媚《こ》びる様子は少しもなく、ただ真剣なまなざしで。

おそらく天城はこちらに対して未練があるから、ここに来てくれと言ったのではないだろう。彼には彼なりの想いがあって、それを果たそうと思ったから、ここに呼んだのかもしれなかった。

「お待たせしました。まもなく選手の出走がはじまります。ゴール前を広く開けてお待ちください！」

少し下げていた窓ガラスの隙間から大会スタッフのアナウンスが聴こえてくる。兼行はゆっくりと車を降り、その声のするほうに向かっていった。

（……実況中継も観られるのか？）

ゴール前の会場にはテントがいくつかと、表彰台とが設けられ、その横には大きなモニター画面と、選手のタイムを表示する電光板とが人々の見えやすい高い位置に掲げられていた。そのモニター画面は、いまは頂上付近にいる選手たちを映しており、彼らはゴンドラで登った先の場所に集まり、自分の出走する番を待っているようだった。

「選手たちの応援にお集まりの皆さん。今大会のコースは、全長約四キロメートル。まずは舗装のない岩こぶだらけの道をくだり、中間地点では池にかかる木の橋を渡っていき、さらに難関の急斜面と、連続する曲がり道を通っての、テクニカルな走りを求められる難度の高いものとなっております。このあと、各所に取りつけてあるカメラからの撮影で、選手の様子をご覧ください」

急な山道を駆けくだるダウンヒルは、応援する者が近くで見ることはむずかしい。だからだろうか、丁寧な説明つきでコースの状態が語られ、ゴール前にいながらにしてレースの模様がわかる仕組みになっていた。

「頂上にいる選手たちは、ヘルメットにゴーグルで、表情は捉えづらいのですが、きっと緊張しているのではないでしょうか。皆さんもどうぞ選手たちの健闘をお祈りください。……さて、いよいよ出走がはじまりました！」

衝撃を緩和してくれるサスペンションつきの頑丈なフレームに、ならされていない地面を走るため柄が浮き出た太いタイヤ。兼行が通常乗り慣れたロードバイクとは機能の違う自転車にまたがって、選手たちは木々のあいだを猛烈なスピードで駆け下りていく。

レースは出走開始をずらしてのタイムトライアルで、次々と選手たちがスタートしていく映像を眺めながら、兼行はそのなかにいるはずの天城の姿を目で探した。

（まだ出走していないようだな）

そう思った直後、スタート地点にいる選手のひとりが視野に入った。自転車は青い車体で、ウエアはすらりとした肢体にブルーグリーンの上着と、黒のパンツを纏《まと》っている。

ゴーグルをかけているから顔を見ることはできないが、兼行には天城だとすぐにわかった。

「さて、この次は前年度準優勝者、天城選手のダウンヒル。今年はいったいどんな走りを見せてくれるか⁉」

高い声調のアナウンスが、期待感をいやがうえにも盛りあげる。と、ゴール前に集まった応援客からぱらぱらと拍手があがった。

「さあ……スタートしました！」

合図とともに天城が山を駆け下りはじめる。選手のなかでもひときわ大胆に、かつなめらかに自転車を操る姿は、観る者を魅了する。山頂近くは朝方まで雨だったのか、泥を撥《は》ねあげつつ果敢にコースを攻める天城は、ついに中腹の池を渡り終えたあたりで、前の選手に追いついた。

「今大会出場は三度目になる天城翼選手、これはいいペースです。記録が期待できそう……

あーっと。前の選手がカーブでスリップ。落車しました！　天城選手も巻きこまれ……」

兼行が思わず固唾《かたず》を呑んだとき。天城の駆るフロントタイヤが浮きあがった。

「なんと……ジャンプで落車を回避しました！　天城選手、自分の走路の前を塞《ふさ》ぐバイクの上を跳び越えた！」

つかの間とはいえ、まるで翼を持つかのような飛翔から着地するや、天城は自分の利き足を軸にして綺麗なスピンターンを見せた。

「素晴らしい！　タイムロスもほとんどなく、次のコーナーに突っこんだ！　天城選手、さらにスピードをあげている」

モニター画面を睨みつける兼行は、いつしか奥歯を嚙《か》み締めていた。

（走れ、天城。もっと回せ！）

「なんと。天城選手、さらにもうひとり前の選手を射程に捉えた！」

（抜け、天城！　前に出ろ！）

「あと少し……横に並んだ……最後にカーブを大きく回って……」

（勝て、天城！）

「ゴールです！　天城選手、ふたり抜いてのゴールイン！」

その瞬間、兼行の全身を歓喜とアドレナリンが駆けめぐった。まるで我がことのように高揚する気分のまま、兼行は無意識に彼のほうに近づいていく。

「天城選手のタイムが出ました。これで、いま時点でのトップです！」

興奮気味のアナウンスを頭上に聴いて、泥飛沫《しぶき》をウエアにつけた青年が掲示板を眺めあげる。それから首をめぐらせて、ゴール付近のなにかを探すしぐさをした。

「……兼行！」

降りていた自転車を押しながら、天城がこちらに駆け寄ってくる。そうしながらも片方の手でゴーグルをメットの上に引きあげて、

「やったぞ！　見てたか⁉」

泥汚れを頬につけ、しかし輝くような満面の笑みを浮かべる。

それを目にした瞬間、兼行の胸の奥から衝動がこみあげてきた。

「天城」

よろこびと、称賛と、慕わしさと――純粋な欲望と。

きっとこのとき兼行は、初恋に引き続きおなじ人物にもう一度恋をしたのだ。

しかも前よりもっと深く、燃えあがるほどの激しさで。

「俺は……」

兼行は天城の二の腕を引っ摑み、自分の傍に引き寄せると、その耳元に思いの丈を吹きこんだ。

「いますぐにおまえが欲しい」

◇　◇

窓のない部屋のなか、それを目的としたキングサイズのベッドの上には、濃密な情交のにおいが立ちこめている。

唇が重なるたびに、接合したあそこの部分が動くごとに、粘膜の擦《こす》れ合う淫靡《いんび》な音が生まれ出て、それにあえかな喘《あえ》ぎ声がかぶさっていく。

「……あ……あ……っ」

仰向《あおむ》けに横たわるほっそりした白い肢体と、そのうえから覆いかぶさる日に焼けて精悍な肉体と。男の所作で揺すぶられた細い腰が悩ましげに左右にくねれば、シーツの皺もつられてよじれ、そこに複雑な陰影をかたちづくった。

「あ、んっ、ん……あっ……か、ね……ゆきっ」

強すぎる快感に耐えかねて、霞《かす》む眸をひらいて洩らせば、上からのしかかる男がしばし動きをとどめて「なんだ?」と訊ねた。

その拍子、男の顎《あご》から汗が滴り、天城の胸にぽたりと落ちる。

「あっ……」

その感触に肌を震わせ、全裸の天城は巨大なものを受け入れている肉筒を無意識に収斂《しゅうれん》させた。

「きつ、い、天城っ」

「だっ、て……も、俺……っ」

また達《い》きそうだとまなざしで訴えても、突きあげてくる動作を緩めてはもらえない。どころか、それぞれの脚を男の両脇に挟みこまれ、腰が浮いた状態で思うさま揺らされる。

肩と頭で自分を支える姿勢のつらさと、食い入ってくる楔《くさび》の深さに、天城の喉からすすり泣きがこぼれ出た。

「それ……や、あぅっ……んっ」

苦しい息の下から告げれば、男はわずかに目を細め「どうしてだ?」と言いながら、赤く腫《は》れた乳首を摘まむ。

「ひ、ぁっ、いたっ……」

さんざんに吸われていじられたちいさな尖《とが》りは、ほんの少しの刺激でもじんと疼痛《とうつう》をおぼえてしまう。なのに、股間《こかん》のしるしはしっかりと反応しさらに角度をつけるから、身悶《みもだ》えるほど恥ずかしかった。

「ここがいいのか?」

「ちがっ……い、いたい、だけ……っ」

「だけど、ほら」

兼行が身を折って、胸の上に顔を伏せる。そのせいで、ぐっと結合が深くなって、男を根元まで咥《くわ》えこんだ窄《すぼ》まりと、腹の奥に痺《しび》れが生じた。

「ああっ!」

「こうやって乳首を吸うと、天城のあそこが気持ちよさそうにひくひくするんだ」

言って、兼行は濡《ぬ》れた舌を突き出すと、真っ赤になった尖りをれろっと舐《な》めあげた。

「ひっ」

「な、わかるだろ?」

「わかんな……やっ、もっ……そこっ」

やめてと左右に尻を揺すると、よけいに感じて喘ぎが洩れる。

さっきからずっと奥の奥までみっちり肉塊を嵌《は》められて、乳首を摘まれ、舐められる。

そのくせ、天城の脚の間で震えている性器には少しもさわってもらえていない。

「も……やだ……」

情けなくも涙声がこぼれ落ちたら「ごめん」と頰を撫でられた。

「いじめたいわけじゃない。ただ俺をもっと欲しがってもらいたいんだ。この行為をほんとは嫌がっていないんだと教えてくれ」

頬に当てた男の仕草はやさしいし、こちらを見下ろすまなざしはどきっとするほど真剣だった。

「俺に抱かれるのは嫌じゃないか?」

「嫌じゃ、ない」

黒い双眸を見つめて言うと、ゆっくり両脚を下ろされる。

「おまえを強引にこんなところに連れてきて、ひどいことをいっぱいしたが、許してくれるか?」

「ううん、ひどいことなんてされてない。許すなんて……そんなじゃ、ないよ」

「そうか?」

まだ繋がった状態でうなずくと、愛しげに彼が髪を撫でてくるから、身体で得る快楽とはべつの意味でもすごく気持ちよくなった。

「俺、ほんとだよ……おまえにこうしてほしかった」

その言葉に偽りはなく、本心から兼行に抱かれたいと天城は思った。だから、高峰山ダウンヒルの表彰台から下りてすぐ、兼行の乗ってきた車で連れていかれたときも、あらがう気はしなかった。

そしてそのあと最初に目に入ったモーテルに車を駐《と》めて、部屋に入り、サイクルウエアを脱がされていったときも、汚れた身体が気になるとは言ったものの、それでもいいと返され

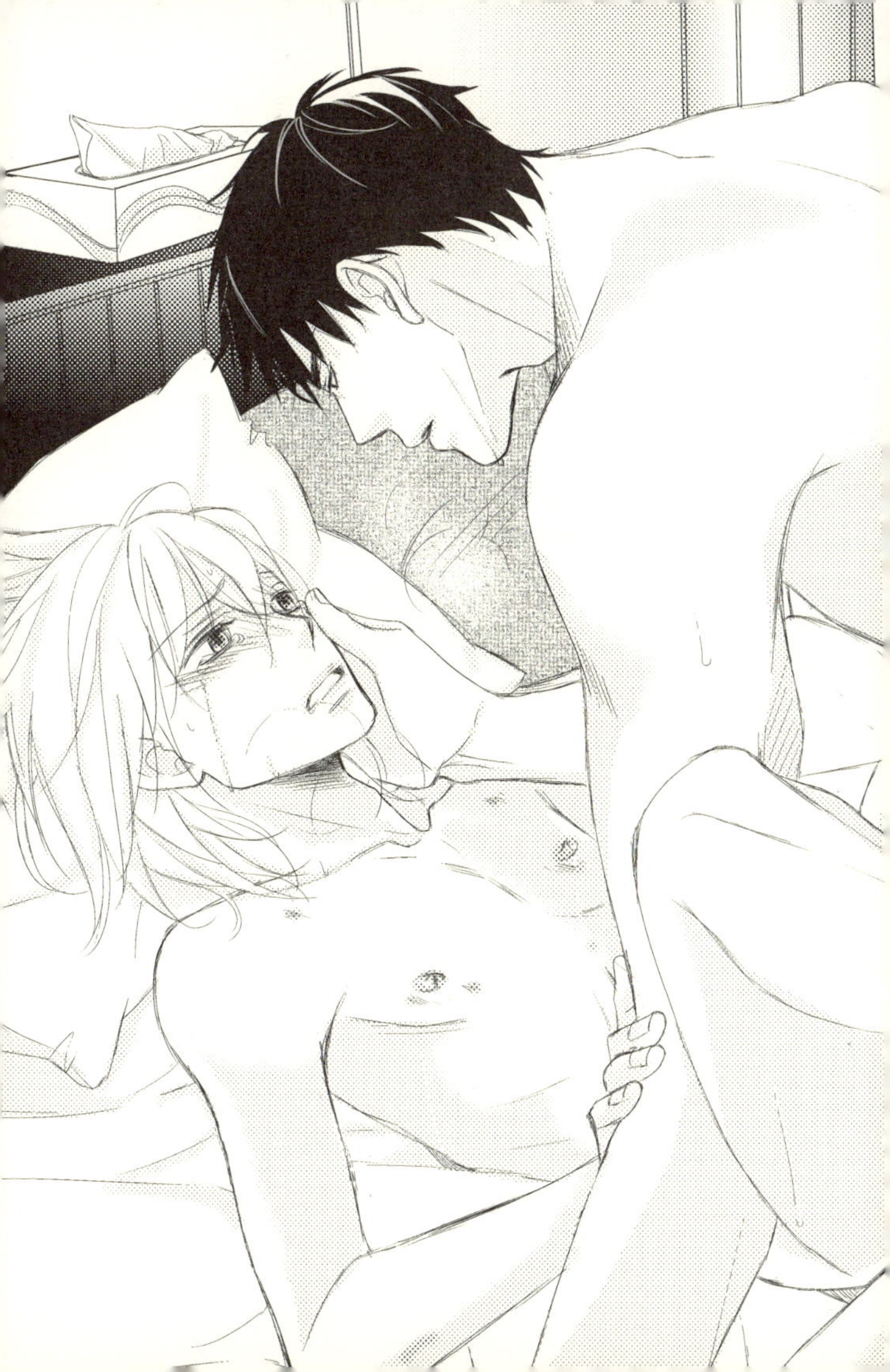

ればなすがままになったのだ。

それから一昼夜かもっとの時間、天城はこの部屋のなかにいる。一度だけ兼行の端末を借り、普段から連絡用に使っているSNSで、店のバイトに【今日はアマギサイクルを臨時休業にしたいから、店のシャッターに貼り紙をしといてほしい】と頼んだほかは、外の出来事に関心が向かわなかった。

「兼行……」

「なんだ?」

「キスしていい?」

いいよと言う前に、兼行が天城の頬に手を添えて口づけてくる。あれから何回キスをしたかわからないのに、やっぱりこのときもうっとりするほど心地いいし、胸もドキドキしてしまう。

「ん……っ」

口のなかを舐め合って、舌を絡め、じゃれるようにキスを味わう。天城は自分から男の背中に手を回し、しっかりと抱きついた。

(気持ちいい……すごくいい……)

上も、下も、互いの粘膜を擦りつけ合い、ぬるぬるで、熱くて、硬くて、いっぱい感じる。

こうやって口づけを交わし合うと、全身が幸せな気分に満たされ、すでに達しそうだった天城の軸がとろとろと快感の滴りをこぼしはじめた。

「これだけでも達きそうだな」

キスの合間に、頬を緩ませて兼行が言う。天城は「やだ」と不平を洩らした。

「ちゃんと……さわって」

どこかは問わず、兼行が天城の股間に手を伸ばす。自分の性器を大きな手のひらで包まれたのを感じたとたん、天城の背筋がぶるっと震えた。

「あ、ああっ」

驚くほどあっけない射精だった。なのに、これ以上はないくらい激しい快感が天城の総身を駆けめぐる。

おぼえずきゅうっとあそこを締めつけていたのだろうか、ややあって兼行が低く呻《うめ》いて精を放った。

「あ、ん……っ」

自分の体内で兼行の快感の確かな証を感じ取り、達ったばかりにもかかわらず天城はまたも快楽の頂に押しあげられる。

「ふぁっ……あ、かねゆ……っ」

舞いあがった身体がやがて落ちていきそうな不安に駆られ、知らず手を伸ばしたら、指を絡めてしっかりと握られた。そしてまたキス。すっかりとろけてしまった身体が男のあたえる感覚を悦んで、射精とは種類の違う快感に浸される。

「兼行……も、抜いて……」

それでも、ずっとこの体勢をしていることがきつくなり、かすれた声で頼んだら、ゆっくりと男のそれが後退していく。

「……んっ」

先がずるりと抜け出た感覚に身を震わせて、そのあとほうっと息をつく。けだるい手足を投げ出して、つかの間放心していたら、彼が上から覗きこんだ。

「大丈夫か？」

「ん。平気……」

「腹が減ったか？」

「……ありがと。でも、いまはいいよ」

何回だったか忘れたが、ときどき兼行が電話で食べ物を頼んでくれた。そのときだけは備えつけの寝間着のようなものを着て、ベッドの上で皿の料理を口に運んだ。天城は行儀が悪い気がして、テーブルで食べようとしたのだが、どうにも力の入らない身体では兼行の言うとおりにするほかなかった。

「身体……拭《ふ》くから、あそこのやつ取ってくれる？」

この部屋には濡れティッシュが置いてあるから、それを渡してくれないかと天城は頼む。

すると、兼行はケースのなかから数枚抜きつつ戻ってきて、天城を拭いてくれようとする。

「あ、いいよ。自分でやるから」

なんとか上体を起こそうとしたのだが「いいから」と兼行が手で制し、なにか言う暇をあたえずに汚れた股間を拭いはじめた。

「ちょ……兼行」

「ここ、どうだ？　痛くないか？」

そのうえ、天城の脚をひらかせ、奥を確かめようとするから、あせって「駄目だ」と内股《うちまた》に力を入れる。

「本当になんともないから。そんなとこを見るなって」

「だが、ずっと入れっぱなしでいただろう？」

事実だが、あらためてそう言われると頬が火照る。赤面して困っていたら、相手はさっさとそこに指を這わせてきた。

「かねっ……」

「怪我させていないか見るだけ」

そんなことを言いながら、窄まりに指先を入れてくる。

「み、見るだけって、見てないし……って、見られるのも困るけど……あ、や……っ、駄目だって……っ」

すっかりやわらかくほころびきったその箇所は、硬いものが入ってくるのをうれしがり、自分勝手に吸いこむ動きをしはじめる。

天城の抵抗はしょせん口ばかりのものであり、兼行に触れられると、この身体はうれしくてしかたない。

「や。馬鹿っ……そこをいじったら、俺はまた……」

せっかく落ち着いていた欲望がまたも煽《あお》り立てられる。兼行はそれがわかっているだろうに「調べているだけ」と言い張った。

「け、怪我なんかしてるはず……ないだろっ……んんっ……だ、て……おまえ、が……っ」

どれだけ熱心にそこをほぐしていたことか。

兼行は天城をこの部屋に連れこんで、毟《むし》り取るように服を脱がせていたくせに、そのあとは頭からつま先まで何度も丁寧に愛撫《あいぶ》した。ことにその箇所は、指と舌とで天城が泣きべそを掻きながら、入れてくれとせがむまで延々とやわらかくし続けていたのだった。

そうしてようやく兼行が入ってきたとき、何年ものブランクがあったにもかかわらず、天城のその箇所は硬くしっかりしたものに暴かれていく強烈な刺激だけを感じていた。

――あ、ああっ……あ、う……かね、ゆきっ。

――つらいか、天城？

――ん、ううんっ……おまえのが、俺のっ、んっ、なかで……どくどくしてて……俺、うれしくて……死んじゃいそう……。

だって、兼行は天城の初恋の相手なのだ。ここ何年もずっと片想いみたいにして焦がれ続けた男なのだ。

その兼行が本当に自分のなかに入っている。自分に欲望を感じている。この事実は天城を夢中にさせてしまい、たったいまも彼が欲しくてしかたがなかった。

「兼行の……馬鹿っ……だから、そこっ」

今度も半泣きで男を睨むと、相手は少し困った顔で「嫌だったか？」と聞いてくる。

「ちがっ、だから、そこをされると……っ、また欲しくなっちゃっただろ」

文句をつけても、兼行は反省した様子がない。どころか、とてもうれしそうに天城の額に自分のそれをくっつけてくる。

「じゃあ、もう一回してもいいか？」

「聞くなっ、もうっ」

がなるけれど、こんなに赤面していては、きっと効果はないのだろう。

（だけど、しかたがないんだって）

好きで好きでたまらなかったこの男が、自分をこんなに求めてくれる。

もうあきらめていたというのに、兼行は自分を欲しいと言ってくれた。いまはそれだけで充分だと思う天城は、この部屋を出たあとのことなどはいっさい頭に浮かばない。

「あっ、ああっ、も、兼行……っ」

「なんだ？」

指で内部を掻き回す兼行は、とうにわかっているくせに天城がなにをしてほしいのか言わせたがる。意地悪するなと睨んだあとで、天城は自分の欲求に負けてしまった。

「……入れて」

望みはもちろん速やかに叶えられ、あとはもう男の律動に揺らされて喘ぎながら、広い背中にしがみついているほかなかった。

◇　◇

天城が兼行に送られて店の前まで戻ってきたのは、高峰山の大会から一日置いた朝だった。

天城はおととい身に着けていたサイクルウエアに兼行のジャケットを羽織った姿で、これは彼がどこかで衣類を調達してこようとしたのを、帰るだけだし店が気になるから早く戻ろうと主張した結果だった。

（でも、やっぱ気持ち悪……）

そのため車内では落ち着かず、疲れていたのも実際で、天城の口数は減りがちだ。そして兼行は、そんな気配を察したか、強いて話を振ろうとせず運転に集中している。

晩秋の地道から、高速に乗り、都心を抜けてアマギサイクルへの道のりは、嵐の翌朝の凪《なぎ》のような静けさだった。けだるい身体で天城がぼんやりしているうちに、やがて車は高速を降り、開店準備には充分間に合う時刻で店前に到着した。

「大丈夫か？」

さすがに無茶をしたせいで、あちこちひりひりしているし、足腰も定まらない天城を見て、兼行が心配そうに眉をひそめる。

「悪かったな、無理させた」

「ううん。平気」

「俺はこれから競技連盟の役員と会わなくちゃならないが、それが終わったら様子を見に来る」

「いいよ、俺は大丈夫。それよか、兼行。仕事でひとと会うんなら、ジャケットを着ていけよ」

必要だろうと、借りていた上着を脱いで彼に返す。

「ごめんな。皺にしちゃったかも」

「そんなのはどうでもいいが、天城はまだつらそうだ。もしできるなら、もう一日店を休んで寝ていたほうがいいと思う」

「ん、うーんと。そうしたい気持ちもあるけど、昨日のうちにするはずだった仕事もあるし」

そこまで言って、天城が目を瞠ったのは、店から少し離れたところに駐めてある車に気づいたからだった。

(あれは確か……)

黒く角ばった輸入車は、天城が何度も乗せてもらったものだから、見間違うべくもない真柴のそれだ。

果たして、車のドアがひらき、馴染みのある若い男が降りてくる。

「天城、どうした?」

その場に突っ立ち、歩道の先を眺める天城を訝しみ、兼行もそちらを見やる。ふたりの目の前で、真柴は大ぶりのバッグを持って近づくと、天城ににこりと笑いかけた。

「天城先輩、忘れ物」

ひょいと掲げられたのは、真柴の車に預けたままの自分の持ち物一式だった。

そのバッグと、後輩の顔とを見れば、忘れていた日常のあれこれがいっせいに甦《よみがえ》る。

「あっ、うん。ごめん!　放りっぱなしで悪かった」

「いいんですよ。ただ、確か財布やスマホが入っていたように思いますから、これがないと先輩が困るでしょう?」

「それで、待っててくれたのか？　ほんとごめんな、こんな朝早くから」

いまは午前九時だから、早朝というほどでもないのだが、真柴がいつからここにいたかわからない。迷惑かけてごめんなと恐縮しきってあやまると、やさしい後輩は「いいえ」と穏やかに首を振った。

「迷惑なんかじゃありませんよ。そんなに気にしないでください」

「でも、真柴。いっぱい待っててくれたんだろう？　連絡もしないままで本当に悪かった」

天城はおとつい兼行に――おまえが欲しい――と言われた瞬間、彼以外のなにもかもが吹っ飛んだ。あれ以後一度も真柴のことは念頭には浮かばなかったが、そのぶんよけいに申しわけない気持ちになる。

「それはべつにいいんですけど。先輩、その服……？」

不思議そうに眺められて、かあっと頭に血がのぼる。

「えと。これはっ、その」

「ああ、そうか。着替えはここに入ったままでしたからね」

なんだかずれた納得をしてくれたみたいだが、天城はこくこくとうなずいた。

「うんそう。着替えを預けっぱなしにしてて……だから、真柴、ありがとうな」

あわてまくって、真柴から荷物を受け取る。

「じゃ、じゃあ、俺は店があるから。真柴にはあとであらためて礼をする。あっ。それと兼行も。そっちの用事が終わったら電話くれ」

自分の両脇に立っている男たちにそう告げると、天城はそそくさと二階にある住居に向かう。まだ店のシャッターを閉めているから、建物脇の外階段をあがっていって、そこから下を眺めると、ふたりはそれぞれ自分たちの車に向かう途中だった。

（そういや、真柴はあれほど礼儀正しいのに、先輩の兼行に挨拶もしなかったな）

それを思い出したのはずいぶんあとで、いまはもうひとつの発見が頭のなかを占めている。

（俺は……兼行とセックスしたのを真柴に知られたくないんだな）

真柴に限った話ではない。後輩の誰にでも、その事実を知られたくない。

無我夢中の時間が終わり、現実に戻ってみれば、天城と兼行との関係は世間的にはさほど普通ではないことを悟ったのだ。

何年もつきあっていていまさらかもしれないが、高校時代は部活もあって兼行が隣にいるのは当たり前、しかしその後彼がフランスに渡ってからは没交渉と傍目《はため》には見えただろう。天城にとって兼行は大学以後の日常に接点のない男であり、真柴はもちろん祖父でさえ、ふたりが恋人同士とは気づいていないはずだった。

けれどもいま、あらためて兼行と寝てみれば、『同性愛』という文字がはっきりと浮かんでくる。

（俺はいいんだ……でも、こんな関係は兼行の側からすればどうなんだ？）

兼行はいまやマスコミに注目されるスポーツ選手で、日本企業のスポンサーもついている。こうしてひさびさに彼と寝て、盛りあがりはしたものの、こんなのはいっときのことかもしれない。

あるいはそうではなかったとして、果たしてこの関係を続けられるものだろうか？　天城はのろのろと玄関のドアを開け、部屋のなかに入ったが、そこでまた足がとまる。自分は兼行と寝たことを後悔はしていない。けれども、ふたりが恋人同士と、他人に対して胸を張って言えるのか？

まして、兼行はプロのスポーツ選手なのだ。利害の絡んだ周囲の思惑もあるだろう。もしも自分の存在が、兼行の足を引っ張ることになったら？

それでも自分は平気だと思えるか？

兼行との情事の痕をつけた身体で、天城はきつく眉根を寄せる。

求められたのがうれしくて、彼の腕に飛びこんでみたものの、ふたりの関係が切れそうになっていたのは、それだけの理由があるのだ。そのことがなにも解決していないのに、いっときの情熱で乗り越えられるものなのか？

「……俺は、でも」

兼行に欲しがられたら拒めない。なぜなら天城も彼が欲しくてしかたがないのだ。

抱かれてよけいに自分の飢えをはっきりと意識した。もっと欲しい。ずっと欲しい。もう二度と離れたくないのだと。

「……ッ」

身動きしたら、今朝方まで男に触れられていた胸の先がちりっと痛む。

この痛みはふたりが愛し合っていた名残なのに——いまの天城には、あと先考えず彼との情事に溺《おぼ》れていた罪のしるしのように思えた。

◇　◇

アマギサイクルの二階にある自室には、天城が高校生のときに買った木製のベッドが置かれている。ごく普通のシングルベッドで、学生が眠るのには問題ないが、体格のいい男がそこで身を動かすのには向いていない。ましてや、百八十センチを優に超えた兼行が、天城の背後からのしかかり、前後に激しく揺さぶれば、ぎしぎしと不穏な音を立てるのもやむを得ないことだった。

「あっ、あっ、ん……う、はぁ……っ、ん……っ」

ヘッドボードに両手をかけて膝をついた体勢で、天城が悩ましい喘ぎを洩らす。

この男は平生陽気で、あっけらかんとしているくせに、こういうときには兼行の情動を素手で摑むかのような艶治《えんや》な痴態を見せてくる。

「かねゆ……っ、そこっ……熱っ……俺、もっ、またっ……」

「まだ達くな。もうちょっと待ってくれ」

「だっ、だったら……そんな……揺さぶらない、でっ」

天城のほうが断然セックスの感度がよくて、兼行が達くよりもたくさん絶頂を迎えてしまう。自分との性交で感じてくれるのはうれしいが、そのぶん疲れも激しいようで、気を遣ってやりたいのと、もっと多く欲しいのとでいつもジレンマを感じている兼行だった。

(まあ、どっちにしても天城とのセックスが最高なのに変わりはないが)

兼行は天城の身体しか知らないが、それでなんの不満もない。フランスに渡ってからは、男も女も含めてそうした誘いはいくらもあったが、わずかも心が動かなかった。

高峰山のダウンヒル大会に行く直前には、天城をあきらめるつもりもあったが、それは次の恋人を見つけるためではなかったし、彼とふたたび寝るようになってしまえば、よりはっきりとわかってしまった。

自分はいつも天城を欲し、飢えている。どれだけ寝ても寝足りない。

極端な話、いつでもこうして繋がっていたいくらいだ。ただ、本当にそんなことをしてしまえば、天城を確実に壊すだろうから実行に移さないだけ。

自分の執着心がいくぶんおかしいとわかっていて、しかもそれをあらためる気などないが、天城を怯《おび》えさせないようになんとかぼかしておくくらいには理性を残そうと考える兼行だった。

「やっ、やだっ……胸、さわっちゃ……」

「そのぶんなかを擦らないようにしてるだろ？」

「でっ、でも……っ、あっやだ……引っ張らな……っ」

動きをとめて、乳首をいじると、無意識だろうが天城がもじもじと尻を動かす。

感じているのが可愛くて、しなやかな背中にかぶさり、両方の乳首を摘まんでこりこりと指の腹で擦り合わせた。

「あっあっ、やっ」

股間に来るような悲鳴をあげて、摑まっていたヘッドボードから右手を外し、彼が兼行の手首を押さえる。

「……そうされると動かせないが？」

「だからっ、動かすな、って……あ、ああっ！」

なかに収めていたものを、かるく引いて突き入れると、天城がぎゅっと手首を握る。

兼行が彼の手はそのままにさせておいて、浅いところに先端を擦りつけると、ものすごく色っぽい喘ぎが聞こえた。

「あっやっ、んんっ……洩れちゃ、う……っ」

「だったら、こうして蓋《ふた》をするか？」

軸の先端にあるちいさな孔を親指で塞いでおいて、自分の性器で濡れた内部を掻き回せば、それよりもっと濡れた声音で訴えてくる。

「やだっ……出した……出した、いっ……」

「だけど、天城は洩らしたくないんだろ？　さっきとは違うことを言ってるぞ」

深くは入れず、回す動きを続けながら指摘すると、明るい色みの髪がぱさぱさ左右に振られる。

「だ、て……かねゆ、きっ、ちょっと……待てって……」

（俺の言うことを聞こうとしたのか？）

健気《けなげ》な天城の気持ちが愛しく、それが股間に伝わったのは、われながら素直すぎる反応だろう。

「なっ、なんっ……急に、おっきくっ……!?」

「ああ悪い」

さほど気持ちのこもらないあやまりかたになったのは、この青年への欲求が膨れあがって、そちらに頭を乗っ取られたからだった。

ついでに欲求のみならず下の部分もマックスになってしまい、今度は強く彼の奥へと突き入れる。

「は。……ああっ！」

自分のそれが天城のいいところを抉《えぐ》っていくと、強い快感に悲鳴をあげつつ背を反らせ、そのあとくずおれるように上体を沈ませる。

「……っと。天城」

ヘッドボードから指を離してうずくまろうとする天城の腰を、胸から離した手で掴み、ぐっと上に引きあげる。すると、天城は尻を掲げてこちらに向けた淫猥《いんわい》な姿勢になり、さらに深くおのれを捻《ね》じこみやすくなった。

「あっあっ、あっ……そんなっ……奥、まで……っ」

「だけど、天城はここを俺ので擦られるのが好きだろう？」

最奥《さいおう》にある弱いところを軸の先でいじめると、色っぽい声をあげつつ内腿を震わせる。それにますます興奮させられ、何度か激しく突き入れると、啼《な》き声を洩らしながら卑猥に腰をくねらせた。

「ん……おっと」

前後の動きで天城が頭をヘッドボードにぶつけそうになっている。

壁際に転がっていた枕を取って、そこと天城の頭のあいだに差しこむと、彼はぎゅっと枕の端を握りこんだ。

（この体勢だと、天城の顔が見えないな）

それが唯一残念だったが、正常位ばかりだと天城の関節を痛めてしまう。

彼は身体がやわらかいほうだけれど、股関節をひらきっぱなしの姿勢でいると、セックスのあと歩くとき、決まってつらそうにするからだ。

「天城、横向いて」

それでもやはり顔が見たくて、頼む気持ちを含んで言うと、嫌だというふうに頭が振られる。

「駄目か、天城？　おまえの顔が見たいんだ」

すると、天城は「も……馬鹿」と拗《す》ねた口調でこぼしながらも、赤く染まった横顔を見せてくれた。

「……ああ、色っぽくて可愛いな」

心のなかで思った台詞が口に出ていたらしく、天城は「馬鹿馬鹿」とちいさな声で洩らしながら耳たぶまで赤くする。それを目にしたら、可愛くて、愛しくて、もうどうしようもなくなって、腰の動きが勝手に激しくなってしまう。

「え、あ？　ひあっ……う、あっ」

今度はもう手加減なしに繊細な肉襞《にくひだ》におのれの欲望を擦りつけ、奥の奥まで入りこむ。それから引いて、また押しこんで。律動を大きくすると天城の嬌声《きょうせい》も高くなり、洩らす言葉の端々と、内側の動きとがあと少しで達きそうだと兼行に知らしめる。

（すごい……気持ちいい）

ざわついて、絡みつく天城の内部は、最高の悦楽を惜しみなく兼行に与えてくれる。

その感触も最高に心地いいが、この身体のなにがいちばんいいのかと聞かれれば、兼行が好きだというのを隠しもできずに伝えてくるところだろう。

こちらが要求するままに自分をひらいて捧げる天城は、なにをされてもうれしいのだと言葉ではなくその反応で教えるからだ。

いまもこんな狭い箇所に男の熱杭《ねっくい》を打ちこまれ、それでも悦楽を感じると硬いそれに吸いついてくる。

「か、かねゆきっ……俺、もっ、出そ……いっ、達くぅ……っ」

「ん、天城。達っていい」

俺も達くからと、抉る動きを速めながら天城の股間に手を回し、濡れた軸を扱《しご》いてやる。

すると、彼は可愛い啼き声を洩らしたあと、ぶるっと全身を震わせた。

「ああっ……かねゆきぃ……っ」

欲望に膨れあがった男のそれを絞る粘膜の動きに負けて、兼行もまた天城の奥深くに精を放った。直後、腰から頭のてっぺんまでを痺れるような快感が駆けあがり、つかの間目の前が眩《くら》むようなこころよさに支配される。

「……っ、は」

しばし強張っていた自身の身体が、ややあって緩んできたのをおぼえつつ天城の背中に上体を伏せていくと、くったりと脱力していた肢体から「……ああ……」とあえかなため息が聞こえてきた。

「天城」

まだ整わない呼吸をしている彼の頬に口づけて、そっと髪を撫でてやると、枕から手を離しこちらの指を握ってくる。それに応じて五指を絡めて握り返せば、彼は安心したように表情をやわらかくし、しだいに吐く息が深く静かになっていった。

（これで朝までぐっすり眠ってくれればいいが）

声に出さない想いに切望が交じるのは、ここのところの天城の行動によるものだ。

彼が自分との関係に悩んでいることは察していて、だからせめて眠れるときはゆっくり休んでほしかった。

しかし今回も、明け方兼行が目覚めると、デスクの前に腰かけて彼はパソコンを眺めている。

「また、観てるのか？」

朝晩はめっきり冷えを感じるようになった季節。天城はスウェットの上下を着て、動画の映像に見入っている。寒いだろうとエアコンを稼働させ、自分は似たようなスウェットの下だけで天城の背後に近寄ると、彼は後ろを振り向かないまま「……兼行だってそんな格好」とちいさく洩らす。

「って、俺の姿を確かめてもいないのに？」

言ったのは、こちらのほうに目を向けてほしかったからだった。しかし天城は画面から視線を離さず「布団を出るとき見たんだ」と低くつぶやき、自分の指を口元に持っていく。

「……爪《つめ》を噛むのはよせ」

このところしばしば見るようになった仕草が、よいものには思われず、兼行は腕を伸ばすと、細い指をみずからの手で包みこんだ。

「自分ではするつもりじゃないんだけど」

どこか茫洋とした口ぶりで洩らした天城に、兼行は自分を抑えてごく静かな声を発する。

「いつも天城はしたあと『それ』を観るんだな」

『それ』とは、インターネットのスポーツ番組で流している、兼行のレースのときのＶＴＲだ。そちらのほうは動画共有サービスにもあげているから、観ようと思えば好きなときに視聴できる。

「ん。なんでかなあ……なんとなくそうしなくちゃ落ち着かない気がするんだ」

天城が兼行と寝るようになってから二カ月あまりが経っている。いまはシーズンオフで、兼行は一度フランスに戻ったものの、用事を済ませるとすぐまた日本に舞い戻った。最初のころは兼行の泊まるホテルを天城が訪ねていたのだが、そうすると店のある天城の帰りがあわただしくなってしまう。それゆえ、なんとなく時間の自由の利く兼行がアマギサイクルの二階に泊まりこむ格好になったのだ。

おなじ部屋で眠るとき、天城は絶対にセックスを拒まない。抱かれれば素直に感じ、行為に夢中になっていけば恥ずかしさも飛ぶらしく、みずからも積極的に兼行を求めてくる。

自分と天城とではどちらの愛情が深くて重いか測ったことはないのだが、彼のそれも決してちいさいと感じないのは自惚れの範疇《はんちゅう》だろうか？

天城のそのまなざしが、鼓動が、体温が、こちらのことを確かに好きだと伝えてくれたような気がして――なのに、彼は行為が終わればあきらかに鬱屈した態度を見せる。

（うまくないな）

そう思うのは天城にではなく自分にだ。

彼のことを幸せにして、自分もそうなりたいと願っているのに、この手はいまだ彼の心に届かない。

「少し、話をしてもいいか？」

聞くと、天城はこっくりとうなずいた。

「天城は俺に抱かれたことを後悔してるか？」

「ううん。それはない」

ようやく彼はこちらを向いたが、眸は暗く沈んでいた。

「ただ……兼行は、プロのスポーツ選手だなあって、ああいうところを走る男なんだなって、自分にわからせておかないと、駄目だって気がするんだ」

「天城……」

その言葉で彼の想いが推察できて、兼行は胸を突かれた。

ビデオの兼行を視聴者として眺めることで、距離感を取り戻す。それは、天城が相手の側に踏みこんでいくまいとするブレーキにほかならない。

「その。俺は言葉がうまくないから、それほどじょうずには言えないが、天城とのこれからを真剣に考えている。あれから六年近くが経って、いまだからこそできることもたくさんあるんだ。フランスに渡ってからは、互いの距離が離れていって、正直おまえをあきらめてしまったほうがいいんじゃないかと考えたこともある。だけど、どうしても別れるとは言いたくなくて、いわば片想いをするみたいにおまえを想い続けてきた」

そこまで告げて、天城を見たら、彼もまた真摯なまなざしを向けてきた。

「うん。俺もおまえのこと、まるで片想いをしてるみたいって感じてた。だから、もういい加減に吹っきって『別れよう』って言わなくちゃと思ってて……だけどほんとはそう言うのも、言われるのも怖かった」

「……わかるよ、天城のその気持ち」

しみじみとつぶやいて、兼行はパソコンに手を伸ばした。動画を停止し、彼を椅子から立たせると、真正面から向き合う姿勢に変えさせる。

「プロとしてやっていけるとわかったときに、天城のところに飛んでいって、だけどおまえはこの場所から動けなくなっていた。無理やりに引き剝《は》がして、フランスに移すことはできないし、別れたほうが天城のためかと思いもしたけど、おまえを完全に失うのは怖かった」

「じゃあ……兼行も、怖かったんだ？」

「怖かった」

「そんなにも大人になって、フランス語でもなんでもできて、天才だって言われるくらい強いプロの選手なのに？」

「大人になってもおなじだよ。天城のことに関しては、いつでも俺は不器用な臆病者《おくびょうもの》だ」

正直なところを述べたら、天城はごく薄い笑みを浮かべて「そういう言いかたはずるいよ」と小声で洩らした。

「兼行から……離れられなくなっちゃうだろう？」

「離れる必要はないじゃないか」

きつい口調にならないように気をつけて天城に言った。

「シーズン中は基本あちらで戦うが、オフのときには戻ってくる。いずれ、アジアツアーも組むから、そのあいだはシーズン中でも折々には顔を出せる。寂しくさせないとは言いきれないが……俺は絶対天城のところに帰ってくるから」

「うん……」

頼りなげな顔をして、天城が視線を下に落とす。長い睫毛《まつげ》を伏せた様子ははかなげで、抱き締めたい衝動をぐっとこらえて言葉を発する。

「俺は高峰山のダウンヒルを駆け下りてくる天城を見たとき、完全に腹を括《くく》った。俺にはおまえが必要なんだ。だからもし、おまえが迷っているだけなら離さない。ただ本当に俺を負担に思うなら……」

その先は言いたくなくて口を閉ざす。天城はうつむいた姿勢のまま「負担なのは……」とつぶやいてから、首を振って言い直した。

「少し……考えさせてもらっていい？」

「わかった」

兼行がうなずいて、そっと天城を抱き締めたのは、自分の不安をこらえかねたからだった。そしてこのときも天城は少しも逆らわず、こちらに身体を寄せてくる。

「天城」

気持ちをこめてささやいて、肩まで伸ばした綺麗な髪をただ静かに撫でていたら、彼が背中に腕を回してぎゅっと抱きついてきた。

「な、兼行……もう一回、俺として」

せつない声にはさほどの欲望は感じられない。それでも兼行はうなずいて、深いキスを相手に仕掛ける。

不安を紛らわすためだけの行為と知って、しかし天城の望みならなんでも叶えてやりたかった。

◇　◇

二月になって、一週間ほどフランスに戻っていた兼行がまたも舞い戻ってきた。

(こんなに行ったり来たりしては費用がかさむと思うんだけど)

そうしたことを気にする天城は、一般庶民の感覚が身についている証拠だろう。

それにくらべて来シーズンの兼行は、グランツールへの出走がすでに決まっているそうだ。

彼の年棒がどれくらいかは知らないが、あちらでのサイクルロードレーサーは、日本での野球選手とおなじかそれ以上の身分なわけで、ごく普通のサラリーマンの収入では及びもつかないと想像できる。それにくわえて、兼行には各国企業のスポンサーがついているから、彼のリッチさは推して知るべしと言ったところだ。

「用意はできたか?」

そのヨーロッパでは憧れの職業についているリッチな男が、天城の自室の入り口から声をかける。

今夜の兼行は黒シャツに、ベルトつきのジーンズ、そして上から赤みがかったダークブラウンのテーラードジャケットを羽織っている。ジャケットの胸ポケットから覗かせたチーフは黒で、かなり難易度の高いコーディネートかと思われるのに、ヨーロッパの選手と並ばせても遜色《そんしょく》ない兼行の外見が、この組み合わせをすごくお洒落《しゃれ》に見せていた。

「うん。俺もいつでも出かけられるよ」

そう言う天城はカットソーの長袖《ながそで》シャツに、スリムタイプの黒パンツ、上着はファスナーの飾りがついたライダーズジャケット姿だ。

ここのところ少し痩せて、ボトムのウエストは緩めだが、なんとか不格好にならない程度にとどまっている。

「それじゃ行こうか」

兼行のうながしに、天城は部屋を出て、外へと向かう。今夜は高校の自転車競技部で監督をしていた教諭の、定年退職慰労会に出席する予定なのだ。

「それにしても、兼行がこういうのに出るのってはじめてかもな」

場所は学院にほど近いレストランで、ふたりはそこまでタクシーに乗っていく手筈にしていた。大通りで捉《つか》まえたタクシーに乗ってから指摘すると、兼行は「そうか？」と応じる。

「そうだよ。フランスに行ってたから当然だけど、ＯＢ会だっていっさい出席してないだろう？　幹事はおまえが来ると知って、ものすごく張りきってたぞ」

兼行は、それにはどうでもいいようにうなずいてから「真柴は来るのか？」と聞いてきた。

「え、うん。メールでは出席するって聞いてるけど」

答えると、よくわからない表情をした兼行は正面を向いてしまった。

天城は隣の座席から男の横顔をちらと見て（めずらしいな）と考える。

兼行が後輩を気にするなんて、いままでにあっただろうか？　そもそも名前をおぼえているのが不思議なくらいだ。

もっとも、兼行はふたりして高峰山からアマギサイクルに戻ってきたとき、真柴とバッティングしたことがある。だからそれなりに印象が強かったとも思えるのだが。

（だけど、ばつが悪かったから気にしてるってふうでもないけど）

むしろ、いたたまれない思いをしたのは天城のほうで、あののち真柴には気まずい思いで詫びていた。

――ご、ごめんな、真柴。荷物のことをすっかり忘れていたなんて、俺ほんとにどうかしてた。

――いえ、いいんですよ。ひさびさに天城先輩の活躍を見て、兼行先輩の気分がいっきに盛りあがったんじゃないですか？　なんたって、部活が一緒だったんですし。自転車競技のことやなんかで、話が尽きなかったんでしょう？

——あ、うん。そうなんだ。すごく、その。ひさしぶりだったから。

電話であやまったとき、天城は顔を見られていなくて、本当に助かったと思っていた。『ひさしぶりだった』と言ったときの自分は確実に赤面していて、もしも真柴に見られていたらごまかしようがなかったところだ。

しかし、真柴はその後もなんら様子に変化はなかったし、兼行がシーズンオフで日本に来ていると伝えたときも、顕著な反応を示さなかった。今夜もふたりで会場まで出向いたところで、なにか差し障りが生じるとは思えないが、真柴はともかくほかの連中の反応はどうだろう？

（俺、顔に出したりしないよな……？）

その思考は、ふたりの仲を隠そうとするもので、自分の逡巡《しゅんじゅん》は、すなわち後ろめたさの表れにほかならない。

もちろんふたりが悪いことをしているとは思わないが、兼行とつきあっていることを、たとえばいまから行く会場で言えるのか？

天城はみずからに問いかけたのち、とうていその勇気はないと知る。

嘘はつきたくないのだが、かといって正直にもなりきれないと、天城が悶々《もんもん》としているうちにも、タクシーは進んでいき、やがて会場であるレストランの前に着いた。

この店は大通りからひと筋入った場所にあり、庭つき一軒家風の洒落たイタリアンレストランだ。

色とりどりの生花で飾りつけられた会場に入ったとたん、皆が口々に挨拶してくる。

「よお、天城。ひさしぶり！」

「天城先輩、ちわっす！」

天城は自分が運営しているネットのほうのイベント絡みで、部活の連中の一部とはいまだに連絡を取り合っている。顔を見たからついでだと思ったのか、彼らは天城を中心に集まってきて、それぞれ用件を伝えはじめた。

「なあ、天城。前に言ってたツールド参加の話だけどな、今度のしまなみ、旅行会社が興味を示したみたいなんだわ」

「あの、先輩。このあいだ聞いたんですけど、いま大学でポタリングサークルの講師をされてるってほんとですか？　じつは俺の会社でも有志でサークル活動をはじめようかって話があるので……」

それらの話題にひとつずつ応じているうち、いつしか兼行が消えていた。

きょろきょろ周囲を見回しても、彼の姿は見つけられない。

兼行はこの自転車競技部が輩出した唯一のプロ選手で、皆が放っておくわけはないから、どこかでインタビューめいたことをされてでもいるのだろうか？　気にはなるが、目の前の状況から逃れられるはずもなく、天城は皆に取り囲まれて質問責めに遭っている。

「あ、うん……えっとな。自転車講習は、いまは月いちのペースでやってる。女の子も結構来るから、おまえが彼女を連れてきても大丈夫だよ」

◇　◇

そのころ兼行はスタッフルームに通じる廊下の奥に立ち、デザイナーズジャケットにテーパードパンツ姿の真柴と向き合っていた。

「俺に話ってなんなんだ？」

用件があるのなら、さっさと済ませてしまいたい。そんな気持ちを隠しもしない兼行を眺めながら、真柴は読めない表情で口をひらいた。

「あなたがこちらに戻ってきて、いい機会だから言っておこうと思いましたが——俺は、天城先輩が好きなんです」

直後に、兼行の右頬がぴくっと動いた。

この、少しばかり目尻の下がったイケメンが、天城に対してそうした感情をいだいている。それ自体は予想の範囲で驚きはしなかった。天城の口から頻繁に出てくる『真柴』の名前とその言動は、ただの後輩というには親密すぎたからだった。

「それを俺に聞かせてどうするつもりなんだ？」

あるいはこちらへの宣戦布告かと思って言った。しかし、真柴は相変わらずわからない顔つきで首を振る。

「べつになにも。恋のライバル宣言とか、そんなんじゃないですから」

だったら、どうしてそんなことをわざわざ自分に述べたのか？

真柴の意図は不明だが、とくに知りたいとは思わなかった。兼行がひとつ肩をすくめたあとで、踵を返しかけたとき「余裕ですね」と声が聞こえた。

「たとえ誰が出てきても、天城先輩があなたを好きなのは揺らがない。そう思っているからですか？」

「……そうじゃないが、そんなふうに受け取ってもらってもかまわない」

自分と天城との関わりを真柴に説明する気はない。そっけない、傲慢《ごうまん》な態度かもしれないが、天城に対する自分の想いは言葉には換え難いものがあるのだ。

それきり無言の兼行が足をとどめたままでいると、真柴がやれやれといったふうにため息をつく。

「あなたはいつもそんなふうでしたよね。超然として。前だけを見て。自分がロードで勝つことしか考えない。そして実際に勝ちを収めて、輝かしい戦績も、天城先輩もあなたのものだ」

恨みごとかと思ったが、それにしては真柴の声音も、表情も平静だった。

「何年か前、あなたが一度フランスから帰ってきたとき、天城先輩は見送りに行った空港で泣いていました。俺は、まあ——ふたりのあとを尾行《つ》《け》ていったわけですが——そのときも、それ以後も先輩を慰めはしませんでしたよ。もちろん、あなたたちの関係に気づいていることも隠していました」

だって、それはしかたがないことなんです。真柴はかすかに苦笑を浮かべてそう言った。

「天城先輩は俺の前では決して泣かない。俺のためにも、俺のせいでも、絶対泣かない。天城先輩が好きなのはあなただけで、俺が告白しようが、どうしようが、結果はなにひとつ変わらない。戦う前から負けだってわかっていたら……もういい後輩でいるしかないってことでしょう？」

「…………」

「だけど、あなたがフランスに行ったきりの六年近く、その時間に築きあげた先輩との関係は俺のものです。これから先もあなたが不在のあいだには、俺がいちばん先輩の近いところにいるつもりです。あなたと違って、俺は絶対に先輩を苦しめないし、哀しませない。たとえ種類は違っても、先輩がいちばん好きな人間でいられるようにこれからも努力する気でいますから」

静かな調子で言ったあと、真柴は背後の気配に振り向いた。

「ああごめん。兼行先輩を独占してて」

通路の先から顔を覗かせたのは、スーツ姿の若い男だ。

「あ、いえそれは。ですけどそろそろ時間なので」

真柴は彼に「わかったよ。幹事役、ご苦労さま」と言ってから、またも兼行に視線を戻した。

「だ、そうですよ。行きましょうか?」

真柴に続いて進み出した兼行の足は重い。さきほど耳にした彼の台詞がじわじわ効いてきたからだ。

——天城先輩は見送りに行った空港で泣いていました。

当時からあるいはとは思っていたが、こうして真柴から言われると少なからずショックを受けた。

真柴は泣いている天城のことを慰めなかったと告げたのだが、その場面では確かにそうでも、きっとそののちはこまやかに気を遣い、なにくれとなく面倒を見たり、励ましたりしていたに違いない。

それに引き換え、自分は天城が大学を一年間休学したときも、慣れない店の経営で苦労していたときも、なにひとつ力になってやれなかった。

——その時間に築きあげた先輩との関係は俺のものです。

ほぼ六年もの時間をかけて、真柴はそう言いきれるほど実績を積んできたのだ。

頼もしい後輩として、真に信じられる友人として、子供から大人に変わる貴重な時期を真柴は天城と歩んできた。

彼は天城にとって恋人ではないにせよ、ある意味もっとも大きな存在であるのだろう。

（では、この俺はどうなんだ?）

天城を好きだと言いながら、彼を泣かせ、哀しませ、いまも憂いの種でいる。こうした現状を前にして、自分は安閑としていてもいいのだろうか?

ふたりが別れる寸前までいったのには理由があるのに、それを棚上げにしていては、天城の不安を拭えない。

「……兼行先輩?」

「あ、ああ」

いつの間にかすっかり思いに沈んでいた。幹事役にうながされて、兼行が会食をするための部屋のなかに入っていけば、その場にいた人々がいっせいに視線を向ける。

皆、好奇心に満ち満ちた顔つきで、あまりの露骨な関心ぶりに真柴がはっきりと苦笑して、隣からささやいてくる。

「どうやら慰労会の主役はそっちのけで、あなたが話題の人物になっていたみたいですね」

そうみたいだなと言うのを省いて、兼行が軽く肩をすくめたとき、伸ばした髪を後ろでひとつに結んだ青年が目に入った。

とっさにそちらへ足が向かうと、背後から困ったふうに呼びとめられる。

「あの、すみません。兼行先輩のお席はあちらに」

恐縮したふうに幹事役が指し示すのは、退職した元監督の隣の席だ。

「座る場所は決まっているのか？」

仏頂面の兼行がいったん主賓に転じた視線を元のところに戻してみると、天城は微妙な顔つきでさりげなくこちらから目を逸らす。

（……？）

なにがあったと聞きたくても、周囲の目もあり、幹事も着席をうながしてくる。内心舌打ちしたい気持ちで、兼行はまったく気の進まない目立つ席に腰を下ろした。

◇　◇

兼行が会食の場にくるあいだ、席はもっぱら彼の話題で盛りあがった。プロのサイクルロードレーサー、しかも現在ヨーロッパで活躍中となれば、仮にも自転車競技部に籍を置いていた人間が興味を持たないわけがない。なかにははっきりと彼のファンだと公言し、ヨーロッパに渡ってからの事情について、天城よりも詳しい男もいるほどだった。

兼行のチーム監督、チームメイト、メカニックに、マッサーなどの名前や経歴もすらすら述べ、彼がどれくらい素晴らしい選手なのかを滔々《とうとう》と披露してくる。

「……そんな感じで、クラシックでの活躍は光ってるけど、そのなかでもなんたって『ダンケルク四日間』の第五ステージは最高だった。最後で逃げ切り集団ができたあと、そこからさらに三人が抜け出して、スプリント勝負になった。コーナーを回ったときに一瞬ハンドルが相手選手とぶつかって、ふらつくかと思ったら、シフター一発外側から敵を抜いてた。兼行誠治のバランス感覚と脚力は圧倒的だと、そこでも証明されたんだよ」

兼行が部にいたときは、自身の性格もあってか、周囲からはかなり浮き気味であったような気もするが、いまとなっては有名スター扱いで、おおむね尊敬に値する憧れの選手として認知されているようだった。まして本物の兼行が登場すれば、皆の目の色が変わるのも当然で、いっせいに彼へと視線が注がれる。兼行は超然としていたけれど、天城の目にはさほど機嫌がいいように見えなかった。

そしてその後は、元監督への謝辞やら花束贈呈やらで幾分関心は逸れたけれど、食事が進み、酒の入った連中が自由に席を移すようになってくると、さながら今夜は『兼行選手を囲む会』の様相を呈してくる。

（なんかすごいな。やっぱ兼行って有名人なんだよな……）

そう思う天城のほうも、おなじ学年の仲間に限らず次々と話しかけてくる面子がいて、彼らに応対しているうちに、兼行と話す機会は一度もないままいつしか今夜の慰労会もおひらきの時間を迎えた。

「それじゃ、監督。いままでお疲れさまでした。どうぞ、いつまでもお元気で」

天城が丁寧に挨拶し、会場から店の前庭に出ていったとき、兼行はいまだ誰かに捉まっているようだった。

「天城先輩。家まで送っていきましょうか？」

馴染みのあるその声に振り向けば、やはり真柴で、彼がキーをポケットから取り出してにこりと笑う。

「んー。ありがたいけど、酔い覚ましに歩いて帰るのもいいかなって」

会場では笑顔でいたが、外に出れば気分が沈んでいくのを感じる。真柴の申し出を断って、ゆっくり舗道を歩いていたら、部活の元チームメイトが追いついてきて、これから二次会に行かないかと誘われた。

「駅前のスナックに可愛い子がいるんだって。そっちでまた飲み直そうぜ」

彼らは大学や専門学校を出て、ほとんどが社会人になっている。サラリーマン然としたスーツ姿が多いなか、カジュアルな服装ながら憂いを含んだ艶冶な容姿が際立っていることを、天城は少しも自覚してはいなかった。

「でも俺は、明日も店があるしなあ」

「俺だって明日は土曜出勤さ。だけど行くんだ。天城も行こうぜ」

酔いもあってか、相手はかなり乱暴に腕を引っ張る。

「ちょ、転ぶって」

「いいから行こ……」

言いさして、ぎょっとした表情になったのは、ついさっきまで話題の中心にいた男から肩を摑まれたせいだった。

「天城を離せ」

「え……なんだ、兼行か!?」

びっくりしたと両手をあげて笑う男は、酔っぱらいの哀しさで相手の不穏な気配には気づいていない。

「ちょうどいいや、兼行も一緒に行こう」

「いや、俺はいい」

はたき落とすかの口調で断り、兼行は天城を強引に引き寄せた。

「これで俺たちは失礼する」

仰天した様子の連中を尻目に、兼行は天城を連れて足早に歩きはじめる。引っ張られていやおうなくついていきつつ、天城は批難の声をあげた。

「おい、兼行。まずいって！」

「なにがまずい？」

「なんでまた喧嘩腰になってるんだ？　あいつらおまえのファンだって言ってたろ」

それに、人前で腕を繋がれるのにも困ってしまう。

しかし、兼行は通りかかったタクシーに手をあげながら、あっさりと言ってのける。

「普段、俺を応援してくれるひと達には礼儀を尽くす。だが、いまはプライベートな時間だし、なにより天城に馴れ馴れしく触れさせたくない」

停めた車には天城を先に、続いて彼が乗りこみながら不機嫌そうに言ってくる。

「え、俺にって……？」

「知ってるだろ？　俺は心が狭いんだ」

走り出した車のなかで、天城はあっけに取られている。

（それってつまり……焼き餅《もち》を焼いたってこと？）

そうとわかって、じわじわと顔が赤らむ自分は馬鹿だ。けれども、さっきまであんなにも遠く感じた兼行が自分に対して独占欲をおぼえている。それがむやみと恥ずかしくてうれしいのは、やっぱり馬鹿げた気持ちだろうか？

（でも実際にはあんなふうに、俺がトラブルの原因になるのってまずいんだけどさ）

まあとりあえず今夜は無事に終わったが。

しかし、天城がそう考えたのは早計だった。家に戻ると思いもかけない提案が兼行からもたらされる。

「え、なんてった？　もう一回」

ふたりしてアマギサイクルの二階にあがり、台所で水を飲もうとしたときに、耳を疑う台詞を彼が発してきたのだ。

「俺はこの近くに家を借りる。そこを日本に戻ったときの拠点にすると言ったんだ」

「戻ったときって……オフシーズンのころとかに？」

「そうだ」

「でも、なんで？」

知らず困惑が滲んでしまっていたのだろう、兼行がため息をついたあと、自分を抑えた調子で告げる。

「俺との仲を天城が伏せておきたいのなら、そうするよう心がける。俺は学院の寮にいたから、元々この辺りには馴染みがある。学生時代の友人がたまたま近くに住んでいて、互いに行き来をしているくらい、さほどめずらしいことじゃないだろ？」

「それは……まあ、そうだけど」

「天城の生活を必要以上に乱す気はない。ただ俺は可能な限りおまえの近くにいたいんだ」

傍にいなければ、天城の望んでいることが本当にはわからない。兼行はそうも言った。

「駄目か、天城？」

しばらく考えて、まだ迷いつつ天城はつぶやく。

「駄目じゃ、ないけど……」

「本当か？」

「ん……俺も兼行の近くにいなきゃ、おまえがなにをしてほしいのかわからないから」

「天城、ありがとう」

兼行が腕を伸ばして、天城の身体を抱き寄せる。壊れやすいものかのように慎重に抱き包み、そっと唇を合わせてきた。

「……ん」

兼行にキスされるのはいつだって気持ちいい。喉を鳴らしたいような気分になってうっとり口づけを交わしていたら、彼が髪を撫でながら耳元にささやいてきた。

「あと、もうひとつ頼みたいことがある」

「ん……なに？」

このままなだれこむのかと思っていたから、意外な気持ちで天城は目蓋《まぶた》を瞬《しばた》かせる。

兼行は真剣な面持ちでまたもや天城を驚かせることを言った。

「俺のエージェントを紹介するから、その男が日本に来たら会ってやってほしいんだ」

「会うって、俺が？」

「ああ。三月に入ったら、俺はあっちに移動する。そうなるとしばらくは日本に帰ってこれないが、その男を通じて、いつでも俺と連絡が取れるように手配しておく」

「そのために、わざわざエージェントが日本に来るって……ずいぶんと大げさな感じだな」

「マネージメントを含め、俺の活動のいっさいをまかせている人間として、彼がいちばん俺の生活に詳しいから。天城になにかあったときには、彼に言えばすぐに俺まで伝わるし、反対にこちらのほうの状況もおまえに逐一わかるように頼んでおく」

「だけどそれって、シーズン中の話なんだろ。レースの妨げになるんじゃないか？」

「天城の様子がわからないままのほうがよっぽど精神集中の妨げになる。天城からの連絡がスムーズに繋がるよう、エージェントの彼にだけはおまえが俺のパートナーだと報せるつもりだ」

「え？　でも……っ」

「レース中には思いもかけないことが起きる。大怪我や、悪くすればそのうえも。そんなときには、誰より先に天城に連絡してほしいし、その逆におまえになにかあったときに、あとになって俺が知るのは嫌なんだ」

言われたことの重さに天城は言葉を失う。レース中に事故が起きれば、まずは天城に報せると兼行は告げているのだ。

「頼む、天城。そうしていいと言ってくれ」

頬を強張らせて、天城は唇を噛み締めた。ここで「うん」とうなずけば、兼行のキーマンとして働いている人間が自分の存在を知ることになる。

（それだけこいつは真剣なんだ。でも、俺は……）

兼行の覚悟を聞いて、うれしくないとは言わないが、まだためらいが捨てきれない。

自分のことで兼行に迷惑がかかったらと不安になるし、そこまでしてもらったあとで、彼と別れる事態になったら……。

「……俺、それだけ真面目に考えてもらってて、すごくありがたいんだけど……この期に及んでぐだぐだ言うのもみっともないって思うんだけど……なんか、やっぱり、吹っきれなくて」

フランスには行けないと空港で兼行と別れたとき、天城は世界が壊れるかと思うほど哀しかった。

もし、兼行と身も心も離れられなくなってから、やっぱりふたりが続けていくのは無理だと決まれば、自分はいったいどうなってしまうのだろう？

臆病かもしれないが、その怖さが拭えないのだ。

（情けないよな、俺）

こんな返事しかできない自分をどう思ったかと、上目に相手を窺《うかが》ってみるものの、彼は読めない顔をしている。

がっかりさせたか、呆れられたか？

思い迷って天城がその場にすくんでいたら、なぜか相手はやさしく頭を撫でてきた。

「え……なに？」

甘やかしてくる仕草が不思議で、どうしたと見あげたら、彼が澄まして口をひらく。

「天城は昔、タイヤがパンクした俺を坂のてっぺんで待っていてくれたことがあっただろう？」

「ん、うん？　そんなこともあったよな」

確か、天城がやっきになって勝負を仕掛けていたころの出来事だ。

「また、あのときみたいに勝負しようか？　俺が負ければエージェントの話は白紙。天城が負けたら、その男に俺のパートナーとして紹介を受ける」

彼の言葉の意味するところを呑みこんでから（それはない）と天城は思った。

「ちょっと待てよ。勝負で結着つけるって……これってそんな問題か⁉」

「そうだが、天城は違うのか？」

「違うよ、俺は。だいたいそれほど単純な話じゃないだろ？」

天城はこのところ、ずっと真剣に悩んでいたのだ。

プロ選手の兼行に自分の存在は負担になるのじゃないのかとか、休養も選手生活の大事な一面に違いないのに、日本とフランスを行ったり来たりさせていて本当にいいのだろうかとか。ためらいと、兼行を求める想いとの狭間《はざま》に立って、苦しく揺れ動き続けてきた。

なのに、兼行は自転車の競走でけりをつけられる程度のものだと言ってくる。

「ふたりの今後を自転車勝負に持ちこむとかは、おかしいだろう？」

そんなふうに簡単に片づけるなと睨んだが、相手はなんだかひとの悪い顔をして自分の顎をひと撫でする。

「俺には負けるってわかっているから？　それで勝負を避けるのか？」

「な……っ！」

一瞬、反射で腹が立ったが、挑発には乗らないと思い返す。

「なあ、兼行。なんでお前がそんなことを言ってくるのかわからないよ。それに、いまのおまえと俺ではロードの試合になるわけないし」

馬鹿げたことをと、相手の台詞を退けてみたものの、彼はいっこうに考えを翻す気配もなく、食えない顔をしたままで飄々《ひょうひょう》と言葉を紡ぐ。

「じゃあ、ロードじゃなく、マウンテンバイクの勝負にしよう。俺のぶんは下の店で買ってもいいし、スペアバイクがあるのなら、悪いがそれを貸してくれ」

「貸してくれって……だから、独り決めするなってば」

呆れ果てて返したものの、ついそれに言葉を添えてしまったのは、自転車バカの残念な習性だ。

「だいたい、いまはマウンテンのほうだってオフシーズンだ。このあたりの山岳コースは使えなくなってるぞ」

「だったら……そうだな、シクロクロスの勝負にしよう」

シクロクロスは、いわゆる自転車での障害物競争のようなものだ。瞬発力やバランス感覚を鍛えるために、オフシーズンのロード選手もそうしたレースをすることがある。

「シクロクロスで……?」

「そうだ。このあたりでレースができそうな場所と言えば……お台場あたりがいいかもな」

つられまいと思っているのに、そのレースを自分と兼行とでするのだと聞いてしまえば、微妙に気持ちが傾いた。

兼行と天城とがロードで競り合っていたのは、もうずいぶんと昔のことになっている。あのときは結局一度も天城が勝ったことはなかった。けれどもいま、もしもロードではなく、自分が得意なマウンテンバイクでの勝負ならどうだろうか？

天城がつい生来の負けん気を起こしたとき、兼行がそれを見越していたかのように、すかさず問いを投げかける。

「天城が次に店を休める日はいつだ？」

「え？　次は今度の火曜日だけど……って、兼行、あのな！」

「じゃあ、来週の火曜日に。それとも」

そこで兼行は、むかつくことに鼻で笑った。

「どうせ俺には負けるからな。天城が可哀相《かわいそう》だから、やっぱりこの勝負はやめてやろうか？」

「っ、馬鹿言うな」

眦《まなじり》を吊《つ》りあげて、天城はとっさに言い返した。

「あんまり俺を見くびるなよ！　借り物のマウンテンバイクで俺にハンデをやったつもりか!?　いいか、兼行。俺は絶対負けないからな」

◇

◇

四日後の朝。約束の日に天城が目覚めて窓を見ると、外は銀世界に変わっていた。

「うっわ。すごい雪」

驚きの声をあげたそのあとで、これほどの悪天候になったなら、今日の勝負はなしでもいいかと考える。

兼行の挑発につい乗った天城だったが、こんなことでと思う気持ちは残っているのだ。

(完全に売り言葉を買った感じだったもんなあ)

そもそも自転車での勝った負けたで、なんの問題が解決するのか?

やはり、自分たちの今後については、自転車勝負にたよらないできちんと話をし合ってからでも遅くない。兼行にしてみても将来にわたっての重大な決断で、もう少し慎重になってもいいかと思うのだ。

ならば、どう言えば自分の考えが伝わるかと思案しつつ、天城は廊下に出ると、以前は祖父が使っていた和室のほうを覗いてみる。すると、兼行はすでに起きて布団を片づけている最中だった。

「窓の外、見てみたか?」

天城が聞くと、スウェット姿の兼行がおもむろにうなずいた。

「ああ。天気予報ではこれほど降るとは言わなかったが」

「あのな、兼行。今日の勝負なんだけど……やっぱりこんなのはやめにしないか？　もうちょっと話をしてから……」

「天城はここでこたつに入っていてもいいぞ。不戦敗になりたかったら」

「行くよ、もちろん。行くに決まっているだろう！」

兼行の挑発に乗せられる自分もどうかと思うけれど、この男の余裕たっぷりな言動には、ついついこちらの負けず嫌いな性分を刺激されてしまうのだ。

「そうか、よかった。天城とレースができるのを俺は楽しみにしていたんだ。ゆうべはゆっくり眠れたか？」

ぶすっとしているこちらにはかまわずに、近寄ってきた兼行は頭をよしよしと撫でてくる。この仕草もなんだか天城には不思議である。

兼行は慰労会がおこなわれた晩あたりから、なんとなく雰囲気が変わっていて、天城をはっきりと甘やかす態度を見せる。それに、ずいぶん逞しい感じというか、骨太な気配を前面に押し出してもいた。

前はもう少し余裕がなくてぴりぴりした雰囲気だったが、なにか吹っきれでもしたのだろうか、ここ数日はそんな感じがいっさいしない。いまも頬にやさしくキスされ、機嫌が斜めの天城としては、そんなのでごまかされはしないぞと、彼の胸を押しやった。

「やめろよ、ヒゲが痛いって」

自分だけがドキドキするのはくやしくて、邪険な仕草になったのに、相手は平然としたままだ。

「そういえば、いまでも天城はつるつるで、高校生のときのままだな」

「なんだよ、もう！　嫌みかよ！」

怒っても、兼行は笑うばかり。そのうえ、うっかり男の笑顔に見惚れてしまう自分は本当に馬鹿なのだ。

「違うぞ、天城。いまの言葉は褒めたんだって」

そしてふたたびキスをしてこようとするから、天城はとっさに男の唇を手で覆った。

「……ふぁにふるんだ？」

「なにするはこっちの台詞だ。今日のおまえは勝負の相手。そういうことはお断り」

勝負を持ちかけてきたあの晩から、ふたりは寝る場所を別々にしているが、これは兼行が言ってきた——勝負の前なのに、フェアじゃないだろ——が理由である。ようするにふたりが寝たら、疲れるのはおまえだけだという、むかつく宣言なのだった。

そのくせ、兼行はスキンシップに関しては遠慮なく仕掛けてくるし、本当にやりにくい男になったと天城は思う。

「駄目か？」

「駄目」

いろいろと思うところは残っているが、レースをするならこいつと言えども負けたくない。甘い雰囲気は必要ないと、天城がきっぱり断じてやれば、彼はしかたなさそうに抱いていた腕を離す。

「じゃあ早く支度して出かけよう」

◇　◇

そうして出向いたお台場《だいば》は、平日でもあり、午前も早い時刻なので、ほとんどひとがいなかった。しかも、この雪とくれば、目的もなく散歩している酔狂な人間も見当たらない。

ここまでふたりはアマギサイクルのライトバンに機材を乗せてきたのだが、都内の主要道路の交通もマヒしていて、たどり着くまで思いのほか時間がかかった。

「それじゃこの駐車場からスタートな。コースはおまえに聞いたとおりで変更ないか？」

昨日天城は兼行からコース表をもらっていた。それによると、最初は砂浜、次には林間コースを走り、その場所から舗装道路の真横を突っきり、階段をあがった先の林を駆け抜け、そこを出たところの砂浜からスタート地点まで戻ってくる、かなり本格的なレースだった。

もっとも、本式のシクロクロスは、きちんとコース取りされているし、規定にのっとった障害物も随所にある。それゆえ今回は『もどき』のレースにしかならないが、この大雪が期せずして勝負の難易度を高めていた。

「ああ。コースは予定どおりにいく。思ったよりも厳しいレースになるかもしれないが、天城が転んでも助け起こしてやらないぞ」

「言ってろよ。俺だって、遅れたおまえを待ってなんかやらないからな」

言葉の応酬と、かるい睨み合いののち、天城の掛け声でふたりはレースを開始する。

「よーい……スタート！」

天城はぐんとペダルを踏みこみ——すぐにこれはとんでもなく走りにくいと気がついた。

「う、わわっ」

走り出した最初の場所は雪でバランスが取りにくいうえ、タイヤがまともに転がらない。そのくせ、思わぬところではやたら無駄に滑りまくる。

「なんだ、こりゃ⁉　思ったよりも……」

「かなりひどい状態だ」

横を走る兼行もおなじなようで、雪にハンドルを取られて顔をしかめている。

（ここでこんなじゃ、この先はどうなるんだ？）

天城の不安は的中し、続いての砂浜コースは、雪と、海水と、砂交じりのぐしゃぐしゃな状態だった。あっという間に自転車も人間も濡れまくり、まともに走れない場面では、降りて自転車を押しながら自分の足で走るしかない。

乗ってきた自転車を、押すのも、かついで走るのも、シクロクロスの場合にはめずらしくない光景なのだが、そうはいってても大変なパワーがいる展開だ。苦労の末、なんとか砂浜を抜けたところで、天城は呼吸を速くしながら横の男に声をかける。

「かっ、兼行。次は林間だ、へばるなよ」

「おまえこそな」

この林には常緑樹が植えられていて、冬でも緑の枝が広がる。それぞれの自転車をかついで斜面を駆けあがり、未舗装の雪道に分け入った。

「俺のほうがおまえより林間コースは慣れてるし。おまえは俺の後ろから来るんだな」

天城がいばって言った直後、しかしおぼえずふらついて木の幹にぶつかった。すると、大きく枝が揺れ、真後ろにつけていた兼行の頭上に雪が降り注がれる。

即席の雪だるまに成り果てた男を見て、天城は噴き出し、大笑いしながらもペダルを踏んだ。

「おっ、おまえそこでじっとしてろよ。あとでバケツとにんじんを飾ってやる」

しかし、先行して気分がいいのはさほど長く続かなかった。かんかんになっている兼行が血相変えて追いかけてきたからだ。

「天城、この……！」

「怒るなよ、たまたまだろう？」

兼行も相当以上に速いが、野山を走るのには慣れっこの天城のほうが軽捷《けいしょう》に木々を縫う。レースはすでに追いかけっこの様相を呈しており、天城はわざと雪だまりに嵌まりそうなルートを選んだ。

「……うわっ」

まんまと兼行が天城の誘いに引っかかり、前輪を沈めたはずみに落車した。雪の上で怪我はなく、ただものすごく不愉快そうだ。

天城はまたもこころよく笑いながら、自分の自転車を先に進める。

「天城！」

「引っかかるほうが悪い」

「林を出たら、追いつくから待ってろよ！」

その宣言どおりに、舗装の雪道に出てみると天城のほうの分が悪く、どんどん距離を詰められる。あせって天城が転んでしまうと、その横を兼行が鼻で笑って通過した。

「残念だったな。そこでゆっくり寝てたらどうだ？」

今度は揶揄《やゆ》された天城のほうが激怒しながら追いかける流れになる。息を切らせて自転車を押しながら階段を駆けあがり次の林に踏み入ると、ふたたび愛車にまたがった。

「待てよ、兼行！」

こんな勝負でなにが解決できるものかと思っていたのに、こうしてふたりで走っていると、ここ何年も心の底にわだかまり続けていた鬱屈が、霧消していく気さえする。

兼行と離れて寂しかったこと。彼が迎えに来てくれたのに一緒に行けなかったこと。相手がどんどん遠くなり、片想いをするように焦がれつつ……ふたたび彼と寝るようになってからも、相手の負担を考えれば迷う気持ちが尽きなかった。

それらの想いはいまも胸にあるけれど、昔のように彼と自転車で走っていれば、なぜだかどんな悩みでさえも取るに足らないことのように感じてくる。

「なあ、兼行っ」

有利な場所で距離を縮めた林を抜けて、並んで雪の砂浜を走りながら呼びかける。

「なんだ、天城？」

「こうやってると、俺たち昔とおなじだな！」

「俺もいま、おなじことを考えていた」

相手のことだけ意識して、無我夢中で走り続けたあのころと。

（そうだ。俺たち、最初はこんなだったんだ）

天城が兼行に勝負を挑み、結果は負けてばかりだったが、それでも一緒に走るのが楽しかった。晴れの日も、雨の日も、ふたりで道の上を走り、ただそれだけで理屈抜きに面白かった。

あとも、先も考えない。他人の思惑もどうでもいい。ただたんに、このときのこの道をひたすらに駆けていく。

彼の存在を感じながらふたりで一緒に——それ以外に大事なことはなにもなかった。

(なんだ……そうか、簡単なことだったんだ)

林道でも、砂浜でも、ふたりで走っていられるのなら、どこでもいい、いつでもいい。

自転車が好き、兼行が好き。大好きなこのふたつがあるのなら、天城はいつでも幸せなのだ。ただそれだけの、単純な法則だ。

「なあっ、兼行。俺はこうしてずっとおまえと走っていたい」

「ああ、俺もおまえとおなじだよ。おまえとずっと走っていたい」

このレースはもうすぐ終わりになるけれど、自分がようやく見出したこの気持ちには終わりがない。きっといつまでも消えない強さで続いていく。

「もうすぐゴールだ。ペダルを回せ！」

そして、だからこそ今日のこの勝負を大切にする。最後までふたりのレースを全力で走りきる。

駐車場のライトバンを目に入れて、天城はいっぱいにペダルを踏みこむ。隣で兼行も加速して、最後のスプリント勝負になった。

「勝つのは俺だぞ」

「馬鹿言え、俺だ」

ハンドルをぶつけ合うほどの近さでふたりは自転車を走らせる。

もうすぐゴール。だけど、ふたりが走る道はこの先も続いている。もっと、ずっと、遥かに遠い道の先まで。

「あとちょっとだ！　俺が——……」

◇　　◇

「ふわぁ、リッチだなあ。俺、こんなにも広い部屋って初めて見た」

ものめずらしそうに、天城はスイートの客室を眺め回す。

「あっ、あそこにフルーツ。もしかして、あれは食ってもいいやつか？」

応接セットのテーブルにあるウェルカム用の果物を、目ざとく見つけて天城が問えば「それより風呂だ」と兼行がうながしてくる。

「髪が濡れたままだろう？　風邪をひくからすぐ入れ」

ふたりだけのレースが終わり、びしょ濡れのサイクルウエアは乗ってきた車のなかで脱いだものの、着替えはともかく天城の髪までは乾かせなかった。その後、都心の渋滞に捉まってのろのろ運転を余儀なくされた車の助手席で天城は何度もくしゃみをして、心配した兼行がホテルに寄ることを決めたのだ。

通されたのは専用のエレベーターであがっていく豪華な部屋で、なんとも落ち着かない気分の天城はきょろきょろ内部を眺めていた次第だった。

(俺と違って、兼行は慣れてるふうだな)

風呂場に向かいつつ天城は思う。

フランスにいるときや、遠征先では、そんな機会があるのだろうか?

ひとりで宿泊するときは、まさかこれほど豪華な部屋ではないだろうから、もしかすると誰かと一緒に……?

「……って、駄目駄目」

頭のなかにふっと浮かんだ妄想を、勝手な決めつけはよくないと自分を叱って打ち消した。

それから天城はパウダールームで衣服を脱いで風呂場に入る。この場所は壁も浴槽も大理石の豪華なもので、そこで天城は髪と身体を洗ったのち、ちょっとだけひとには言えないあることをした。

そうしてひっそり赤くなりつつ、巨大な円形のジェットバスに浸《つ》かっていたら、ふいに浴室のドアがひらいた。

「かっ、兼行⁉」

まさか入ってくるとは思わず、全裸の男を目に入れてあわてふためく。

「おまえ、なんで……っ」

「待っていたら、俺も身体が冷えてきたから」

「あ、なら俺は」

そろそろ出ると、あせって腰を浮かしたら、兼行が「もう少し」と言いながら仕草でも制してくる。

「あと五十数えるまで浸かっておくこと」

命じられて天城が馬鹿正直に従ったのは、目の前の男の裸体にくらくらきたからだった。

ロードレースで何時間も、何日も戦えるよう鍛えた身体は、しなやかで強靭《きょうじん》な筋肉に鎧《よろ》われていて、逞しさと同時に美しさをも感じさせる。そのような肉体を明るい場所で距離を開けて眺めてみると、こんな関係になっていていまさらな感慨だろうが、つい見惚《みと》れてしまうのだ。

そうして天城がぼうっとしたままでいたら、そのあいだに兼行はざっと身体を洗いあげ、浴槽をまたいでそのなかに入ってきた。

「か、兼行っ、おまえも浸かるの⁉」

「ふたりでも入れるだろう?」

この大きさならと、兼行が苦笑する。笑われても天城は言い返すどころではなく、すぐ傍に寄ってくる男の姿を赤面して眺めるばかりだ。

「ちょ、ちょっと……っ」

手足を縮めて丸くなった天城の前で、男がゆっくり顔を傾け、頬の上に甘いだけのキスをする。たったそれだけのことなのに、もういい加減温まっていた天城はのぼせそうになり、手を突っ張って、目の前の胸板を押し返した。

「……嫌なのか?」

「そっ、じゃ、ないけどっ」

「ないけど?」

兼行は怒ってはいないふうだが、笑ってもいなかった。真面目な顔で問い返されて、あせったあげくにおかしなことを言ってしまう。

「だって、おまえっ……なんか、こういうの慣れてるっぽいみたいだからっ」

「こういうのとは?」

「豪華な部屋とかっ、でかい風呂とかっ。おまえ、前にも誰かとこんなことしたのかよ?」

行きがかりで口にした自分の言葉に、思いのほかへこまされる。膝《ひざ》をかかえて視線を逸らせば、兼行がこっちを見ろというふうに頬に手を添わせてきた。

「天城はどうだ？　ほかの誰かとこんな経験をしたことあるか？」

真剣なまなざしに、天城の心臓が跳ねあがる。こくっと唾《つば》を飲んでから、おずおずと返事した。

「えと……ない、よ」

「いままで誰とも、一回も？」

こっくりとうなずいたその直後、男の腕に抱きすくめられていた。

「俺も、おなじだ」

そして、深い口づけに見舞われる。口腔に含ませられた濡れて肉厚な塊が、天城の歯列を、次いで頬の内側をねっとりと舐めあげていく。

淫猥な、男の情欲をはっきりと感じさせる兼行のキス。

今日のレースの興奮とは種類の違う昂りが天城の鼓動を乱れさせる。

「んっ……く」

全裸でいれば、自分の変化を隠すことはできなくて、おのれのしるしが角度を持って起きあがるのがはっきりわかる。たぶん、乳首も尖ってきていて、それに気づいた兼行がそこを指先で摘まんでひねる。

「ん、んんっ！」

喘ぎは重ねた男の口に吸い取られ、嫌だと言おうと思っても許されないまま、乳首を両方とも執拗《しつよう》に愛撫される。

（や……やだ。胸だけで……俺、あそこ、が……）

ここのところの禁欲で、刺激にもろくなっていた。胸の尖りを指でいじられているだけなのに、前はますます角度をつけるし、後ろの部分も疼《うず》きをおぼえる。いつしかもじもじと尻を揺らしていたらしく、ようやく唇を離してくれた兼行が、にやりと笑って脇の下に腕を差しこむ。

「わ、わわっ!?」

上半身を持ちあげられて、大理石の浴槽の縁のところに座らされた。天城がとっさに壁に手を当てて身を支えると、兼行がその前でしゃがみこむ。

「か、ねゆきっ」

「こっちの足を上にあげて」

言いざま兼行が天城の左の足首を摑みあげ、自分の肩に膝裏をかけさせる。そうして、ぐいと右腿をひらかせるから、天城はおのれのその部分をもろに見せる格好になってしまった。

「やっ、あっ、あっ」

悲鳴のような声が出たのは、男が自分の性器をぱくりと咥えたからだ。そのあとすぐに、舌が奏でるいやらしい水音が立つ。

これまでにも口淫は何度もされてきたけれど、やはりいつも猛烈に恥ずかしいし、相当に抵抗がある。頬を染めて、もう少しゆっくりと頼んだのに、兼行は手加減なしにそこを舐めて吸いあげる。

「んやっ、やっ、あっ……あう、や……それっ」

身悶えて、それは嫌だと訴える。兼行が軸の裏を舐めあげながら、根元の袋を揉みくちゃにしてきたのだ。

「かねゆ……あ、ああ、んっ……先っぽ、そんな……吸っちゃ、やだ……っ」

ぢゅるぢゅると、ペニスをすする音が聞こえて、激しい羞恥《しゅうち》に襲われる。男の頭に手を乗せて、髪をくしゃくしゃに掻き乱してしまっても、彼の動きはとまらなかった。

「あう、あ……んんっ……ひ、やぁっ」

V字にした人差し指と中指に軸を挟まれ、その手のひらですっかり重くなっている膨らみを押し回される。そうしながらも、もういっぽうの彼の手がもっと奥に伸びていき、隠れた箇所を指で突いた。

「そこっ、駄目っ」

「なんで駄目?」

「だって、声が……響いちゃうっ」

風呂場はとくに洩らした声が反響すると、自分の口を押さえたら、つと兼行の上体が伸びあがり、こちらが見下ろす角度から「大丈夫」と言ってきた。

「天城の乱れる可愛いところを、見るのも、聞くのも俺だけだ」

甘ったるくも恥ずかしいその台詞を聞いた瞬間、ぼっと頬が熱くなる。

「おっ、おまえ……っ」

どこでそんな言葉をおぼえてきたものか。

信じられないと睨んでやってもいいはずなのに、実際には口元から手を離し、顔どころか胸のあたりまで赤くなった自分自身がいるだけだ。

「だから安心して声を出せ……ほら」

「やっ、あぁぁんっ」

窄まりをつついていた指先がいきなりなかに入りこむ。抵抗なく挿しこまれた男の指が広げる動きで天城の内部を掻き回し、さらに本数が増やされたときだった。

「ん？　天城……もしかして？」

あれっという顔をして、兼行が見あげてくる。なにに気づいたかを察した天城は、もうこれ以上ないくらい真っ赤になって「……言うな」とかすれた声を落とした。

「だけど、すごくここがやわらかくなっている。もしかして、自分で準備していたのか？」

言葉で止めたのに、兼行はデリカシーがまったくない発言をした。

「言うなって言っただろ！」

「悪い、天城。だけど、本当に意外でうれしかったから」

彼がその台詞どおりの顔つきになっているのが、羞恥心を倍増させる。いたたまれなさがピークになって「鼻の下を伸ばすな、馬鹿」と叫んだあとで、男の肩に置いていた足のかかとで背中を蹴飛ばしてやろうと図る。なのに、その動きのせいで、かえって自分が身悶える羽目になった。

「うっ、ふ……んぁん……っ」

「……大丈夫か？」

「へ、平気だって」

蹴ろうとした相手から逆に心配されてしまった。それでもどうにか強がりを吐いてみせたら、彼が最近よく見せるこちらを甘やかす顔つきで応じてくる。

「悪いな、天城。本当にからかうつもりじゃなかったんだ」

そんなふうにあやまられると、いつまでも怒ってなどいられない。天城は表面だけ拗ねたふうに、男の行為をうながした。

「いいよ。もう。それより……手が止まってるし」

◇　　◇

「……じゃあ天城。もうここに入れていいか？」

増やした指で思うさま天城のいいところを抉ってきつつ、兼行が問う。

あまりの快感に声が出せずに、がくがくと首を振ると、兼行は満足そうに笑ったくせに、自分のそれを天城の内部に入れてこない。

「やっ、やだ……指、ばっか」

柔襞を指で刺激し、もういっぽうでは軸を擦り、膝立ちの姿勢から乳首を吸うのに、彼はそれ以上の行為をしない。あちこちの感じるところをいじめられ、天城はついに半泣きで「入れて」と言った。

「入れろよ、馬鹿……もう入れて……っ」

兼行が欲しくて欲しくてたまらない。恥もなにもなくなって、懇願を洩らしたら、やっと兼行が「来いよ」とこちらに両腕を差し出した。

「自分でできるか？」

「ん……」

疼く身体をこらえながら、湯船のなかに身を浸し、まずはしゃがんだ姿勢になった彼をまたぐ。それから、もはやじんじんするくらい待ちかねている自分のそこに男の性器を宛《あて》がって、えらの張った大きな部分を収めようと腰を落とした。

「ん。あ……ふ、んく……っ」

兼行の広い肩にすがりつき、向き合って抱かれる姿勢で男の性器を呑みこんでいく。大きなそれはまだきつい気もするが、充溢《じゅういつ》した男の欲望を感じるのはこころよかった。

「あ……入るっ……入ってく……」

途中までは自分の重みでずるずると入っていき、途中でどこかに引っかかった感じがしたそのとたん。

「やっ、待っ……」

兼行が天城の腰を両手で摑んで自分のしるしを動かしはじめた。まだ挿入は途中の場所で、数回突かれただけであっても、天城は簡単に絶頂を迎えてしまう。

「あっ、あぁぁ……っ」

脳まで痺れて、びくびく身体が震えている最中なのに、兼行はさらに自分を押しこんで揺さぶってくる。前と後ろの快感に、天城は悲鳴を洩らしながら全身を震わせた。

「かねゆ……も、達った……からっ」

「俺はまだこれからだ」

もう少しつきあってくれと言い置き、兼行が摑んだ腰を手荒く揺すぶる。少々乱暴にされていても、強い快感をおぼえた身体はまたも貪欲《どんよく》に悦楽を得ようと動き、男を包んだあそこが勝手にうねりはじめた。

「天城。そこ、すごい、な……」

感嘆しきった男の声が恥ずかしいが、もうとまらなくなっている。

前は半勃ちのままなのに、激しい愉悦が波のように幾度も天城を翻弄《ほんろう》してくる。兼行にしがみつき、唇を求めたら、舌が絡まる口づけをされながら、奥の奥まで肉棒を押しこまれた。

「ふ、む……っ、んっ」

兼行の口腔に喘ぎを吐き出したその刹那、体内の深いところで大きなものがひと跳ねする。男が放った快感の熱い礫《つぶて》を驚くほど深いところに打ちこまれ、天城の背中が弓なりに反り返った。

「ひ、あぁぁっ……あ………っ……ま、まだ……っ?」

達ったあとでもいまだに硬度を保ったままの欲望で、天城の感じるスポットを擦られる。果てしがないような快感と、最奥に感じた熱の感触とが相まって、天城はまたも悦楽の極みへと連れていかれる。

もうなにがどうなっているのかはわからない。喉からはかすれた啼き声がひっきりなしに洩れているし、身体のあちこちが不規則に震えている。

「ま、また出る……かねゆ……あ、あああ……っ」

その刹那、自分が射精したのかどうかは不明だが、同時に兼行を包んでいた後ろの部分が男の精を絞り取るように蠕動《ぜんどう》し、湯の撥ねる音と一緒に獣のような唸《うな》りが間近から聞こえてきた。

「天城……ッ」

欲情に目を光らせている男から唇をぶつけるようなキスをされ、下からめちゃくちゃに突きあげられる。

湯と、汗と、体液が入り交じり、自分のぜんぶに兼行が埋まっているような気さえする。

もはやよがることしかできず、天城はがくがくと腰を跳ねさせながら、すがるように男に回した両腕に力をこめた。

（兼行……兼行……好きだ、好き……っ）

もうそれしか考えられない。淫猥に蠢《うごめ》く肉襞が育てあげた男の性器に貫かれ、天城はしなやかな手足を頑強な肉体に絡ませて、気の遠くなるような愉悦の階をのぼっていった。

◇

◇

その後しばらくして気づいてみれば、天城はベッドの上にいた。大理石とオフホワイトの調度で飾られた寝室は、目に入るものすべてが美しく快適だった。

「天城、ほら水」

そうでないのは、湯あたりして、のぼせてしまった当人だけだ。いまだに頬を火照らせて、ぐったりシーツになついていれば、兼行が水の入ったグラスを差し出してくる。

「ん……サンキュ」

重ねた枕で身体を支えて、なんとか座る姿勢になると、天城はいっきにもらった水を飲み干した。

「もっと飲むか？」

うなずくことで応じたあとに、もう一杯水を飲む。それでやっとひと心地がつけられて、天城はばつ悪くあやまった。

「ごめんな、兼行。なんか俺、すっかり記憶が飛んじゃってて。どうやってここまで来たかおぼえてない」

「いや。こっちこそ。レースのあとで疲れているのに無理させた」

身体を綺麗に拭いてもらい、ホテルのバスローブまで着せてもらった格好で、天城は「うん」と首を振りかけ——自分はほかにも言うべきことがあるのだと気がついた。

「なあ兼行、ちょっとここに座ってくれる？」

自分の横のシーツを叩くと、天城とおなじバスローブ姿の男が言われたとおりの場所に来る。

「あのさ。例のエージェントの件だけど、そいつといつ会えばいい？」

「それは……」

言いさして、兼行が真摯な顔で訊ねかける。

「だけど、ほんとにそれでいいのか？」

自分を兼行のパートナーとして、一部とはいえ公に晒《さら》すことになるのだが。

語られない部分まで読み取って、しかし天城は「うん」とうなずく。

「いいよ、俺。勝負に負けたってことだけじゃなく、俺は覚悟ができたから」

言って、天城は自分の手をシーツの上に置いてある男のそれにそっと重ねる。

「たとえなにがあったって、俺は兼行と一緒に走る。いまさらだけど、ほんとにそう思えたんだ」

「天城……」

感極まったかのように、兼行が天城の眸をしっかり見つめて唇を近づけてくる。

天城もそれに応じるために目蓋を閉ざし——その直後、腹の虫がぐうっと大きな音で鳴いた。

「……ご、ごめん」

ムードがいっきに壊れてしまって、気まずい想いであやまると、兼行が噴き出した。

「そういえば、朝飯におにぎり食っただけだった」

遠慮なく笑いながら、兼行はベッドを下りると、用意されていた果物皿のところに行く。

「天城、来いよ。バナナがあるぞ。あと、旨《うま》そうなリンゴとかメロンもな」

「メロンが……⁉」

聞き逃せない情報に天城はがばっと起き上がり、ベッドを下りると、そちらのほうへとおぼつかない足取りで歩み寄る。

「あっ、待て兼行。そのリンゴは高いやつだ。おまえのやってる剝《む》きかただと皮に実が残りすぎる」


果物を綺麗に平らげたそのあとで、天城は兼行からルームサービスのハンバーグセットを取ってもらった。

こういうホテルはきっと目の玉が飛び出るほど高価そうだと思ったので、帰ったらここの費用を半額払うと言ったけれど、兼行はただ笑っていなしてしまう。

「これは天城のためじゃなく、俺のため。今後の励みになったから、むしろ天城に礼を言わないといけないくらいだ」

「でも」

「それより腹がいっぱいになっただろ。まだ時間はあるんだし、ちょっとベッドで休もうか？」

せっかくいい部屋だから、帰る時間が来るまではのんびりしようと誘われて、貧乏性の天城としてはなるほどとつられてしまう。

「そこのベッド、確かにふかふかで気持ちいいし」

のこのことあがりこんだベッドの上で、まもなく天城はべつの意味で気持ちいいことをたくさんされた。キスするだけ、触るだけと譲歩していき、結局最後は「おまえが欲しい」とべそを掻きつつ言わされてしまったが、熱がまだ引かない身体を抱き締められているのはよかった。

「なあ、兼行」

「なんだ?」

「ロードでも、マウンテンバイクでもなんでもいいから、機会があったらまた走ろうな」

「ああもちろん」

天城と走るのがいちばん楽しいと兼行が言う。その言葉をお世辞の類《たぐい》だと思わないのは、ふたりのなかにしっかりと繋がるものがあるからだ。

一度は離れかけ、もう一度結び直してもなお迷いが残るこの関係を、今日ともに走ったことで、天城は原点に立ち戻れた。

悩むこともふたたびあるかもしれないが、もしもそうなったときは、またふたりして自転車に乗ればいい。

いつかのように青空を見あげながら。今日のように雪道を走りながら。

そうすれば、いつでも天城は幸せな気持ちになれる。

「なあ兼行。俺はおまえに会えてよかった。おまえを好きになってよかった」

抱き合って、愛しい男に心からの言葉を贈る。すると、強く抱き締め返され、やさしいキスが降ってくる。

「俺は天城に会えたことを奇跡みたいに感じてる。これからもずっと傍にいてほしい」

額に、頬に、唇に口づけられて、天城はうっとりと目を閉じる。

兼行と最初に成田で別れてから、六年近くの歳月が経っている。子供から大人になっていくあいだには、さまざまに変わったものもあるけれど、おそらくこれからも絶対に変わらないものがある。

兼行がいて、自転車がある。それ以上の幸福は自分にはない。そして、その事実を信じられることこそが幸せなのだ。

「……天城、まずい」

「ん、なにが?」

また欲しくなりそうだという恋人に、天城は「馬鹿」と笑って返す。

「俺なんか、もうとっくだよ」

次のシーズン、兼行の戦績は順調に推移した。

彼曰《いわ》く——地域別レースは今季からは卒業し、クラシックと、グランツールに焦点を絞って走る——その言葉どおり、彼は『パリ〜ルーベ間』のクラシック、別名『北の地獄』と呼ばれているレースにおいて二位に入った。そしてその夏のツール・ド・フランスでは、敢闘賞の栄誉に輝く。

日本人としては稀有《けう》な兼行の活躍ぶりに、マスコミも沸き立って、シーズン中はテレビや雑誌に盛んに取りあげられていた。

そしてそのあいだ、天城のほうはいつものようにアマギサイクルでせっせと働き、サークルの講師を務め、イベントを企画しては軌道に乗せるべく努力している。

真柴も変わらず、サイトのほうでの催しがあるときは、先輩を手伝いに来てくれるし、互いの休みが合うときはマウンテンバイクの練習に出かけたり、登録していたレースに出たりと、ともに競い合っている。

◇　◇

彼はこの春卒業して、都内の会社に勤務する予定だが、天城には住み慣れたこの町に居続けるつもりだと早々に宣言していた。休みの日にはいままでどおり、ちょくちょく店にも顔を出す気でいるのだと。

つまり天城の生活は、去年とくらべてさほど変わりはないのだが、あれから日本まで自分を訪ねてきた兼行のエージェントが頻繁に連絡を寄越すので、恋人の情報にはいっさい不自由しないのが違いだろうか。おとつい聞いた最新の情報では、今季に兼行が出場する大きなレースはほぼ終わり、近いうちに一度帰国できそうということである。

「お疲れさま。それじゃ、お先に失礼しまーす」

「うん。お疲れさま」

バイトの男を送り出し、天城は店のシャッターを下ろしはじめる。

(風が冷た……。朝晩はずいぶん冷えこんできたよなあ)

そんなことを思いながら、店じまいして、二階の住居にあがっていく。

(そうだ。晩飯をつくる前に、『近いうち』っていつごろなのか聞いてみよう)

兼行のエージェントは日本語が堪能《たんのう》で、話すのも読み書きするのも問題がない。スマートフォンを取り出して、メールにその旨の内容を記そうと思っていたら、手のなかの端末が唸りはじめた。

(……わ。兼行からだ!)

喜び勇んで電話に出てから帰国の予定を訊ねてみれば、彼はそのうち戻れそうだと告げてくる。

「そっか、よかった。待ってるから気をつけて帰ってこいよ！」

この半年あまり、兼行がヨーロッパをめぐるあいだに揺らぐことが微塵もなかったと言いきれば嘘になる。彼の調整が遅れていると聞かされれば、夜も眠れず心配するし、レースのときにはどうか事故が起きないようにと祈るような気持ちにもなる。

だけど……それでも彼の情報に一喜一憂してしまういまの状態のほうがいい。

寂しくてたまらない部分はあったが、知らないぶんだけそれ以上は考えようがなかったときと、兼行と心理的な密着感があるものの、それゆえにいちいち動揺するいまの状況。どちらを選ぶかと言われたら、一も二もなく後者を取る。

どれほど不安に駆られても、天城は兼行と一緒に走っていきたいと願っている。彼のためにできることは少ないが、せめて気持ちのうえだけでも苦楽をともにしたいのだ。

その兼行がひさびさに天城の許に戻ってくる。

「それで、帰りはいつごろになりそうだ？」

スマートフォンを握り締め、小躍りする気分で言えば、通話の向こうから『もうすぐだ』と頼もしい声が応じる。と、その直後、外階段に通じるほうのチャイムが鳴った。

「……え？」

まさかと思って、転がるいきおいで玄関のほうへと走る。息せききってドアを開けると、天城が待ちわびていた男がそこに立っていた。

「ほら。すぐだっただろ？」

また半年ぶん逞しさを増している男が笑ってそう言った。

「ただいま、天城」

声も出せずに飛びつくと、両手を回してしっかりと抱きとめられる。

「予定が繰りあがったから、帰国するのを早めたんだ。ちょっと驚かせようと思ったんだが」

熱烈歓迎でうれしいとにやける男を怒鳴ってやりたい。帰宅の予定はもっと早く教えろと言ってやりたい。なのに、まったく声が出せずに、男にしがみつくしかできない。

「……どうした天城？　驚きすぎたか？　だったら悪い。そんなにびっくりさせるとは思わなかった」

黙っていたら彼の声が気がかりを滲ませるが、それくらいは我慢してもらいたい。この半年間、天城はいっぱい心配して、レースのたびごとに肝を縮ませてきたのだから。

「もう……兼行の馬鹿。驚いているんじゃない、俺は感激してるんだって」

それでも大好きな恋人に会えたのに、いつまでもじっとしてはいられなくて、天城はかかとを浮かせると彼の頬にかるくキスする。

するると、兼行はあきらかに不満そうな顔をして「それだけか？」と文句をつけた。

「ちゃんと唇にキスをしてくれ。この半年間、天城が心配でしかたがなくて、おまえのことばかり考えてたのに」

まるで自分には気がかりの種などないような言い草に、天城は唇を尖らせた。

「んなこと言って、俺だってそうだったんだ。俺は毎日、毎時間おまえのことを考えてたよ!」

言い返したら、それに負けじと兼行も対抗してくる。

「天城はそうでも、俺のほうが深い気持ちで考えていた」

「俺だって、めちゃくちゃに深くて濃い気持ちから……」

言いさして、ふたり同時に互いの顔を見合わせる。それから天城はちいさく噴き出し、兼行は苦笑した。

「……おかえり、兼行」

ややあってから、頬に笑みを残して告げると、彼がぎゅっと天城を抱き締めてキスをしてくる。その腕の強さとキスの激しさが、男の気持ちを言葉ではなく教えてきて、天城もまた返す抱擁と口づけでそれを伝える。

(今夜はたぶん、心配とは違う意味で眠れないな)

困るというより、むしろそれを待ちかねる天城を胸にいだいたまま、兼行が後ろ手に玄関のドアを閉ざした。

あとがき

こんにちは。はじめまして。今城けいです。

このたびは拙作をお手に取ってくださり、ありがとうございました。

作中でも書きましたが、自転車は身近なものでありながら、なかなかに奥深い存在です。日本では一般車、いわゆるママチャリが主流ですが、皆さまは車道の端をすごいスピードで走っていく自転車を見かけたことがおありでしょうか？

下ハンドルに、細いタイヤの。あれがロードバイクです。

プロのロードレーサーは国内では少ないですが、本場ヨーロッパで活躍する選手たちも皆無ではありません。また、日本企業も世界に通用する自転車部品の製造をしています。じつは、私の会社ではロードバイクのパーツ関連事業もしていて、そのあたりから思いついて今作を書きあげました。

この話に出てくる主要人物は三人ですが、天城をあいだに挟んで兼行と真柴とが火花を散らす……関係でもないような。当て馬のはずの真柴は、いわば隙間産業的に確たる立ち位置をゲットしようと日々努力しております。ちなみに真柴は、過去何人も彼女を作っているのですが、しょせんカモフラージュ用なので、自分を本当に好きになってくれそうな相手には

「すまない。俺には好きなひとがいるんだ」と正直に告げてからお断りしています。そして、あきらかに真柴のスペック目当ての女が申しこんできたときは「いいよ」と軽く承知しますが、つきあってもよそ見ばかりしているので結局はふられます（笑）。兼行と天城とがうまくいっても苦しいし、そうでないときも天城の心情を思いやって喜べない。真柴はなかなかに苦労人です。

とまあ、それは余談として。

本作のイラストをお描きくださいました陵クミコ様に深い感謝を申し上げます。お陰様で今城の本だとは思えないほど、爽やかな表紙のイラストになっております。お忙しいところ、本当にありがとうございました。

そして、担当様もありがとうございます。このページ数を許してくださる寛容な担当様に恵まれまして幸せです。いつも的確なアドバイスを頂戴し、感謝の念に堪えません。今後ともいただきましたご提言を胸に、精いっぱい努力するつもりでおります。

最後になりましたが、このようにボリュームある本作を最後までお読みくださりありがとうございました。兼行、天城、真柴の気持ちに全力で絡んでみたらこうなりました。つたないものですが、少しでも楽しんでくだされればそれに勝る喜びはありません。

それではまた、読者様にお目にかかれますことを祈りつつ。

✦初出　両片想い 僕らのロード……………書き下ろし

今城けい先生、陵クミコ先生へのお便り、本作品に関するご意見、ご感想などは
〒151-0051 東京都渋谷区千駄ヶ谷 4-9-7
幻冬舎コミックス　ルチル文庫「両片想い 僕らのロード」係まで。

幻冬舎ルチル文庫

両片想い 僕らのロード

2014年11月20日　第1刷発行

✦著者	今城けい　いまじょう けい
✦発行人	伊藤嘉彦
✦発行元	株式会社 幻冬舎コミックス 〒151-0051 東京都渋谷区千駄ヶ谷 4-9-7 電話 03(5411)6431［編集］
✦発売元	株式会社 幻冬舎 〒151-0051 東京都渋谷区千駄ヶ谷 4-9-7 電話 03(5411)6222［営業］ 振替 00120-8-767643
✦印刷・製本所	中央精版印刷株式会社

✦検印廃止

ISBN978-4-344-83283-1　C0193　Printed in Japan